补甑

陈斌先 著

时代出版传媒股份有限公司
安徽文艺出版社

图书在版编目（CIP）数据

补甑 / 陈斌先著 . -- 合肥：安徽文艺出版社，2023.2

（鲸群书系）

ISBN 978-7-5396-7448-3

Ⅰ.①补… Ⅱ.①陈… Ⅲ.①中篇小说—小说集—中国—当代②短篇小说—小说集—中国—当代 Ⅳ.① I247.7

中国版本图书馆 CIP 数据核字 (2022) 第 061141 号

出 版 人：姚 巍	策 划：李昌鹏
责任编辑：胡 莉 宋潇婧	特约编辑：罗路晗

封面设计：鸿儒文轩·末末美书

出版发行：安徽文艺出版社　　　www.awpub.com
地　　址：合肥市翡翠路 1118 号　　邮政编码：230071
营 销 部：（0551）63533889
印　　制：阳谷毕升印务有限公司　　（0635）6173567

开本：880×1230　1/32　印张：9　字数：202 千字
版次：2023 年 2 月第 1 版
印次：2023 年 2 月第 1 次印刷
定价：48.00 元

（如发现印装质量问题，影响阅读，请与出版社联系调换）

版权所有，侵权必究

总　序

我将中国当代文坛创作体量巨大、深具创作动能的作家群体命名为"鲸群"。入选这套"鲸群书系"的作家在2021年度中短篇小说的发表量皆有15万字以上，入选小说皆为2021年发表的作品。

"鲸群书系"以最快的速度集结丰富多元的创作成果，以年度发表体量为标准来甄别中短篇小说创作的"鲸群"，展示作家创作生涯中的高光年份——当一个作家抵达极佳的状态才能进入"鲸群"。如果我们喜欢一位作家，一定会着迷于他高光年代的作品。

我想，"鲸群书系"问世后，一定会有更多的人关注被我称为"鲸群"的作家群体，因为这个群体标示了中国当代小说创作的年度峰值——它带着一种令人心醉的澎湃活力。

如果"鲸群书系"在2022年后不再启动，多年后它可能会成为中国当代小说研究者珍视的一套典藏；如果"鲸群书系"此后每年出版一套，它或许会为中短篇小说集的出版带来新格局。

　　这套书的作者中或许有一部分是读者尚不熟悉的小说家，我诚恳地告诉您，他就是您忽视了的一头巨鲸。正因为如此，"鲸群书系"的问世，显得别具价值。

李昌鹏

2022 年 10 月 30 日

目录

补甑	001
天桥	051
春秋小土烧	075
寒沙	125
熬岗	171
袭常	221
过往	239

补甑

1

胡太息一本正经地说，天地人，世之三元也。

周三圭斜睨胡太息半天，才撑撑衣袖说，姓啥名谁也忘了？

这次出行，是郑大江撮合的。郑大江说，好歹都是曾经的女婿。"曾经"一词说出，胡太息瞬间跌入沉默，好半天才在电话里说，说来也是呀。

周三圭电话里犹豫半天，最后问，一起回去，好吗？

悄悄地进村，打枪的不要。郑大江灵机一动，故意调侃下。

约好了时间，郑大江替周三圭订好了高铁票，又替胡太息订好了机票，让手下把车次、班次发给了周三圭和胡太息。而后，郑大江先行一步，到了三元的黍离亭，坐等胡太息和周三圭。

2

黍离亭民宿坐落在国道的旁边，庐三（庐州到三元）灌渠的一侧。灌渠两边早已被打造成了风景带，成了乡村旅游的热门地。民宿老总郑大吕趁机将居住的旧房子装修一下，顺势改叫"黍离亭"。问题是，绿化带两边的风景太过单调和孤立，民宿生意始终不死不活的。郑大吕急眼了，找到当地一位算命大师说，再这么下去，熬毬了。所谓的算命大师，不过是民间一位老者，可他稔熟《易经》，有些章节张口便能背出，让人觉得他有些神秘莫测而已。算命先生见郑大吕火烧眉毛的样子，捋捋胡子说，用了"黍离"，何不统统用上《诗经》《楚辞》的篇名？郑大吕拍拍脑壳，醍醐灌顶一般大喊，我怎么就没想到呢。

郑大吕倾尽积蓄，在黍离亭周边又建了麦秀阁、九歌廊、天问坡、九章榭、九怀渠啥的，不到半年时间，黍离亭突然间名声大噪，兀地火了。就连"人间诗意哪里寻？请到三元黍离亭""住下黍离亭，难了三元情"这样不伦不类的广告词也跟着火了起来。

生意好，郑大吕的心情自然也好了起来。这天，他剔着牙花对参观的人群说，起高楼，宴宾客，五湖四海皆兄弟，欢迎，欢迎。

郑大江跟郑大吕扯上了兄弟，自然会把胡太息和周三圭安排到黍离亭这里。

走动间，郑大吕殷勤备至，在他眼里，胡太息何等人也，值得热情周到。

周三圭讨厌郑大吕异乎寻常的巴结状，始终冷翘着嘴唇，不想说话。郑大吕不管周三圭怎么想，依然百般讨好胡太息。等走到麦秀阁时，郑大吕紧走几步挨上前，小声问胡太息，要不要报告下书记和镇长呢？

胡太息不想打扰当地官员，这次回来纯属私下活动，听郑大吕反复问，斜眼看看郑大江，意思不用吧，说过不用的。

郑大江拉住郑大吕的胳膊说，老弟，不用，真的不用。

郑大吕依然不太甘心，吞吞吐吐地说，三小姐走了，要不要请下周文的大哥周武和二姐周荃呢？

胡太息见郑大吕哪壶不开提哪壶，突然间多了尴尬，半天没有吭声。

郑大江急忙拦住郑大吕话头说，不用，不用。

周三圭也冷冷跟上一句，说过不用啦。

郑大吕讨厌周三圭多嘴，十分不悦地想，屁都不算的家伙，一直虎着脸，毬。

好在周三圭也不想搭理郑大吕，来来往往，倒也相安无事。

谁知到了餐桌，酒至酣畅之后，郑大江怎么就说起了发财，郑大吕来了劲，大咧咧说，我个穷小子，纯属瞎眼猫撞上了死耗子，日他碓子，让《诗经》和《楚辞》救了一命。日他碓子，是庐州人口头禅，没有什么实指意义。胡太息听到郑大吕说出家乡的口头禅，感到亲切，张嘴跟上一句，日他碓子的，这就火啦？

可不是么？火啦。郑大吕露出藏下的得意。

周三圭皱皱眉头，放下酒杯，掸掸衣袖想，你个胡太息好歹也是庐州大学中文系毕业的，不说从政三十余年，单就官至正厅来说，也不该说这种没头没脑的口头禅，还是那般俗气。周三圭张了几次嘴，想怼胡太息几句，可始终插不上嘴，话总被郑大吕打断。

胡太息这里始终没有顾及周三圭的情绪，一直低头跟郑大吕说话。退休之后，很久没有这么开心啦。在位时，不想说不行。退休后，想说，没人听了。老婆见他一天到晚喋喋不休，常常冷鼻子冷眼说，老了要有老了的样子。胡太息看看小他十六岁的后娶老婆，愣怔想，在家也不能说话啦？见老婆不待见他说话，心生感慨，都说娶个小的好，直到今天才明白，从生理到心理，皆不同步呀。无处说话，唯有读书。老婆出门之后，他便躲进书房，捧起了书本。很长一段时间，胡太息都在钻研《道德经》和《逍遥游》，由老庄追逐到王阳明，得了"格物致知"精髓后，胡太息才一拍大腿说，日他碓子的，白瞎活了。这番到了黍离亭，又到了三元，胡太息什么都感到亲切，压在心里的话就像灌渠的水潺潺向前，说天说地，说格局和境界，更想说大悲悯情怀，天地人，三元之气，就是这么说出来的。

周三圭不比胡太息，参加工作之后，就没有离开过庐州，尤其离婚后，整个人都不在状态，好像连笑都忘记了。也难怪，先前儿子一年还能回家看他几回，现在连儿子也很少看他了。一套房子，一个人，想笑，给谁看呢？他没有那种疏离的亲切，倒生出一些挫败感，尤其见到郑大吕百般讨好胡太息，那种感觉嗖地拥堵到嗓子眼，只可惜，他一直没有说话的机会。好在周三圭在单位也不太说话，更不会笑，人们早把他当成"完了"之人。周三圭在单位总有一肚子不服气，听到别人说他"完了"，常常拧着脖子想，我会完么？为了证明自己不会"完了"，憋口气，写人文实录，陆续发表了《庐州地名探录》《石板冲史话探寻》《九里庙前因后果》《三元人文考证》的文章。文章发出，周三圭来了精神，捧着杂志问同事，我完了吗？完了吗？

同事多数笑而不答。

害得周三圭常常一个人躲在家里喝闷酒，微醺时，才对着空气说，我完了？你们完了才对。感觉不过瘾，又对着酒杯说，清者独孤僻，补者心最高。你们懂个屁。

好长时间，单位没有遇见喜事了。前几年，单位一个同事转岗任了其他单位的负责人，这对方志办来说，真是天大的骄傲，座谈送行时，轮到周三圭发言了，谁也料想不到，他竟然不合时宜地说起《红楼梦》中的《好了歌》：世人都晓神仙好，唯有功名忘不了！古今将相今何在？荒冢一堆草没了。那种尴尬，可想而知。好在大家不会跟周三圭计较，最后相视发出会意的一笑，意思一个好端端的人，说毁就毁了？

周三圭见别人理解不了他的意思，跟着"哼"了一声，意思：咋跟你们成了同事？

胡太息跟郑大吕这边越说越投机，竟然站起来互搂脖子碰杯。周三圭终于找到了插嘴的机会，对着胡太息大声说，不说"三元"倒也罢了，说了，得按正经说。周三圭口气有些咄咄逼人，见胡太息瞬间愣怔下来，便不顾一切地脱口而出，地名这等大事，岂能乱说？

胡太息知道周三圭性格，冷眼说，取"天、地、人"之气有何不可？

周三圭没想到胡太息还执迷不悟，于是控制声调，几乎一字一顿说，南宋之际，战乱不止，胡周郑三家人逃难至此，叫了"三元"，意取"三家联手，就此开泰"之意，何来"天地人"之说？

胡太息当然知道这等事实，问题是，郑大吕能把《诗经》和《楚辞》的篇目打造成风景，我说"天地人"之气有何不可？胡太息见周三圭恼羞成怒样子，摇头说，大吕家的民房都能叫黍离亭，略实取意，咋的？

周三圭怒不可遏问，在你们当官人的嘴里，是不是什么都敢瞎说？

这与当官何干呢？再说你周三圭不也是庐州方志办调研员么？胡太息觉得周三圭不可理喻，摇头不语。

周三圭见胡太息有瞧不起他的意思，再次轻掸衣袖说，地名乃承载万物之器，一就是一，二就是二，容不得妄想和臆凿。

胡太息觉得争论下去无趣，可又憋不住心里的委屈，对着郑大江说，如他所说，一生二，二生三，三生万物，都是不对的啦。

周三圭没料到胡太息还敢掰持,站起来争辩说,那说的是"道",我说的是地名。

胡太息让周三圭怒撑得不知道说啥好时,只好一声不吭低下头去。

陷入沉默时,谁也没有想到郑大吕这里来了气。按说这种争论与他何干?他郑大吕才多大?可郑大吕见胡太息受了委屈,呼啦站了起来,学着周三圭的口吻说,如你所说,黍离亭之类的名字都是妄想、臆凿啦?

周三圭颤抖着嘴唇说,我说的是学问,你说的是生意。

老祖宗留下的东西,就是给人用的,我觉得胡厅说的比你说的要好。郑大吕不想给周三圭丝毫面子。周三圭浑身战栗起来,你,你,俗人一个。

郑大江见场面失控,急忙打圆场说,争论这些有啥意思呢?喝酒、喝酒,吃菜、吃菜。

郑大江出面打圆场,胡太息自然见好就收,端起杯子故意显出大度,呵呵对周三圭说,喝酒。周三圭本来就不想端杯,见郑大江挤眉弄眼的,气哼哼地放下杯子。郑大吕见胡太息尴尬端杯子,又主动跟胡太息碰杯,边碰边说,让我说,你们仨,胡厅水平最高。

周三圭心里添堵,独自喝光了杯中的酒,暗想,咋就遇到郑大吕这样的人?堵至深处,无处发泄,只听到周三圭的嗓子里咕噜咕噜响个不停。

郑大吕不管周三圭的情绪,哈哈大笑,进而与郑大江碰响了酒杯。

周三圭忍无可忍,没有丝毫犹豫,头也不回离开了酒桌。

周三圭走了,郑大吕说话更加放肆了,他指着郑大江说,哥,咋把这玩意领回来了呢?

3

早餐后,仨人决定去看僧家窑。郑大吕嚷嚷要随行,周三圭用无法妥协的态度说,你去,我走。

郑大吕没想到周三圭还生他的气,尴尬地看着郑大江。郑大江得给周三圭留些面子,回头劝郑大吕说,不用你陪,你也不必耽误酒店生意。郑大吕看看周三圭,"哼"了一声,半天才转头对胡太息说,日他碓子的,算啦。郑大江劝慰说,算啦,算啦。

实际仨人心里都清楚为啥去看僧家窑,没有僧家窑就没有那只甗。那只甗早不知去处,至今,仨人都不能释怀,自然想去看看僧家窑。

这么说来,还得从甑说起。

甑是中国古代的蒸食用具,为甗的上半部分,与鬲通过镂空的箅相连。单独的甑不太多见,通常与甗、鬲和箅相关联。甑多为圆形,有耳或者无耳。出土的甑中,铜制品居多,铁制品也有,瓦制的很少。

然而,三小姐家就有一只瓦甑。

要怪就怪明智大师,谁让他闲来无事,竟然摔打土坯、拉条、晾坯、素描、上釉,最后烧制了那批甑呢?奇怪的是明智大师烧制的瓦甑,蒸煮火炙一概不烂,仿佛铜制的一般。后来几代窑师一直探寻明智大师的技法,曾选择无数种黏土试验,均以失败而告终。直到民国,一位窑师历经磨难,依然烧制不出明智大师烧制的那种瓦甑时，才怅然而叹，生与灭，不是吾等之辈能改变的。

"非典"那年，到处喷洒消毒药水时，已是副处级调研员的周三圭突然想起了明智大师制作的那批甑，他专门找到时任房管局局长的胡太息说，物格属于人格，一人一物，终究无法仿制的。

非常时期，大家的神情都很严肃，胡太息正为防控疫情大为光火之时，见周三圭到办公室哗哗啵啵的，心里来气，没有搭理周三圭。周三圭想到一个问题，非要说清说透，他堵住胡太息的去路说，物和格的问题，想来你是清楚的。胡太息大概清楚了周三圭心里想说什么，心中咯噔一下，失去底气一般，弱弱问，人造物，物怡人，有啥不能模仿的？

周三圭讨厌胡太息当上房管局局长之后的说话口气，过去鉴于胡太息的声威，不敢造次，"非典"把人的情绪弄乱了，周三圭好像也变了一个人，挺直身板说，一物一气，味儿不同。怕胡太息听不明白，周三圭接着用了一个通俗的比喻说，好比腌腊菜，汗味不同，有的人腌制出的腊菜就臭，而有的人腌制出的腊菜就酸。

什么乱七八糟的。胡太息懒得与周三圭争论这等话题，故意转过身去。

周三圭不管不顾，继续感慨，可惜了明智大师的味道。

胡太息恼了，回头还了一句，你说说明智大师有啥味道？

周三圭嘀咕道，仁德的滋味。

这个周三圭，说他什么好呢？酸臭之味又扯上仁德，到底想说啥？

实际周三圭想说，拥有仁德之心的人，才能烧制出无人能及的甑。

说起明智大师的仁德，胡太息焉能不知？南宋偏居江南，惹得来来回回无数次拉锯之战。三元地处江淮之间，来回争战中，被战火殃及，闹得饿殍遍野、苦难丛生。明智大师心有不忍，决定闭庙建窑，好招募劳工，以解周边民众苦厄。没想到，随着窑货四处热卖，劳工收入大增，三元很快成了江淮之间的富庶之地。明智大师为此扬名四方，引得南宋府尹专门派员前来慰问。胡太息想到这些，张嘴而出，明智大师的仁德之举，不是气味，是德行。

周三圭不服气，犟脖子争辩，仁德就是滋味。见胡太息心中有鬼似的，周三圭再次发问，请问后来的窑师为啥烧制不出明智大师造出的那批甑呢？

胡太息怎么能知道？

周三圭料想胡太息不知，于是故作深沉说，还是少了仁德的滋味。

胡太息无法忍受周三圭的四六不着调，大声说，咋又扯上滋味啦？

周三圭冷冷地说，仁德是有滋味的。

实际周三圭想说，文家改变了三元姓氏格局后，引发新的纷争，后人多有失德之举，焉能烧制出明智大师烧制的那批甑呢？

要怪就怪昔日的文家祖上太能吃苦。那个看起来文弱不堪的后生孤身一人乞讨至僧家窑，寄居在僧家庙院外的蒿草中奄奄一息。要不是明智大师仁善，救他一命，只怕三元再也没有文家后人。谁也没有想到，就是这位潦倒不堪的年轻后生，用了不到三十年的时间，一跃而成三元的首富。为此庐州地界谣言不断,有说"文见郑,风不顺",有说"文见周,咕噜噜",有说"文见胡,满地出"。最后有人把这些话归纳起来,变成一句话,那就是:"郑胡周遇见文,啥事都不成。"文家占了上风,郑胡周三姓随之黯淡下去。打闹、纷争由此开始。据说闹了几代人,最后还是文家占了上风。胡郑周三家人只好怀揣悲伤和绝望,再次选择迁徙。远的去了江西,近的去了周边县区,实在无法迁徙的,甘当文家之奴。离奇的是,到了明末清初,就是那批甘于为奴的郑胡周三家的遗老遗少,再次起势,竟然打败了文家,又占了主流。直到三小姐这辈,文家早变得势单力薄了。

这些事实,胡太息清楚,可这些纷争不是一句"滋味"就能概括的,更不是"味道之说"就能道尽其中的玄机的,是时事弄人,宕跌起伏。

周三圭听到胡太息的辩解,越发恼火,继续犟着脖子说,失去仁德之心,焉能烧出过硬的甄?

胡太息实在无法忍受周三圭的造次,见周三圭步步紧逼,这才豁出身家性命一般大声说,说了半天,不就是让我承认,我的行为,失德失仁么?

话到这种地步,周三圭才点头,不再吭声。

事实上,文家衰落后,文家后人多有不服,到了三小姐这辈人依然不服。委屈多了,三小姐心里便堆满忧伤和苍凉,常常在夜深人静之时,捧出祖上留下的那只甄,一遍遍抚摸。

甄确实为明智大师所制,不说身型,单就紫红色釉身、疏朗处绿釉,就可以看出那个年代的特征,更别说甄内通透处的描金和其他特征了。抚摸久了,三小姐就会暗自落泪想,我一个女流之辈,如何担当重振文家的大任呢?

文家后人无人知晓祖上传下的象征图腾的古甑会落在三小姐手上,女儿周文更不知晓。直到周文出嫁前,三小姐才把周文叫到面前说,眼看你就要出嫁了,娘有件事不得不说。三小姐的神情肃穆,样子十分吓人。周文见娘神色怕人,有些发蒙,神情跟着庄重起来。三小姐这才焚香净手,捧出那只传家宝,颤颤巍巍放在桌上说,它是老文家兴盛的见证,传到我这里,文家依然没有任何起势迹象。说完这些,三小姐面呈凄凉之色,很久才慢吞吞说,祖上有"传盛不传弱"的家训。娘的子女中,唯你读了中师,眼看又要嫁给前途无量的胡太息,娘思考很久,才选中了你。记住娘的话,此甑姓文不姓周,往后它依然姓文,不能姓胡。

周文吓得哆哆嗦嗦,不敢接甑。

三小姐抚摸着甑说,将来子嗣中如有腾达迹象,就到娘的坟前烧场纸,火光冲天的那种。周文见娘越说越沉重,急忙跪下接过甑说,这么说,娘将这只甑传给大哥便是。

三小姐长叹一口气说,你大哥周武太过老实,你二姐周荃目不识丁,娘只能传给你。

面对这等交代,周文只好顺从娘的意思接过甑。接过甑,好似抱着千斤重担似的,面对娘,长跪不起。

4

等到新婚之夜,周文为表真诚,还是捧出那只甑对胡太息说,我娘把传家宝传给了我,太过沉重,不敢相瞒。

那是二十世纪八九十年代,其时,胡太息刚当上庐州房管局的科长不久,当时不少人已经开始关注文物,胡太息见周文捧出古甑，激动不已，想呀，抱得美人归不说，还落下这等贵重的陪嫁，自然格外高兴，急忙说，我懂你的意思。

周文说，娘专门交代，你我将来如有孩子，可否姓文？

胡太息想了半天才说，生女姓文，生男姓胡可行？

周文还能说什么呢？姓氏文化摆在那，胡太息已经给了她莫大的面子。周文私藏好那只甑后，鞠躬说，谢谢你开明。

这话不提，话说光阴似水，胡太息在房管局科长的位置上纹丝不动地干了三年，眼看同期入职的有人提拔成了副处，心里不是滋味，常常回家唉声叹气。

周文在庐州中学教书，不懂官场规矩，听胡太息嘀咕，只好跟着惆怅。也许一切都是机缘巧合，庐州分房过程中，胡太息认识了市委郑书记。胡太息想，郑书记就是老天顺下的天梯。有了此等心思，自然想与郑书记套近乎。闲聊中，得知郑书记是三元人，胡太息暗自高兴想，三元就是他的机会。找到空隙，胡太息故意对郑书记说，我老婆周文也是三元人。

说到三元，郑书记多了一些兴趣，问，哪个村的？

胡太息赶紧说，我岳母人称文家三小姐，地地道道三元人。

提到三小姐，郑书记笑笑说，原来你是三小姐女婿呀。

难道郑书记认识岳母？

郑书记见胡太息满脸疑问，笑笑说，你岳母可不是一般人。

胡太息点头哈腰说，受了一辈子苦，普普通通一个人。

郑书记不说受苦，单说文家发迹的旧事。

听郑书记说岳母家的轶事，胡太息激动得浑身战栗，一激动，脑子充血，心思短了路，慌乱中，居然顺带说出了周文的陪嫁。

郑书记知道明智大师，也知道那批甑的来历，于是问，难道那批甑真有留存？

胡太息说完就后悔了，那只甑是周文的传家宝，咋能轻易说出来呢？倘若书记看上了咋办？胡太息见郑书记想得到确认答复，只好硬着头皮说，确有留存。

这天周末，胡太息在家打扫卫生，郑书记突然打通了胡太息家的座机，笑呵呵说，小胡在家呀。

郑书记亲自问好，胡太息再次激动起来，声音颤抖说，在家，在家。

郑书记说，今得点空，想带夫人看看你家的那只甑。

胡太息心头一凉，嘴上只好说，欢迎，欢迎。

挂了电话，周文警觉起来，问胡太息，郑书记怎么知道我家有只甑的？

胡太息懊恼不已，简短说了前后经过。周文说，我娘临走时说，至宝物件，秘不示人，谁让你拿来说的？

胡太息说，光想着套近乎，不知不觉间说漏了嘴。

再责怪也没有用了，周文只好闭嘴。

郑书记来看甑，周文惶恐一番，才把那只甑捧出并摆在桌上。

郑书记夫人说，也没看出个好歹呀？不就一个不伦不类的瓦罐么？

郑书记说，你不懂，不懂呀。郑书记有点爱不释手，看了又看说，都说这批甑不怕气蒸火炙，试过没有？

何曾试过？

能不能试试呢？

胡太息傻了，假如试试，蒸裂了咋办？

郑书记见胡太息犹豫，不说话，一直看着胡太息。

胡太息只好硬着头皮说，试试，试试。

周文没有办法，只好把钢筋锅放上水，又把钢筋锅架在煤气灶上，再把甑架在钢筋锅上，甑的上面才扣上锅盖，做好气蒸的准备。一切都准备妥当了，点火时，周文迟疑了，又看看郑书记和胡太息，见没有退路，这才捂眼退后几步。

胡太息见郑书记还在看他，顾不得啥了，闭上眼，憋足一口气，上前啪地打着了火。

钢筋锅里的水很快沸腾了，胡太息意思可以停火了。可郑书记始终不吭声。胡太息只好咬牙盯着甑。一个多小时过去了，厨房到处都是水雾，看不清郑书记的表情时，胡太息急慌慌问，好了吗？郑书记才小声说，差不多啦。

胡太息急忙上前关火，而后顾不得滚烫，拿出一条毛巾包裹起甑沿，快速端离钢筋锅，急慌慌跑向客厅。待热气散尽，见甑没啥大碍，胡太息这才长舒一口气，小心翼翼退回到板凳上。

郑书记见胡太息让出位置，缓步走上前仔细查看那只甑。甑非但安然无恙，连紫红绿釉好像也起死回生一般，光鲜无比。看了许久，郑书记才哈哈大笑说，真品无疑。

周文听到郑书记说真品，急忙端起甑，走进卧室，再次藏好甑。

郑书记见周文好半天走出，这才回过神，看看周文脸色，断断续续喝了几口茶，才慢悠悠对夫人说，你不知道三小姐呀，她可不是一般人。

三小姐是谁？老郑今天咋啦？

见夫人愣怔，郑书记感叹说，周文的母亲，了不起的人。说完这些感叹，郑书记慢腾腾站起来要走。

书记到家，怎么能走呢？胡太息急忙喊周文留客，周文和胡太息一起央求郑书记夫妻留下吃饭。

郑书记一锤定音说，还有事，以后吧。

郑书记到底走了，弄得胡太息惆怅好大一会儿。

后来，胡太息一直记住郑书记说的"以后"，常常邀请郑书记到家吃饭，可郑书记一次都没有答应。

那是1995年的秋天，天凉得深了，房管局局长找到了胡太息，先说了几句客套话，然后蓦地问，听说你家有只甑？

局长怎么知道的？

文物这种东西，说白了，到底就是一件东西。

胡太息说，那是。

房管局局长说，有位老领导，当然这个领导姓啥名谁，我就不说了，老领导呀，特喜好收藏，郑书记当年多亏了他的提携呢。

胡太息不明白局长的意思，扑闪眼睛，半天没有接话。

房管局局长说，说来你当科长四年多了吧，年轻人得抓住机会咧。

谈话到了这里，房管局局长什么也不说了，静静看着胡太息。

胡太息回办公室的过程中，回味局长意味深长的话，隐隐约约明白了咋回事，随之吓出一身冷汗想，难不成郑书记让他试探我的口风？

回到家里，胡太息说啥也张不开口说话，那是周文的传家宝，其承载的东西，胡太息再清楚不过。换作别的什么，都好说。可郑书记通过局长把话挑明了，不做回应的话，估计这辈子也就完了。要怪只能怪自己嘴快，现在如何是好呢？

周文见胡太息愁眉苦脸地坐在沙发上发呆，暖心问，遇到啥事啦？

胡太息不想说，周文以为自己哪点照顾不周，追问，是不是我有些地方做得不妥，惹了你生气？

周文怎么能这么想呢？说实在话，像周文这等知书达礼的老婆哪里找去？也罢，胡太息索性把苦恼说出，免得周文瞎猜疑。

周文听到胡太息如此这般一说，突然间不说话了，怎么会这样？他可是书记呀。

胡太息说，房管局局长说的也是，东西就是东西。

周文终于冷静下来了，见胡太息还在纠结，豁出性命一般说，对我来说，真的是千难万难。送了出去，我就是文家罪人。不送出去，可能我会遗憾一辈子。

胡太息当然知道其间的轻重，怅然说，算啦，当一辈子科长也挺好的。

胡太息不那么说，周文不可能涌出豁将出去的心情。胡太息那么说了，她得有个态度。前后艰难取舍一番之后，周文咬牙说，娘的话我懂，这只甑承载了文家的起起落落，如果我们的孩子能姓文，你能就此升职，也算符合传承之意。胡太息见周文打定主意，连连摆手说，不妥，不妥，这里不仅涉及甑，还涉及你的家世和我的尊严呢。

周文不知说啥好了。

纠结很久，胡太息终于放弃了念头，摇头想，也罢。

可就在那段时间里，市里研究干部，胡太息意外被提拔成房管局的副局长。胡太息清楚背后的原因，涉及报恩，如何是好呢？

周文见胡太息整天恍恍惚惚的，有天夜里，忍痛说，明摆着的事么，为了你，我就当一次老文家的罪人。

5

算起来周三圭属于周文的同宗弟弟，同宗到多远，只怕周文和周三圭自己都说不清。

周三圭比胡太息迟毕业六七年，有了胡太息这层关系，毕业分配时，直接分到了庐州地方志办公室。那时，周三圭心中的感激之情无法言表，比比看，同期毕业的同学，大都去了农村，唯有他不但留在了市直，还在市委、市政府的大院里上班。周三圭常常对胡太息说，姐夫，没有你，就没有我，这辈子别想让我忘记感激。

胡太息努努嘴说，年轻人，少说多干，什么感激不感激的。

工作几年后，周三圭才知道方志办的弊端，原来这等单位属政府部门不假，可确实没有什么地位，无权无势不说，还得有坐冷板凳的功夫。这些不足为惧，怕人的是，机关大院的姑娘现实，没有谁看得上方志办的小伙子。追求几个大院上班的姑娘，得知他是方志办的，燕子一般飞到别人怀抱里。问题是周三圭又是一个不愿将就的人，各种耽误，岁近三十，依然单身。

也许周文让周三圭这个弟弟蹭饭蹭烦了，一天遇到远门表妹郑大菊到家吃饭，徒生主意，当着周三圭的面，故意问郑大菊到底谈对象没？郑大菊在市二院上班，是名护士，看上去肉乎乎的。郑大菊听周文那么问，实话实说，我天天上夜班，谈个鬼呀。

周文装出不经意的样子,瞅瞅周三圭,周三圭立即明白了周文的意思,脸唰地红了。

周文故作轻松问,三圭还单着吧?

周三圭羞得不敢抬头,脸红得像片大红纸。

郑大菊见周三圭害羞,落落大方地说,人家在机关大院上班,咋看得起我等上夜班之人。

周三圭听郑大菊说得那么直接,忙说,哪有的事。

郑大菊感到周三圭腼腆得有些好笑,主动说,多大的人了,还这么害羞。

周三圭鼓起勇气,抬头看了郑大菊一眼,最后把眼光停在郑大菊的脸上,居然目不转睛起来,弄得郑大菊越来越不自在。为解尴尬,郑大菊自我调侃说,好像不认识我咋的?

周三圭郑重说,过去看的不算。

郑大菊笑呵呵问,看够没?

碍于周文在,周三圭红晕又起。

周文见有戏,大包大揽说,就这么定了。

看来看去,还算满意,周三圭不再说啥,站起来恭恭敬敬说,听姐的。

结婚那天,胡太息当的证婚人,双方单位看在胡太息的面子上,来了不少人,走过结婚程序,到了晚上,自然双双进入洞房。

郑大菊见闹房的人离去,上前抱住周三圭说,总算安静了下来,让我好好看看你。

周三圭挣脱开郑大菊的怀抱,从枕头底下扯出一条白毛巾,而后,恭恭敬敬铺在床的中央。郑大菊不高兴了,什么意思?一个大学毕业生还搞这套?

说来周三圭确实够循规蹈矩的，恋爱时，郑大菊几次暗示，甚至无数个周日都磨蹭在周三圭住处，可周三圭始终与她保持着适当的距离。郑大菊那时候特别好奇，疑惑地问，难道不爱我？周三圭一本正经说，正因为爱，所以才不敢胡作非为。回答没有问题，郑大菊高兴，可郑大菊不甘心，继续挑逗说，也许那样才叫完美。

周三圭当然明白郑大菊的意思，急忙正色道，那样不好，不好。

郑大菊那时候觉得周三圭特别可爱，暗想，像周三圭这等自律的人，绝对算得上好男人。

没想到新婚之夜，周三圭居然捧出一条白毛巾。

按说，这也不是什么坏事，正好检验下自己的洁白无瑕。可问题是，自己不是真金，焉能不怕火炼呢。郑大菊笑笑问，有这个必要么？周三圭不说话，拉灭了灯，然后抱着郑大菊说，我在意。

不在意还好，在意就出问题了。

郑大菊见搪塞不过去，索性咬牙坦白，说自己上卫校时，谈了场恋爱，没想到那个家伙不负责任。郑大菊最后说，可这一切并不影响我对你的真情。

周三圭拉亮了灯，看着郑大菊问，你失过身？

郑大菊点头。

周三圭猛地拉灭了灯，蒙起了头，一个人躲在被窝里抽泣。郑大菊尴尬了，瞬间陷进沉默里。没想到周三圭抽泣半天，啪地又拉亮了灯，近乎绝望地说，你骗人。

郑大菊见周三圭这般痛苦，生了愧疚，道歉说，我们始终没有那个，我咋好意思开口呢。周三圭嗷嗷大叫，看我好欺负咋的？

郑大菊说，难道那些会影响我对你的真心？

离开纯洁，何谈真心？

这是什么话？郑大菊跟着抽泣起来。郑大菊静静哭了一会，拉灭了灯说，如果你在意，明天我们就去办离婚手续。

离婚？婚姻岂是儿戏？

你说怎么办？

你这个骗子。

我不是骗子，一直都想告诉你，可你不给我机会。

相处那么久，没有机会？

我是个姑娘，起码的矜持要有吧？

周三圭又拉亮了灯，然后扯出白毛巾，拿把剪刀，从白毛巾的上头一点一点往下剪，由于急切些，剪伤了手，血液溅到半截白毛巾上，接着洇染开来。周三圭看着血渍洇染出的梅花一般图案，捂住脸，把半截毛巾包裹起来。之后，再次拉灭了灯，骑到郑大菊身上说，你这个不要脸的女人。

郑大菊捂住了脸，郑大菊没有体会到爱意，感受到的全是屈辱。

办完那事，周三圭扯开另一条被子，独自钻了进去。

第二天起床，郑大菊再次提出离婚，周三圭恼了，啪啪打了自己好几个耳光才说，我下贱可行？郑大菊擦擦眼睛，跟周三圭一起见亲人，谢朋友。外人倒也没有发现异样。三天回门，外出旅游，他俩像无数新婚夫妻一样，走完了该走的程序。可旅游归来，两个人都清楚感情出了问题，由于周三圭不想离婚，郑大菊也不好较真，只好别别扭扭过下去。等到融进日常生活时，周三圭心里越来越委屈，好像郑大菊在他心里埋下了一团龌龊，又在龌龊之上盖上恶心，最后又弄条破抹布把一切都包裹起来似的。到了晚上，想起破抹布包裹起来的龌龊和恶心，周三圭怒火中燃，上身、下身，全然不顾及郑大菊的感受。

时间长了，人们发现周三圭和郑大菊婚姻出了问题，那种问题是显而易见的。周文发现问题后，连续几次邀约周三圭。周三圭不加思考，张嘴便予以拒绝，好像周文也骗了他似的。周文不知道周三圭这个远门弟弟到底咋啦，只好打电话叫郑大菊去。周文问郑大菊，你和三圭之间到底咋啦？郑大菊不好意思说出真相，撒谎说，他就那么个人，结婚后变了一点罢了。

过去挺开朗的，婚后为啥变了呢？

郑大菊说，也许在单位不顺心，也许心情不爽，不说他了，我们喝酒。

郑大菊能喝酒的，不一会就把自己喝醉了。醉酒之后，郑大菊才后悔地说，我咋就答应了？咋就嫁了呢？

周文说，你俩挺般配的，为啥说这种话呢？

郑大菊哭哭啼啼，打死不说原因。

周文感觉周三圭和郑大菊之间肯定出了问题，打电话给郑大江，让郑大江问问周三圭到底怎么回事。郑大江是郑大菊的远门哥哥，接到周文电话后，找到郑大菊，无头无脑地问，你跟周三圭到底咋啦？

郑大菊不知道郑大江什么意思，遮掩说，挺好的呀。

郑大江说，挺好的，为啥有了生分？

郑大菊说，也许刚刚结婚，彼此不适应吧。

到了春天，有次郑大江喝多了酒，疑问又起，主动找到周三圭，悻悻地问，你和大菊之间到底出了什么问题？

周三圭见郑大江醉醺醺的，懒得搭理郑大江。郑大江恼了，二话不说，劈脸给了周三圭一拳，高声骂，狗日的，你竟敢冷落我妹妹？

周三圭擦干血污，丢下郑大江说，你妹妹？对了，确实像你妹妹，像你这个谎话连篇的人。

郑大江酒醒了大半，狗日的周三圭，竟然敢说我谎话连篇？那时的郑大江已经成了老板，不说身价千万，家里至少也有七八百万存款，岂能容忍周三圭这般腌臜？郑大江撵上周三圭说，你给我说清楚，我怎么就谎话连篇啦？

周三圭掸掸衣袖，冷笑几声，扭头，噌噌走了。

郑大江最后让老婆胡明娟问郑大菊，郑大菊想，再瞒下去不知还要生出多少误会，于是哭哭啼啼说了原因。

胡明娟听到郑大菊的哭诉后，半天没有吭声，等她抬起头时，才咬牙对郑大菊说，告诉周三圭，让他学学我。

郑大菊不知道胡明娟让周三圭学她什么，愣怔好久，才站起来说，不要问了，慢慢就会好的。回家之后，郑大菊当然不会提及胡明娟说的话，冷脸过日子就是。

有天晚上，周三圭还如过去一般潦草，郑大菊委屈，才想起胡明娟说的话，忍住委屈，对周三圭说，弟媳让你学学她。

学她啥？

郑大菊也不知道学啥。

周三圭沉吟半天才说，郑大江、郑大菊，哼哼。

哼哼啥？郑大江咋啦？值得你哼哼？

冷战持续中，郑大菊怀孕了。听到郑大菊怀孕的消息，周三圭一夜未睡。天蒙蒙亮时，周三圭就起床了，先洗漱一番，待穿戴整齐后，才叫醒郑大菊说，看在孩子的分上，我会像个丈夫的。

郑大菊那会眼睛湿润了,她想骂周三圭几句,可见周三圭神情肃穆,只好捂住嘴,压住哭声。

打那之后,周三圭变了一个人,洗衣、做饭、煲汤、打扫卫生,全包了。郑大菊看周三圭忙里忙外的,大为感动,脸上终于露出笑容。

周文见郑大菊不再惆怅,专门找到郑大江说,周三圭还真听你的话,打你规劝后,又变回了过去。

郑大江想,他听我的?不可能。想起周三圭的变化,郑大江对周文说,不知为啥又变了回去,真搞不清他是什么熊人。

6

按说郑书记、郑大菊、郑大江之间都能攀上世亲,可郑书记根本不正眼看郑大江,更别提郑大菊了。一次郑大江为了搞掂一个工程,托胡太息找郑书记,郑书记始终打哈哈,直到郑大江临走,郑书记才眯缝眼睛对郑大江说,我怎么会过问工程方面的事情?惹得郑大江回家骂了好几天郑书记。心中放不下,加之气不过,郑大江便找周三圭说郑书记的闲话,说到最后,郑大江心生疑惑,忙问周三圭,为啥他单单器重胡太息?

周三圭也困惑,想了半天才说,也许胡太息比其他人会顺蛋呗。

郑大江摇头不信,可他又说不出其他理由,只好嘟囔道,单就顺蛋而言,我不比胡太息差,肯定还有其他原因。周三圭见郑大江胡言乱语,丢下他,摇头走进办公室。刚坐下,主任突然敲门,让他去下办公室。

周三圭迟疑,主任找我何事?起身跟上主任,慢慢走进主任办公室。没想到,主任回身,还砰地反锁上办公室的门。主任反常,让周三圭有些不适应,周三圭忐忑问,有事?

主任神秘问,知道甄么?

知道,咋啦?

主任说,这么跟你说吧,一位老领导,弄到明智大师烧制的一只古甄。可老领导的老伴眼神不好,打扫卫生时,不小心把那只甄弄成了两瓣。老领导为此生了病,现在还躺在医院里。

周三圭想,这与我何干呢?主任见周三圭不开窍,简略说,老领导不想让文物局的人修补,怕人家顺手做了馆藏,特托我找人想想办法。

周三圭说,修方志与修复文物两码事。

主任情急之间,想起了过去单位的花盆打碎了,大家要把那只破碎的花盆丢到垃圾桶里时,周三圭说,别丢,把它修补好就是。谁也没有把那只花盆放在心上,谁知过了几天后,周三圭上班变魔术一般掏出塑料袋子里的花盆,放上土,植上花,花盆看起来还是好好的,大家都问周三圭怎么修复的,周三圭说,粘粘、补补,小事一桩么。主任想起这些,笃定周三圭有修复文物的能力,眼下不好找别人,病急乱投医,就他周三圭啦。想到这里,主任淡定地说,横吹笛子竖吹箫,什么不是人学的?

可我从来没有修补过文物呀。

从今天开始,你就到文物局拜师,没有学不会的事。

周三圭傻眼了,隔行如隔山呀,现学现卖,咋行?

主任说,能把这只甄修补好了,你就是功臣。

周三圭没想过功劳,想的是主任如此信任他,不好意思拒绝。

主任说，人生就是挑战自我的过程，挑战懂么？

说到挑战，周三圭来了兴趣，是呀，不挑战自我，怎么知道自己不行？再说，还能到文物局拜师，有啥怕的？周三圭答应之后，不放心文物局那边，小声说，人家会教我么？

主任说，局长是我哥们，他会安排好的。

周三圭这才站起来，挺挺胸脯说，这么说，我就挑战下？

什么叫挑战？你本来就行。主任神情释然，接着打开了门，然后直接把周三圭带到老领导家。

老领导已经出院了，躺在家里静养。见主任和周三圭进门，咳嗽半天才指指卧室的凳子，说坐。俩人谨慎坐定，老领导眯眼瞅了瞅周三圭，怀疑地问，这么年轻，能行？

主任知道老领导的意思，站起来解释说，别看他年轻，他可修复过好几件文物呢。

压根没影子的事，主任却说得有鼻子有眼的，看来主任也想挑战一下自我，笃定周三圭行。老领导摇头说，修复文物不是砌墙涂腻子，得有专业知识。

主任说，他就专业呀，否则咋敢带他见你呢？

老领导再次看看周三圭，摇头说，算了吧。

周三圭没想到老领导居然瞧不起自己，心有不服，便不管不顾说，不就补个甑么？我还修补过瓿和鬲呢。

真的？

周三圭眨巴几下眼睛，大包大揽说，有何难的。

话说到这个份上，老领导也只能死马当作活马医，亲自下床捧出两瓣甑，话不成句说，多好的物件，找谁说理去。

甑碎成两瓣，崩裂处还散碎了一些瓦屑。周三圭接过两瓣甑时，才感到惊慌，看来挑战真的来了。

回程路上，主任说，此事切切不能告诉任何人。我把宝押到你的身上，你可得给我上心喽。周三圭见主任千叮咛万嘱咐，才知责任重大，后悔在老领导那里配合主任说了谎话，苦笑半天才说，万一修复不好，咋办？

主任说，没有万一，只有成功。

7

有了主任介绍，周三圭找文物局局长。局长推荐了一位老师，周三圭见到老师说，我平时喜欢收藏，免不了做些修补，真心求老师赐教。接着，周三圭行了徒弟礼，又奉上一些尊重，随后，跟着老师断断续续学了两个多月。之后，周三圭把自己关在书房里，反复学习修复文物的相关知识。那时节，时光没有停留脚步，星移斗转，夏天已经变成了秋天，周三圭看完满天星星，才喘口气走进书房，认真研究明智大师制作那批瓦甄的来龙去脉。等到一个阴雨绵绵的晚上，周三圭觉得熟悉了全部经过，便想着手修补。遗憾的是，刚想出手，难处来了。恢复旧貌，需经过光谱分析颜料光泽从而论证出颜料成分。没有设备，颜料修复就没有办法完成，加上绘图、粘补、加固、补型以及金箔回贴等等技术，都还处于一知半解之中。看来想修复好这只甄，比登天还难。想到这些，周三圭手开始了痉挛，始终不敢碰那半瓣甄，仿佛那半瓣甄就像一个炸雷。咋啦？我的手咋啦？喘息半天才明白，修补文物得从克服心理障碍做起。于是周三圭听着外面淅淅沥沥的雨声，开始练习手力，刀叉笔矬，一样一样练来。等练到深秋，把每件工具都练得滴溜溜转，直到出神入化之时，周三圭才用左手按住右手说，再不争气，我就剁了你哦。右手好像被他驯服了一般,不再痉挛不说,一个动作还可以纹丝不动保持一个多小时。

直到这时,周三圭才长出一口气想,得,土法子上马,成功的例子多呢。

周三圭终于决定出手了。

他先用锉子轻轻锉平粘接面,又把两瓣甑固定在自己制作的小型滑轮轨道上,见万无一失后,才用注射器在粘接面上注射101胶水。之后,顺着滑轮轨道,把两瓣甑慢慢向前推进,待推到恰当位置后,才啪地对接上,直到严丝无缝,才小心翼翼用绳子固定住。耐心等了一个多小时后,见两瓣甑牢牢粘合在一起时,周三圭开心笑了,站起来拍拍手想,粘合在一起并不难呀。才得意一小会,端看粘合处,却傻眼了。裂缝痕迹清晰可见,里外皆是。这如何是好呢?他想起了老师的话,用透明的金箔粘贴里面,粘贴好后,上膏、着色,先里后外。如法炮制,很快消灭了内里痕迹。临到外面,无从下手了,弄不清外层釉彩的成分,怎么修补?临近初冬,北风不停嘶吼,周三圭冷冷瑟瑟,还在琢磨颜料问题。越猜想越糊涂,怎么也搞不清明智大师用了什么颜料。从春末到初冬,郑大菊挺着大肚子眼看就要生产了,见周三圭天天晚上埋在书房里捣鼓破东西,心里一直不舒服,想呀,才变好几天,又变成这等样子,到底想干啥?实在无法容忍了,某天深夜,郑大菊敲开书房门,气呼呼地问,知道我多么辛苦么?

周三圭没好声气地说,谁不辛苦。

郑大菊问,你捯饬破瓦片有啥意思?

周三圭一个愣怔,想起主任叮嘱,不敢说明真相,遮掩说,破玩意才值得珍惜。

说啥呢？阴阳怪气的。

周三圭说，挑战自我，挑战懂么？再说很多东西根本无法修补，可我不信。

郑大菊听出了周三圭的话外之音，抹把眼泪躲开周三圭，想，这个周三圭真不是靠谱的家伙。

剩下的还是颜料问题，如何才能找到这等相似的颜料呢？唯一能做的，先在外缝上粘贴金箔，然后再涂抹石膏，磨平，一切都差不多了，还是找不到颜料。实在没有办法了，周三圭恼了，干脆买了七彩笔，想，顺着色系，慢慢着色吧，否则咋弄呢？

紫色、红色、绿色。他一点一点往上涂，晾干后，看上去颜色几乎接近，喜不自禁，特意用手摸摸着色处。这一摸，坏事了，涂抹处居然掉色。怎么办呢？问文物局的老师，老师说，不用矿物质颜料着色，肯定不行。

可哪里能寻到紫红绿的矿物质颜料呢？

老师说，我手上有些矿物质颜料，你拿去试试。

着上矿物质色彩，晾干后，接连蹭了几次，好家伙，还真不掉色了，可新鲜颜色与过去颜色不匹配，周三圭想做旧，又怕做废了其他釉彩，揉揉心，只能么将就了。

周三圭抱着缺憾，打了主任电话。

主任亲自到了周三圭家里，看了半天，觉得满意，于是小心翼翼包裹起甑，让周三圭提着，去老领导家。

一路上，周三圭始终忐忑不安。好不容易走到老领导卧室，等拿出甑时，他的心几乎跳到嗓眼里。

老领导左看右看，感觉确实完好如初。可细细打量，很快发现了颜料问题，老领导叹息说，修旧如旧，缺了做旧，到底差了成色。

周三圭心咕咚一下，眼前一阵眩晕。

很快，老领导呵呵笑了起来，接着高兴地说，能修补成这样，已经很好了。老领导一高兴，居然下了床，提议用气蒸法，试试修补水平。周三圭急忙拦住说，修复用的胶水，焉能经得起火烧气蒸呢？老领导点头沉思一会想，也是。带着遗憾，老领导收起甑，之后，才激动地握住周三圭的手说，能修复成这样，不错啦，谢谢你，年轻人。

周三圭心中的呼啸到这时才戛然而止。

过了春节，出了正月十五，庐州开完了"两会"。"两会"结束之后，市委开始调整市直班子，谁也没有想到胡太息又被重用，居然兼任了市政府的副秘书长。更为出奇的是，主任转任去了实权部门，而名不见经传的周三圭，居然也被提拔成了方志办的正处级调研员。大家疑惑，周三圭也疑惑，一天周三圭专门找到主任问，到底咋回事？

主任想，周三圭真是明知故问，见周三圭不像装蒜，这才大声说，组织的眼睛是雪亮的。

周三圭想，确实雪亮，否则轮不到我。

8

胡太息接连得到重用，举止神情都变了。说到市长，喜欢先说出名字再加上职务，就像市长喊他太息秘书长一样。看起来只是称谓游戏，实则学问极大，不是谁都可以那么喊某某市长的。说起胡太息的变化，还有一个明显特征，那便是他由话痨变成了惜话如金的人。他可以在喧嚣而嘈杂的争论中，一声不吭。当需要胡太息说话的时候，他会拖长声调，先咳嗽几声，镇住场子，才会字正腔圆说出想说的话。

在外面怎么表现，无关家居。回到家，胡太息好像变得做不好自己似的，常常阴着脸，不言不语。心里纵有一千个、一万个不高兴，说话还是蹦单词。偶尔，蹦出的单词会把周文吓得半天回不过神。胡太息咋啦？什么时候变成这么说话的？

这天胡太息见房间太乱，超越了忍受极限，皱皱鼻子、跷起二郎腿说，乱。

周文上前说，你帮我收拾下，今儿课多。

胡太息说，校长不知减课？

周文说，我的事不用你操心。

胡太息突然就火了，那种火气没来由一般四处乱窜，操。

孩子小，乱点咋啦？过去也是这样的。

胡太息端着腔调说，你现在是市政府副秘书长的老婆，好好学学郑书记夫人的派头。

周文恼了，去你娘的胡太息。控制不住情绪，周文哇哇喊，别忘了，你叫胡太息。

胡太息当然清楚周文的意思，他确实叫胡太息，可今天的胡太息不是过去的胡太息。为了一只甑，这些年来，他在周文面前，一直不敢大声说话，那只甑带来的憋屈和压抑，早让他厌烦透顶，他要重新找回自尊。胡太息站起来慢腾腾说，统筹不会？

不是家务活的问题，是态度。

态度咋啦？胡太息提高声音，变回了另外一种神情，大声问，真以为那只破甑就能打动郑书记？别忽略我的付出！

周文不屑一顾地说，不管你当什么，回家你还是丈夫和女儿爸爸。

胡太息太难受了，呼啦站了起来说，校长能跟你平起平坐吗？嗯？

周文气得当即落泪，哭哭啼啼说，早知道这样，打死也不捧出那只甑了。一气之下，周文把脏乱衣服撒了一地，带着女儿，去了周三圭家诉苦。

周三圭明白了来龙去脉后，脱口而出，症结原来在这里。想到症结，周三圭口中、心里全是不屑，切，呸，胡太息呀胡太息，有什么资格装腔作势？

往后再见胡太息，周三圭口中全是埋汰。

胡太息怎么能容忍周三圭的埋汰？有天他拽住周三圭的胳膊，扯到无人处，才冷冷地说，你个狗日的，吃错药啦？

周三圭嗷嗷喊，我看不起你这种人。

胡太息还记得周三圭过去说过感激之类的话，世上哪有周三圭这种感激法？这不是过河拆桥嘛。胡太息忍无可忍，直白说，忘记你怎么分到市直的？怎么得到重用的啦？

周三圭说，我呸。

简直不知好歹，胡太息生气问，翅膀硬啦？

周三圭说，我没有翅膀，心里只有恶心。

胡太息说，这次提拔，真以为靠你的能力？

周三圭想反驳，突然想起了补甑，猛然间哑了口。

胡太息点中了周三圭的死穴，周三圭羞愧得不敢抬头了，胡太息咋什么都知道？周三圭满脸通红地甩开胡太息的手，赶紧拍拍屁股走人。

龌龊跟着胡太息的提醒一起涌上心头，是呀，没有胡太息送甑，他就没有机会补甑。这么说来，我跟胡太息竟然是一路货色。周三圭茶饭不思，到家就坐在沙发上发呆。

郑大菊问，咋啦？为啥几天都不说话？

周三圭喃喃自语，我肮脏、龌龊，我不是东西。

郑大菊又问，到底说我，还是说你自己？

周三圭知道郑大菊误会了他的意思，可他的苦恼不想对郑大菊说，他大声喊，自己琢磨去。

9

周三圭心里烦死了，主动找到郑大江说，狗日的胡太息，恶心死我了。

郑大江正为胡太息进一步得到重用而高兴，说白了，胡太息到底还算胡明娟的远门哥哥，做生意、争项目，胡太息就是未来的靠山，周三圭有啥资格乱说胡太息？郑大江想罢，劝慰周三圭说，胡太息和你什么关系？不说我们仨的姓氏，想想我们老婆姓什么？

周三圭拧着脖子说，他变了。

郑大江问，他变？你不变？

周三圭说，都说商人庸俗，我算领教了，以后不要联系我。

郑大江气得脸红脖子粗，你个周三圭，真是一根筋，去去去，说不到一块，散伙。

周三圭恼火喊，散伙就散伙。

周三圭走了，郑大江生气，把周三圭说的话又学给了胡太息，胡太息笑笑说，看在周文的面子上，算了。

郑大江说，说来他也算我的姐夫，可我不护短，如果让我说句公道话，我现在就说，他周三圭怎么能跟你比。

胡太息笑笑，意思值得比么。

三个男人这里拉开了隔阂的序幕，周文、郑大菊、胡明娟却成了主角。周文对郑大菊哭诉说，官把胡太息害了。

郑大菊问，回家也端着架子？

周文鼻涕一把眼泪一把地说，谁知道他成了这种人。

郑大菊把这话又学给胡明娟，胡明娟说，人都会变的，郑大江没钱时，不知有多乖，现在呢？回家的次数一天比一天少。

郑大菊感慨万千，想想周三圭，也感叹说，家家有本难念的经，算了，算了。

三个女人说的都是细碎之事，传来传去，话变味了，说胡太息当上副秘书长后，不顾家，天天甩脸子给周文看。这话不知怎么就传了出去，胡太息问周文，周文问郑大菊，郑大菊问胡明娟，互相责怪，闹得三个家庭轮番吵架，这边说，那边谁谁说了啥；那边说，这边谁谁那么说。结果谁也说不清到底谁说了啥，闹得三家不再来往了。

就在那时，老领导走了。老领导是庐州德高望重之人，没有他的奉献，就没有庐州的今天。听说老领导病故，全市上下熟悉老领导的人都很悲伤。

老领导老伴年纪大了，受到打击，早躺到医院去了。老领导三个儿女轮番照顾娘，最后老领导的大儿子便想起那些古物了，听说那些东西特别值钱，究竟值多少，没个准头。焦虑的是，爹临走时没说那堆东西传给谁，将来娘撒手走了，如何分配那堆古物？老领导大儿子提议，把爹收藏的古物私下卖了，钱当着娘的面平均分了。

老领导的大儿子有这个提议，因为眼下遇到过不去的坎了，做了几年生意，一直亏本，现在要账的挤破门，急得他就差跳楼了。急等钱用，就想到爹留下的那批古物了。没想到，他的提议得到两个妹妹的支持。老领导老伴想想也是，什么都是儿女的，老伴走了，我又不能把那堆东西带到坟墓去。

老领导大儿子这天抄着手找到郑大江，神秘地说，老头子收藏了一只甑，据说价值连城，听说你有不少收藏界朋友，能不能帮我想想办法？

多少钱合适呢？

五百万。

什么甑值这么多钱？

明智大师制作的，都说它是无价之宝。

郑大江找到收藏界朋友打听，行家说，还真说不好价格，说它珍贵，它乃无价之宝；说它不值钱，也许一文不值。说来，那批甑始终没入国宝的范畴。

郑大江说，那到底值多少钱呢？

物以稀为贵嘛，品相好的话，这个数。行家伸出五个指头。

五十万？

往大里说。

五百万？

至少这个数。行家又晃了晃五根手指。

郑大江吓得张大了嘴，喜不自禁地把老领导大儿子带给了行家。

行家约了四五个朋友，研究半天，最后开出四百万的价格。

老领导儿子说，至少五百万。

行家说，这只甑破碎过，修补的痕迹还在。好在品相尚好，否则一文不值。

老领导的儿子急等钱用呀，一咬牙，握手成交。收到钱，老领导儿子激动呀，乖乖隆咚，一只破甑就卖了四百万，老头子留下的古物多呢，将来免不了麻烦郑大江。想想以后，一激动，顺手转给郑大江二十万，然后千叮咛万嘱咐说，老头子收藏的那堆东西，免不了麻烦兄弟。

郑大江白捡二十万，当然高兴，连说，好说，好说。

郑大江回家把事情的来龙去脉说给胡明娟听，说完还喜滋滋说，白捡了二十万。

胡明娟当然高兴。高兴之余，想到了周文，好久没有走动了，这次一定带周文去买件衣服，也好修补一下彼此的感情。周文接到胡明娟的邀约，没有拒绝。到了商场，挑拣衣服的过程中，胡明娟把郑大江白捡二十万的事说给了周文。

说者无意，听者有心，周文问，什么甑？

谁知道什么甑。

周文脸色越来越不好看，最后捂住眼睛说，四百万呀。

周文知道，那只甑必是她的传家宝无疑，四百万打了水漂，搁谁心里能好受呢？周文早已听不到商场里面的嘈杂声，脑中显现的只有数字，四百万，四百万。等她抬头再看胡明娟时，眼中全是泪水。胡明娟不知周文为啥突然间变成这样，刚想问及原因，周文瞬间捂住自己的嘴，而后，慌乱地说，我有些不舒服，我得走啦。

胡明娟疑惑，挑拣半天了，为啥又不买啦？

周文不解释原因，噌噌跑出商场。

回到家，周文丢下包，躺在床上落泪。四百万什么概念呀？每月工资才一两千元，四百万乃天文数字呀。

胡太息不知道周文心情糟糕透顶，晃晃悠悠下班，进门就责怪周文做饭晚了。

周文突然间火了,拍着床腿说,下饭店吃去?

咋?

四百万都送人了,还怕下馆子?

什么四百万?

你说什么?那只甑让人家卖啦?

胡太息知道老领导走了,没想到他的子女会卖甑,四百万?胡太息心里也刺啦一声,很久都没有说话。

周文说,我豁出性命为了谁?谁能想到他转手送了老领导呢。

胡太息说,泼出去的水,心疼有啥用?

周文苦恼极了,不管不顾地说,记住,你的这身官皮是怎么来的。

话说得这么难听,胡太息瞬间阴沉起脸。

周文抑制不住内心的冲动,上前扯掉胡太息的外衣,扯了一件,又扯一件。

胡太息的阴郁转化成了冷峻,可他能说什么呢?

见胡太息始终不说话,周文趴在桌上呜呜哭了起来,她想起了娘,想起了那份沉重,瞬间感觉已经不是四百万的问题了。

胡太息没想到事情会弄成这样,无处撒气,只好一个人走了出去。

饿着肚子,淋着冷雨,胡太息的苦恼扯成忧伤。来回走动中,想到了郑大江,好你个郑大江,就算你帮他卖了甑,何必让胡明娟告诉周文?

胡太息私下找到郑大江,鼻子不是鼻子、脸不是脸地说,开心啦?

郑大江云里雾里的。

胡太息说，白捡了二十万是吧？那我告诉你，那二十万是我的。

郑大江彻底糊涂了，二十万怎么能扯上胡太息？

胡太息说，知道那只甑哪里来的？是我送老领导的。

郑大江清楚原因后，愣住了，想到胡太息的身份，郑大江转身拿出一张存折说，这里有四十万，算我补偿你的。

胡太息说，你补偿，你补偿得起么？胡太息怒气冲天，转身走了。

郑大江白白受了一场埋汰，特别窝火，想到胡明娟传话，回家就骂胡明娟糊涂。

胡明娟委屈争辩说，我哪里知道那只甑是周文的传家宝呢？

郑大江说，日你碓子，能不能把嘴闭紧喽？

胡明娟好心落得这种结局，心里委屈，找郑大菊诉苦。

郑大菊把胡明娟的话又说给周三圭听。

绕了几个来回后，不知道谁透露了风声，坊间很快有了杂七杂八的传闻，人们窃窃私语说，看起来人五人六的，殊不知官帽是老婆拿传家宝换的。

胡太息听到传闻后，脸都气青了，谁这么埋汰人？不是郑大江，就是周三圭，咋遇上这两个不知好歹的家伙。越想越气，回家把怨气撒在周文头上。周文心里早就水煮火燎的，焉能容忍胡太息？从此俩人开始了新的争吵，一场猛于一场，三个月不到，开始了分居，半年不到，赌气离婚。

胡太息离婚的消息很快成了庐州官场的爆炸性新闻。说起胡太息离婚，政府大院的人一直私下津津乐道，议论越来越难听，有人说，胡太息靠老婆传家宝上位，又甩了老婆。有人说，没想到郑书记和老领导是那样的人。议论多了，话传到郑书记那里，郑书记已经交流去了京城，担任了一个不大不小的领导，得知传言后，专门打电话问胡太息，为啥离婚？

胡太息说，一言难尽。

郑书记问，离婚咋还扯出那么多事情？

胡太息说，我哪里知道呢？

郑书记长叹一口气说，算了，我看，你干脆离开是非之地。

谁也没有想到，2006年的冬天，一场雪之后，胡太息真的到北京一家事业单位，还当了个副职。

胡太息拍屁股走了，苦的是周文，想想看，几番折腾，仅仅落个姓文的女儿和一套房子。

一口恼憋在心里，无事时，就找周三圭诉苦。

周三圭不仅不安慰周文，还添油加醋地说，姐，离开那种人，算你福气，别说他官至副厅，就是成了皇帝老儿，也抬不起头做人。

周文没想到周三圭会这么说胡太息，愣怔半天才问，你怎么到庐州的？

周三圭说，即便我担下人情，也瞧不起他那种人。

周文泪流满面，什么也不说了。

后来周文专门去了一趟三元，扑倒在三小姐的坟前，连抽自己几个耳光说，娘，女儿是个罪人。伤心处，昏厥过去几回不提。

10

打周文跟周三圭诉苦后，周三圭心里也绾了一个结。那只甑是经他手修复的，假如当初不下那么大的力气，结果又怎样呢？当然，假如老领导儿子不认识郑大江，卖甑之事会传到周文这里？假如不是出于气愤，自己会不三不四诋毁胡太息吗？周文跟胡太息离婚，我周三圭也脱不了干系。周三圭解不开心中的疙瘩，打电话对周文说，姐，你们离婚，我也有责任。周文说，与你何干？周三圭如此这般一说，周文说，怎么能怪你呢？

周三圭说，我不修补，就没有后来这些事情。

周文说，弟呀，你不替人家修补，人家不会找别人？

周三圭说，假如不那么上心，就会变成另外一个结局。

周文说，谁修补一件东西不上心呢？

周三圭说，有些东西是无法修补的。

周文说，说哪儿去了？你不是修补得很好么？

说到修补，绾成的疙瘩又缠绕上几道箍，郑大菊好比破碎成两瓣的那只甑，他修补了这么多年，伤痕还在那里。

过了春节，便是春天。一个春雨缠绵的夜晚，周三圭对郑大菊说，大菊，我可以修复好那只甑，可我修复不了我心里的裂痕。

郑大菊说，你的意思，我们也离婚？

周三圭说，我本来打算当个好丈夫、好爸爸的。

郑大菊说，凑合不是一家人，折磨我这么多年，早累了。

话说到这个份上，没啥好留恋的。两个人达成和解，协议离婚。最后郑大菊带走了儿子，临走出家门时，郑大菊回头说，周三圭，从此不会原谅你的。

周三圭眼睛一黑，居然流出热乎乎的东西。

周三圭离婚，又变成大家口中的话题。有人说，周三圭修补好了那只甄后，也得到了重用，现在居然学胡太息，也看不起原配了。有人说，周三圭是胡太息的人，靠山倒了，心情不好，惹得郑大菊生气。有人说，周三圭不知听谁说，郑大菊曾经失过身，心有郁结，到底不释怀。私下议论，不需要负法律责任，人们可以大胆想象，勇敢猜测。

周三圭被大家说得灰头土脸，也懒得解释了，婚都离了，这些议论又算什么呢？

至此，周三圭变得越发笨拙，连走路姿势、说话的腔调都变了。一年过去，两年过去，十几年过去了，胡太息已经退休了，眼看周三圭也快退休了，还孑然一身。大家看到周三圭潦倒样子，又多了同情心，你说好端端的一个人，为啥说毁就毁了呢？

胡太息走了，郑大江很少到庐州看周三圭。可郑大江也有苦恼，缠绕不清时，他想找周三圭说说心中的苦，于是，电话邀约周三圭坐坐。

周三圭说，不去。

郑大江大度劝慰说，你总得找个女人过日子吧。

周三圭说，不找。

郑大江问，还惦记大菊妹妹？

周三圭说，不惦记。

郑大江说，那为啥一直熬着？

周三圭说，我熬着？你才熬着吧。

郑大江确实煎熬透顶。这些年，他回了不少次三元，有次回去说投资，镇里大小领导跟了不少，其中一个镇领导喝醉了酒，突然说，三元名角女婿，就剩下你喽。

郑大江当时尴尬死了，不知道怎么替胡太息和周三圭解释，好半天都没有吭声。有人打圆场说，婚姻讲缘分，说来说去，还不是三小姐留下的那只甑害的？此话一出，一桌人都陷入冷场。甑在三元早成了人们议论的话题。说白了，要怪就怪周武、周荃两兄妹。他们不找周文闹，不到市里闹，三元人咋能知道三小姐留下一只甑呢？风波之后，周武念着周文的苦，原谅了妹妹，可他不能原谅胡太息，回家到处说，胡太息不是东西。

周三圭也跟着离婚，郑大菊一家人想起周三圭的种种不是，无法原谅，到处也说周三圭的不是。结果胡太息和周三圭都成了三元人诟病的话题。

郑大江不想解释其中原委，如果当初他不替老领导儿子找买家，不回家嘚瑟，结果不是这样的，现在物是人非，他说什么好呢？

更为重要的，这些都是表面问题，让郑大江的尴尬不是胡太息和周三圭，而是他的婚姻也快走到了尽头。身边坐的所谓秘书，就是催他离婚的情人。回味镇领导的酒话，回市里的路上，郑大江对所谓的秘书说，纸终究包不住火。

秘书说，我都流过几次产啦？你打算拖到什么时候？

郑大江说，问题是胡明娟什么都能忍，我咋办呢？

11

周文、郑大菊和胡明娟相继离婚后，苦了、烦了、累了，仨姊妹只好抱团取暖，闲暇时，喜欢聚在一起说话。这期间，免不了提起那只甑，说起甑，周文整个人就蔫了。郑大菊提议花钱仿制一只甑，就当真的收藏，好去心疾。胡明娟觉得郑大菊主意不错。周文听了郑大菊和胡明娟的话，真的找人仿制了一只甑。这回她没有私藏，而是把仿品摆在香案上，每天清晨带着女儿一起对着仿品烧香磕头。磕完头周文总会对女儿说，这只甑虽是仿品，同样是娘的命，它承载的东西，不是它本身。你要记住，此甑传盛不传弱，你得继续传下去。

女儿虽说已经成人，见母亲如此这般说来，不堪重负，常常落泪。

郑大江得知情况后，打电话对胡太息说，周文不该逼孩子。

胡太息听来难受，怅然说，说来都是我害的。

郑大江说，文家咋就传下了一只甑，看看弄的。

胡太息说，不是甑的错，是人。

挂了电话，郑大江也开始了难受，想起物是人非，特别感慨，总想找周三圭倾诉，可周三圭根本不给他机会。这天郑大江苦恼透顶，想找周三圭说话。电话打通后，周三圭说不见，郑大江顾不了面子，主动上门。

周三圭打开门，看是郑大江，立即想关门。等郑大江挤进门，见到屋里的脏乱，突然傻眼了。这是家么？跟垃圾场差不离。两室一厅的房子，门口堆满了纸箱和一堆鞋，沙发上扔的都是杂七杂八的杂志和厚厚的地方志书籍。餐桌上，放着很多没有洗刷的碗筷，尤其怕人的是书房到处都是碎碗碴子。

郑大江难受，问周三圭，怎么把日子过成这样啦？

周三圭掸掸衣袖说，率性才能随性。

郑大江说，书丢在沙发和茶几上，为啥书房却堆满破碗碴子？

周三圭啥也不说，诡异地捧出一只碗。

碗是瓷碗，上面好像有青花图案。周三圭问郑大江，这只碗好看么？

郑大江问，老玩意？

周三圭摇头。

那什么好看不好看的？

看不出修补过？

郑大江仔细端详，发现没啥异样，递给周三圭问，什么意思？

周三圭说，水池中的碗，等着摔呢。

摔碗？

我已经修补好了一百多个，我不信修补不好它们。

郑大江糊涂了，看看周三圭想，难道这家伙精神出了问题？郑大江还是忍不住疑惑，小声问，摔烂之后，又去修补，到底什么意思？

周三圭说，意思多了，你不懂。

什么懂不懂的，肯定脑子出了毛病。

周三圭说，你脑子才有问题。

郑大江哈哈大笑，奶奶的，谁脑子都有可能出问题，可我郑大江不会。

12

是是非非之后，一把年纪啦，仨人总算又聚在一起。去往僧家窑的路上，郑大江心情好多了，莫须有的烦躁也走了不少，心里轻松，故意把车开得飞快。

周三圭坐在车上始终不说话，拧着脸看着掠窗而过的风景。秋天了，风景多了沧桑，也多了一些斑驳。胡太息不知道想什么，一会说，知轻傲物，便是良知；除却轻傲，便是格物；一会儿又嘀咕，美之与恶，想去若何？

郑大江不知道胡太息说什么，难道胡太息脑子也出了问题？

周三圭讨厌胡太息这般磨叽，没好声气说，既然知道做每件事情都要符合良知，为什么还要那么做？

胡太息不想搭理周三圭。

周三圭又说，既然懂得美善与邪恶就在一念之间，为什么做了错误决定？

胡太息说，你没有资格说我。

周三圭说，仨人中，我是最有资格谴责你的人。

胡太息气得又闭上了嘴。

郑大江眼看胡太息跟周三圭又要争论，急忙说，你俩能不能不要争吵了？难得一起走走看看，能不能忘掉过去？

忘记？谁不想？问题是忘得了嘛？胡太息不想搭理郑大江，这么多年，摸爬滚打，历经沧桑，岂是他郑大江能理解的？见周三圭不搭腔，胡太息不再嘀咕了，一直看着掠窗而过的风景。

车里气氛有些别扭，郑大江突然打开了音响，里面传来孙楠《留什么给你》的歌声：

　　那天离开你
　　留下几个字给你
　　心若像潮汐
　　梦如何决堤

胡太息听到歌声，连忙说，关了，关了，吵死人。

郑大江关了音响，车子就滑到了僧家窑门口。

眼前的僧家窑，早没了过去的影子，几口窑，分别成了几个土堆，土堆上长满了竹林。远远看去，青翠欲滴的竹林，倒有一些幽静感觉。唯一欣慰的是，曾经的窑厂大门，还留下一根门柱，门柱上依稀可辨"僧家窑窑厂"几个字。单门柱的一侧，有几间平房，看起来倒还整洁。

平房的门开着，无处可去，三个人便走了进去。

大白天的，平房的窗户却死死拉上了窗帘，门倒是半开的。等仨人推开门，走到平房中间，才发现身后慢悠悠跟上一个人，仔细端详，发现是一位白发苍苍的老者。适应了光线，才看到老者袭一身麻纺长衫，样子有些古怪。

老者见仨人不打招呼进屋，双手合十，客气问，先生至此何事？

老者谁呢？合作社时代的窑师？郑大江满脸疑问。

老者拉开了一扇窗帘，屋里明亮起来。胡太息和周三圭目光被屋内存放的坛坛罐罐所吸引，主动往深里端看，单单留下郑大江与老者交涉。

老者见郑大江不说他是谁，丢下郑大江，跟上胡太息和周三圭问，这些坛坛罐罐都是历经千辛万苦收集而来，你们是不是哪位窑师的后代？

胡太息仰头说，窑师？

老者疑惑半天，又看周三圭。见周三圭满脸忧伤，蓦然而出，九五说，飞龙在天，利见大人，想必三位都是与僧家窑有缘之人吧。

胡太息想，何止有缘呀，涉及太多辛酸，可他到底什么也没说。

坛坛罐罐以合作社时代生产的居多，现在也成了稀罕物件。

胡太息看看周三圭，慢慢往更深处走去，走到尽头，突然发现一条案板前，居然供奉了一只巨大的甑。胡太息愣住了，这么大一只甑，为啥存放在简易平房里？胡太息忍不住激动，颤抖着问老者，这件是不是真品？

老者说，真品，何来真品？老者接着叹息说，六四象曰：括囊无咎，惧不害也。无害有害，有害无害，可惜了那只真的。

为啥这么说？胡太息有了好奇。

周三圭一直在猜想老者是谁，最后周三圭想，如果没有猜错的话，此人必定是郑大吕所说的算命先生。

胡太息见周三圭不吭声，盯着老者说，先生张嘴八卦、闭口乾坤，想必你就是传说中的算命大师吧？

老者这才微微一笑说，你们是问事还是问命呢？

周三圭冷冷地说，事和命，都不问，问心。

心？老者有些糊涂，怔在那里。

郑大江对坛坛罐罐这些东西不感兴趣，嘀咕说，这有什么好看的，不如去看看那几堆土，看看竹林，绿色养心。胡太息和周三圭不想搭理郑大江，郑大江感觉无趣，便一直东张西望的，当看到正面墙时，突然发现了周文、胡大菊和胡明娟仨人的名字，这里为啥有她仨的名字呢？仔细看时，才发现，这里居然成立了"僧家窑古甑研究会"，会长居然是周文，副会长是郑大菊、胡明娟，下面还有一大帮理事啥的。

古甑研究会，什么时候成立的？难道这几间平房是她们三个投资兴建的？郑大江赶紧指给胡太息和周三圭看，仨人目光盯在墙上，当胡太息看到周文的名字时，突然捂住肚子，半天不能起身。老者见胡太息难受样子，忙问，先生哪里不舒服？

很长时间，胡太息才抬起身子问老者，这是什么时候的事？

老者说，说来话长，当年明智大师仁德无比，为救众生，闭庙建窑，救众生于水深火热之中。

这些胡太息清楚，胡太息急于听到下文。

老者早习惯了从头说起，说了半天才说到当下，老者依然不紧不慢的，远的不说，就说时下有个忘恩负义的人，骗了三小姐留下的真品，披上了官衣，居然狠心丢下了周文，弃女而去。

为啥要这么说呢？

世上之苦，莫过心疾和赎罪。周文为向文家后人谢罪，专门募集资金，建了这个简易陈列馆，意思让文家后人原谅她的过错，记住那件真品承载的意义。

胡太息瞬间又捂住肚子。周三圭也青紫了脸，周文所为，不知对错，转脸看看郑大菊的名字，他突然变了一个人似的，哇哇喊了起来，喊叫间，居然奔向巨大古甄仿品。

谁也没有想到，周三圭会捧起仿品，啪地摔在地上。

老者吓坏了，指着周三圭说，你？你怎么能这样？老者想起了报警，可手里没有电话，冲出门外，喊，来人。

周三圭跪在地上慢慢捡拾瓦块，等一块不少时，他用衣服包裹了起来，而后喊住老者说，别喊了，告诉周文，我叫周三圭，我一定会把破碎的瓦甄修补如初的。

老者一听是周三圭，更加气愤了。他意识到另一个人可能是胡太息后，老者疯了一般喊，你们不配看这些。

周三圭不知道咋想的，突然抽出一张卡说，这里是我的全部积蓄，一百万够不够做件仿品？

老者不说话了。

周三圭说，看看碎了的这件，通透处根本没有描金，釉彩也不对。

老者不知如何是好时，胡太息站起来说，我就是胡太息，我来担保，我们一定还你一个更加真实的瓦甑。

老者确认眼前站着的真是胡太息后，哇哇大叫，你这个没良心的，你有何颜面站在这里？

仨人逃也似的离开了平房。

老者根本不打算放过胡太息他们，一直站在马路上喊，快来人呀，昧良心的胡太息回来了。仨人羞得急步快跑，直跑到竹林深处。

竹林之下是旧时的古窑体，窑体的后面，就是过去的僧家庙。可僧家庙的遗址弄哪儿去了？郑大江一会说在这，一会说在那。周三圭见郑大江胡扯八拉的，指着高速公路说，喏，那里。一条崭新的高速公路擦着竹林而过，想必僧家庙旧址就在高速公路的下面。胡太息看了半天才说，黍离亭，麦秀。麦秀、黍离亭。念叨几声，转头问周三圭，明白这两首诗的意思么？周三圭不屑地说，悠悠苍天，此何人哉？物是人非，岂能不知。

胡太息拍拍头说，时光真是怕人的东西，惭愧，惭愧。

周三圭为胡太息能说出这种感慨的话，有了一丝欣慰。可他转念想到了郑大吕，想到《诗经》和《楚辞》的篇目，转身对郑大江说，那个谁，凭啥用了黍离亭和麦秀阁的名字？

郑大江说，看看，又来了。

周三圭不停摇头，最后苍凉地说，日他碓子的，白瞎了千古不朽的篇名。

就在那时，郑大江的电话响了。郑大江接通电话后，连忙说，大吕呀，我们还在竹林里。郑大吕声音很大，胡太息和周三圭都能听到他说了什么。郑大吕说，想来想去，我还是报告了镇里。书记、镇长都来了，等着你们回来吃中午饭呢。

郑大江捂住电话，走到偏僻处问，谁让你说的？

郑大吕说，镇里有交代，黍离亭来了重要客人，都要向他们报告。

那时，郑大江已经听到竹林之外人们的叫喊声。

郑大江急忙说，那你让书记赶快给僧家窑村干部打个电话，说我们三个遇到麻烦了，快打呀，现在就打。

天　桥

上　部

　　路过天桥总能见到他。

　　天桥在闹市，上面人来人往，下面车流如潮。今天他情绪糟糕，痉挛挤压至眼眶，睫毛一直抖动不停。二胡的一旁照例放着一盏破旧的瓷盆，瓷盆上的梅花早被其他颜色污染，带上了浓浓的烟火气。行人依然匆匆，多数人容易忽略他的存在，也有好奇的，驻足观看一会，而后随意丢些零钱，便急步而去。好像他在或者不在都不重要，重要的是瓷盆在。

　　他始终闭着眼睛，感觉有人施舍，就操起二胡，拉段《二泉映月》。啦嗦啦……发咪来……好像所有的忧伤跟着琴声，都肢解到零碎的片断中。

　　这人瞎么？瘸么？总会有人好奇。促狭鬼在人们好奇声里，按捺不住冲动，故意从瓷盆里取出一张十元的票子。结果，他一把摁住促狭鬼的手，随之睁开亮瓦瓦的眼睛。目光如炬，促狭鬼撞见鬼般哇哇大喊起来，不瞎，真的不瞎，而后屁滚尿流跑下天桥。

　　他索性不再闭上眼睛，怔怔看着每个过往行人，人们见他确实是个健全人，少了悲悯，多了不屑，嘘。无人问津时，他便自顾自地拉起了孙文明的《流波曲》。行人中终究有人懂得《流波曲》，听到凄凉哀怨的二胡声，走到他的面前说，孙先生幼年失明，生活贫困，才选择卖艺活命。你呢？健全人呀，再说，现在也没人乞讨了呀。

　　他停下手中的弓弦，撇过那人，看向桥下疾驰而过的车辆，并不想解释。

看来，他似有难言之隐。

时间久了，常常路过天桥的人开始了指责，说他好吃懒做，影响交通和市容。面对叽叽喳喳的议论，他不管不顾，又拉响了《流波曲》。他揉弦技术一流，揉出的凄凉和阴湿，冷风一般撕扯人心。

天桥本为方便街两边行人的，这么演奏下去，势必造成天桥的拥堵，引来了桥下的交警。交警疏散了行人，几经盘问后，并没有劝他离去。交警不知道问了什么，之后，一脸同情。后来，他依然盘踞在天桥上。常来常往的行人，见怪不怪，多了"别过，别过"的心态。

我笃定他和我一样，都是内心凄凉之人。

我的凄凉，说来就是一个笑话。那年的秋天，暑热还未消尽，我遇到了大卫。大卫是他英文名字，中文名字说叫魏磊。叫什么名字并不重要，重要的是我爱上了他。那种爱你说自作多情也好，落水中抓住了救命稻草也罢，反正从献身那天起，我就付出了全部真情。谁知，还未入冬，他便跟着冷风一起消失了，好像世上本无大卫，更没有魏磊。

一个活生生的人呀，如果大卫是假的，难道我也是假的？说来不怕笑话，二十八岁那年，我成了离异之人。离异是两个人之间的事，可有了一个儿子，成了三个人的事情。我不想儿子缺失父爱，拼命想给他找一个合格的爸爸，为此，有人提亲，我总喜欢带着儿子去相亲，我希望别人接纳我，同样接纳我的儿子。因为多了儿子，相亲总以快乐开始，沮丧结束。儿子扑闪着眼睛看着我，我也学着儿子样子，扑闪着眼睛，连笑都多了苦涩。

前任开个实体厂，挣了一些钱后，学着别人，又养了一个小的。后来企业破产，资不抵债，他选择了逃逸。好在逃逸前，他公开了那个女的身份，目的逼我离婚。现在看来，他那么做，还算有情有义，他不想坑害我和儿子。逃逸前，他还交给我一个信封，说里面有证据，如果有人追债，可以把证据交给律师。

包养女人，还造成破产，我恨不能拿刀杀了他。没轮到我杀他，一个月后，债主倒把亮光光的刀压在我的脖子上。我无所谓，死的心早有了，可儿子看见刀压在我的脖子上，没命般喊叫起来，儿子还小，他的惊吓无所畏惧。

我找了前任说的律师，递上信封。律师看完证据说，反告债主，说他们骚扰你的正常生活，你的前夫已经割断了你与债务的关系。

债权人也有律师，知道我可以免于追责，哭天抢地闹法院。

知道事情原委后，我咬牙说，他是儿子的父亲，儿子在，我得仁义。我决定卖掉前任丢下的房子，彰显公道。殊不知我的善举最终打动了债主，他们情绪复杂地跟我商议，能不能帮我们找到他？

我到处打听前任的消息，乃至问遍了所有可能认识他的人，他好像人间蒸发了似的，仿佛世间原本就没有这个人。

我的努力，法院不信，公安好像还监听了我的电话。债权人可以不信，法院不能。为了证明我的无辜，我选择到省电视台播报寻人启事，我不想让小小年纪的儿子有个不仁不义的爸爸。那天我声泪俱下录完寻找前任的节目，刚走出电梯，走到电梯一旁的拐弯处，居然劈面撞上了大卫。

一个高高的、瘦瘦的、目光如炬的年轻人。

我连声说对不起。

年轻人说，没关系，接着弯腰捡拾纸张，样子十分优雅和矜持。

我仔细端详，年轻说来是错觉，估计早已三十出头。这些不重要，重要的是，他举止优雅，说话得体。他站起来笑眯眯地对我说，怪我不小心。他的笑撑起了硬朗，鼻子看上去特别像东欧人。见我不好意思，他又安慰了一句，知道你不是故意的。然后急忙说，我等着录广告，这是我的名片。之后，他便急匆匆走进电梯。

望着他的背影，我突然产生了奇异的幻想。我相信理智，理智从来都是理性的。可我无法控制自己情绪，我跌进他儒雅、得体的深渊，脸上居然喷出火花一样的东西。

坐上出租车，找出大卫留下的名片，中英文的双面，制作精致。斯坦威科技有限公司，刚拿到名片的时候，我注意的是大卫名字，现在注意到了"斯坦威"。斯坦威的名气大了去，何况后面还有"总监"二字。他是斯坦威的总监？难怪。因为斯坦威的关系，我存下了他的电话，并随手又发条道歉信息，然后才备注上"偶撞之人大卫"。

事后我很快忘记了大卫的存在。现代科学证明：人的注意力集中不了八秒，八秒之后将被其他焦点、热点问题所吸引。我深陷债务纠纷，如何还能想起他呢？谁知过了三天，对，就是第三天的下午，当时，我正坐在阳台上发呆。我家阳台很大，阳台和房子都是前任留下的。前任有了小三之后，我便喜欢坐在阳台上看风景。眼下我心烦气躁，需要阳光抚慰。秋阳像一缕缕金色的头发，好像从树上被拖曳至地上，猥琐成了斑斓，光斑并不鲜明。我想，阳光不会发霉，人心也不会。就在那会，我接到了大卫的电话，大卫呵呵说，偶撞说明我们是有缘之人。

前任的债务影响到我的信誉，而我又特别在意儿子的未来，我的挣扎不是割断，而是缠绕其中。伤心之际，听到"缘分"二字，我很想哭出声来。可我还是捂住了嘴，眼泪从指缝中悄然无声流出。秋天的叶片还在坠落，我仿佛听到了秋叶坠落的声音。

大卫说，是不是唐突了点？实际我一直在想缘分的问题。

又说缘分，难道上天体恤我的可怜，专门派他安慰我？我声音发颤，话不成句地说，劈面相撞呢？

劈面才能记住嘛。大卫并没有像我这般慌乱，就像熟悉的老朋友一般，调侃说，我发现了你的忧伤，忧伤让人妄想。

我喜欢大卫的说话方式，秋阳拖曳出的光斑，正在草坪上晃动。我看见草尖跳舞，也看到自己的手舞足蹈。面对秋阳，情绪好像从我舌尖上醒来，橘黄而又富有野性。我喘着粗气换个姿势接听电话，直到那时，我才发现，我的声音是那么柔弱而深情。

大卫最后说，你的手机号是不是微信号？加个好友，给我发个位置。

什么意思？要来看我么？我被囚禁在四方体中，早对男人丧失了信心，何况我还有个儿子。可大卫的话不容拒绝，我在犹豫。

大卫听出我的犹豫，随即挂了电话。

我收到大卫发来加微信好友的信息，我一直在颤抖，好像颤抖跟着情绪占据了我全部身心。最终，我戳上了同意，我发出一个问号，意思是，有必要见面么？可我只发出问号，没有说出内心的疑问。大卫好像猜透了我的心思，微信说，美好最怕擦身，我已经到了车站呢。

大卫居然来了？我按照大卫要求发了位置后，突然变得无处隐藏似的走来走去。大卫为啥主动来看我？他可是斯坦威的总监。难道他看上我啦？不可能，他不可能没有结婚。我把相撞的点点滴滴重新回忆了一遍，连纸张落地的呼啦之声也没有放过。慢慢清醒后，我才想起大卫的话，他到这座地级市，只为看我。而我邋遢不堪，跟相撞那天判若两人。说啥也要对得起大卫的探望，包括容颜。我走进洗漱间，对着镜子，口眉鼻眼，包括双颊和颧骨也没有放过。等我脱胎换骨出现在镜子中，这才套上毛料裙和短绒大衣，而后斜腿坐在客厅的沙发上。

没人敲门，说明大卫还在路上。我好像坐在滴答的钟声里，心口噗噗跳个不停。我把房间又整理一遍，然后再次坐在沙发上，那时我想，他到哪儿了呢？为啥要来看我呢？忍不住，我打了电话询问。

大卫说，世上哪有恁多为什么？他是用了"恁多"二字，省城的口音。世上没有"恁多"，难道只有奇迹？说来就来，只是因为在人群中多看了一眼？劈面还有声响，说来就是奇迹。我从书架上拿起卡耐基的《人性的弱点》，我把脸贴在书上想，我的弱点在哪里？

门铃声起，迎面呈上的是一大束玫瑰花，那是我喜欢的红玫瑰和黄玫瑰。那一刻我差点晕眩过去，傻傻地问，怎么就来了呢？

大卫说，孤独的人喜欢独来独往。

这句话击中了我的弱点，孤独说明他单身，起码就是这个意思，要不何来孤独呢？

大卫说，正像我们问自己，是谁接受了我们自己？

这种观点新奇，哪儿学来的？我们接受我们自己，合理。

后来的事情特别简单，得知大卫也单身，还不在意我的儿子，我一头扑进大卫的怀里。

那天秋雨绵绵，而我像长途跋涉之人，一下软在爱情的怀抱里。

相处不久，很快开始了同居。我庆幸前任的逃逸，庆幸他给我挪出爱情的空间和权力。我把大卫带给父母，带给朋友，甚至带给前任的爸妈看，就差向全世界宣布：我终于找到了属于自己的爱情。正当我沉浸在爱情的滋润中，尽享甜蜜时，大卫说要出差，临走还叮嘱我好好休息。缠绵不堪离别，我不想让他离开我半步，哪怕一小会。可他说要出差，要回归到正常工作中去。

没有理由阻拦他，见他真的要离开，我猛然间又多了战栗，这会的战栗是心疼，还有苦涩的滋味。我说，爱情害怕距离。我揪住他的胳膊，我抱住他的身子，我噙住他的舌头，最后靠在门上说，你去去就来的。

大卫说，我去去就来，肯定就来的。

看得出大卫跟我一样难受，可他的难受不似我的难受，他好像急着办事，而忘记了我一直向他招手。

再次坐在沙发上，感觉屋子一下空了，我必须得抓住一样东西，卡耐基《人性的弱点》就在茶几上，可我抓住了书，却忘记了看。我不知道为啥会产生幻觉，我感觉正有一种力量在撕扯我的内心，我听到那种撕裂的声响，就像纸张落地的声响。控制不住自己，两个多小时，我居然接连打了五六个电话。我知道这样不好，可思念让人失去理智。

大卫一直在通话中，我发信息、留言，他始终未回。好不容易拨通了电话，他居然掐了电话。他在干啥呢？我需要解释。

我打了一百零八个电话，一个又一个数下来的，大卫不但未接，后来居然关了机。撕扯的力量在放大，声响也在加剧。为啥？为啥？第二天、第三天……还是关机状态，直到一个星期后，再拨打那个号码，语音提示：你拨打的号码不存在。

不存在？傻眼了，一阵风么，来了，去了？前任逃逸后不知去向，好不容易撞上大卫，为啥又抽身而退？谁能给我一个解释？

那是秋去冬来的日子，我发疯一般寻找大卫，最后我找到斯坦威科技有限公司。

接待我的是个部门负责人，他说公司根本没有大卫这个人，更没有具名魏磊的。我不信，那人喊来人事部部长，让我查看花名册。一切都证明斯坦威确实没有我要找的大卫。怎么回事？大卫是骗子？那么儒雅、细心、温柔的人，会是骗子？孤独的人喜欢独来独往，正像我们问自己，是谁接受了我们自己？能说出这样话的人会是骗子？不可能。如果说他是骗子的话，总要骗点什么吧，他骗了什么？难道只为猎奇？而我甘愿享受他的爱抚呀。

横空而来的变故让我笃信大卫遭遇了不测。

我把孩子交给爸妈，我需要大卫的解释。孤独不需要独来独往，而需要相互安慰。我到省城所在的市公安局报案，我说，大卫肯定遭遇了不测。

干警不苟言笑做着笔录，之后，那个干警去了什么中心查证大卫的电话号码，回来对我说，这个号码是临时的，十有八九你遇到了骗子。

不信。我决定在省城找个工作，不信找不到大卫。

上天眷顾，我居然被斯坦威公司附近的相思梅文化传媒公司录用。相思梅公司的宿舍就在斯坦威旁边，上班只需到街的对面去。大卫说他是斯坦威的，说不定就生活在这个区域。

我处处留意身边的每一个行人，包括上下班经过天桥时，我都会站在天桥上，看上很久的行人。我相信奇迹无须提前通知。

我没撞到大卫，却发现他盘踞在天桥与阶梯之间的道口上。他的眼神还有面庞，竟然与大卫有几分相似。他选择的位置很好，可以目睹每一个上下天桥之人。他双手黢黑，屁股底下的团铺也露出了棉絮。看来他像被某种忧伤彻底击垮了似的。

看到他，我心里舒畅多了，起码世上还有比我还苦的人。比较中，我毫不犹豫地从口袋里掏出几个硬币丢进破旧瓷盆里。硬币击打瓷盆的叮当声并没有让他睁开眼睛，我想，硬币不行，那就票子。我想看到他的眼神，我发现，他的眼神真的跟大卫很相似。我十元、十元地丢，他依然没有抬眼看我一次。最后，我掏出一张百元票子，投到瓷盆里，他猛地睁开眼说，看着呢，怜悯我吗？

我没有资格怜悯别人。

他目光如炬，盯着我问，遇到了伤心事？

我的心事属于我自己，我不想回答他的话，我想他的眼神为什么跟大卫如此相似呢？

那几天我一直在编写文化产业类的投资项目建议书，我学的是经济管理学专业，编写类似项目建议书是件简单不能再简单的事情。因为一直在想那个人的眼神，居然在项目投资数额上，少写了一个零。数字后面零将不是零的本身。因为一个零的丢失，改变了整个项目的面貌。送上项目建议书后，项目部经理也忽略了那个零，结果洽谈项目时出了洋相。最后总监把我叫到办公室，兜头盖脑骂了我一通，临了还说我根本不配在项目部工作。我委屈，可我无法分辩，零的错误无法挽回，总监依然不依不饶说我猪脑子。

那一会，我想到了大卫，大卫也是总监，他会不会这样骂人？那天我穿了一件绿色裙子，无法消解沮丧，最后我在绿色裙子上故意泼上墨汁。等我走上天桥，墨汁早洇染成几何的图案。好在行人匆匆，无人理会我的裙子。走上天桥，我便寻找他的眼神，可他居然还闭着眼睛。我拼命咳嗽，希望引起他的注意。我终于走过他的身边，发现他灰白的头发在冷风中微微发颤。我缩了缩脖子，恼火地想，干吗关心他呢？就要走下天桥时，我听到他的喊声，他扯着嗓子喊的，丫头，你的裙子脏了呐。

他是北方口音，后缀音中带上坚硬的尾声。

他的眼神中透射出一种熟悉的温暖。我慌了神，难道这个人真跟大卫有什么瓜葛？我转身走到他身边，又投下一张红票子，他居然拿出那张百元票子，递到我的手上说，丫头，你心事重重呢。

心事重重与你何干？感觉他与大卫不可能有任何交集，我丢下他，跑过天桥去。

下台阶的一瞬间，我见他还没有坐下，疑惑般向我招了招手。

我想，到底咋了？为啥把谁都当成跟大卫相关的人呢？

中　部

寻亲节目播出后，我接到无数电话，有人说见到了我的前任，有人还提供了前任的电话。经过种种确认，虽与前任有些关联，可没有一个是真心替我寻找前任的，可以说，大部分属于"找乐子"的无聊人。老公丢了，冬天冷不？冬天寒冷，要不要找个焐脚的？

面对这些轻薄之徒，我很快掐了电话，我没有精力跟他们胡扯。

前任逃逸得十分决绝，连他包养的那位也抛头露面找到我，哭哭啼啼询问前任的去处。打量那位，她的悲伤不假，哭诉也是真的。当初选择容忍，不是离不开前任，而是为了儿子。现在儿子在，我不想让儿子看见我们争吵。我苦笑着对她说，按说，你最该知道他去了哪里。

那位羞红了脸说，他怎么能这样呢？

我说，现在好了，他留下一身债务，要不要分担点过去？

那位一肚子委屈，恼怒地说，他居然把我的私房钱也骗了去。

我不想跟那位纠缠，我说，天道、人道在呢，我没见过你的私房钱。

那位说，他真不联系你了么？儿子在呢。

我说，鬼知道他怎么想的。

她不好再说什么。看来，她特别伤心，几乎属于失魂落魄。见她走了，我一把抱住儿子。我可怜儿子，也在可怜自己。

有点担心前任逃逸会影响到儿子。前任是他爸爸，爸爸失信，儿子长大后，考学、找工作，都有污迹。但愿前任看在儿子分上，尽快回来承担责任。

问题是，我接着撞到了大卫，就在录制寻人启事的省电视台大厅电梯一旁的拐角处。我的伤痛不在前任那里，而在大卫这边。大卫突兀消失，不合常理。左思右想，我决定到省电视台查找原因，起码我们相撞的地点不会假的。

接待我的是省电视台广告中心主任，看了半天名片才说，没有什么印象。

我说那天偶撞的事，接着说了相撞的时间和地点。

中心主任先派人查监控，发现相撞地点属于死角，看不到我和大卫。主任是个热心人，大咧咧地说，广告记录好查，查查那天来做广告的。

有人调出那天广告人的照片和登记记录，没有一个叫大卫或者魏磊的。

明明说做广告的，纸张还散落一地，咋没有登记信息呢？

中心主任说，做广告的都有严格的登记手续，也许他去了其他部门。

初次相见，不录广告为啥那么说呢？

中心主任摊开双手说，对不起。

我无力走到大厅，明明就在这里，假不了的。大卫没做广告，肯定拜访了电视台的谁谁谁。我放弃乘坐电梯，一个又一个楼层问上去，还是一无所获。

细想与大卫同居后的点点滴滴，电话往来说的都是生意上事情，他不是斯坦威的总监，为啥说了总监该说的话呢？我决定再次去市公安局，我想，只要他在省城，总会留下一些蛛丝马迹。这次接待我的是户籍管理科科长，他打开电脑，植入大卫，后面多了一长串人名。他说，叫大卫的多，叫魏磊的也多，一时核实不清。

多到什么地步？几百，几千？

科长说，那倒没有，几十个肯定有的。科长看起来有事，失去了耐心。

我说，能把几十个人的信息都调出来看看么？

科长说，可以，需要时间。

我有的是时间。

科长说，问题是我没有。

我愿意付费。

科长说，付费倒未必，只怕你找来找去，找到的全是伤心。

第二天上午陪我一起查看户籍的是个漂亮的女警官，她调出一个大卫问，是不是这个？我说了大卫的特征，余下的她自己在比对。她耐心地说，这个年龄不对？这个太小了，还有这个？还在监狱里。两个多小时，我们核实完了71个叫大卫的、26个叫魏磊的，他们都不是我要寻找的人。看来大卫不是他的真名，魏磊也不是。可他明明告诉我，他是省城人，口音也像省城的。

女警官见我失望，安慰说，这里不会出错的。见我流泪，女警官安慰说，或许他遇到了无法言说的苦衷呢？选择相爱，就应该选择信任。

但愿一切都如女警官所言，但愿他有苦衷。

我怏怏不乐走出市公安局大楼。

不知天空何时飘起了雪花，灯光下，雪花的倩影特别优美。冬天黑得真早呀。我一个人走进绿化带另一侧，顺着绿化带，走到哪儿是哪儿。冬青的叶片油腻腻的，梅花石蜡一般像结了一层冰。我想，灯光和雪花下的风景树为啥都变成这样了呢？不变的是梧桐树和银杏树，它们杵在街边，站在绿化带中，还如白天一般刺愣愣扎向天空。灯光照不透的是石楠树和香樟树，即便大雪扑面，它们依然纹丝不动。不知为啥，我突然想起了天桥之上的那个人，他还在天桥上么？在的话，会不会冻坏呢？索性拦住出租车，赶往天桥，我想问问他，到底干啥的？

雨雪天的夜晚，天桥上的霓虹灯格外明媚，雪花在霓虹灯影中上下翻飞。

那个人不在，而盘腿而坐的地方，并没有积雪。看来他才离开不久。我站在天桥之上四处张望，可惜，川流不息的人群里没看到那个人的影子。

冰冷一点一点浸入我的心中。秋天开始，我从幸福的顶峰跌进痛苦的深渊。这个天桥本来与我无关，现在它居然成了我每天上下班的必经之路。我多么希望见到那个人，想用他的忧伤安慰我的寒凉，起码他的眼神在呢。

集体宿舍是公司提供的，在天桥的那一边，不到二十平方米的房间里住着四个人。天晴时分，四个人轮番在外面晃悠，这会想必都回到了宿舍。雪花延伸了我的垂头丧气，我拖着绝望走回宿舍。刚关门，外号"大喇叭"的小玉正等着外出。见我进门，顺势捉住我的胳膊问，你去了哪里？经理说要开除你呢。

我不想解释，一头扎到床上。

两张工字床，我上面住着黄雅莉，小玉上面住着孙晓梅。我把床扎得乱晃，黄雅莉拔下耳机问，你究竟去了哪里？

我说，在找大卫。

孙晓梅放下书说，世上怎么就生出你这么个傻子？一个骗子有什么好找的。

大卫不是骗子，我相信直觉。

黄雅莉说，魏磊也不是？

我擦干头发说，他骗我什么呢？

孙晓梅说，那得问你自己。

想起与大卫同居的片段,想起他的目光如炬,我抬头问,他怎么会是骗子呢?

黄雅莉说,骗子脸上有字么?你要什么款式,骗子都能弄出来。

他不是骗子,不是。

同居时,我问过大卫,爱我什么呢?

大卫说,爱本身就是含糊的。

这种回答,我不满意。

大卫变了一副神情,正儿八经地说,眼缘,还有你的善良和焦虑。

是的,我帮债权人寻找前任,说我善良和焦虑无比正确。

大卫对我的儿子视为己出,短短时间内,带儿子买玩具,还跟儿子一起打游戏,他们才像真正的父子。儿子也闹着要找大卫,大卫怎么会是骗子?肯定哪个环节出了问题。

哪个环节呢?困惑也在这里。

黄雅莉说,男人心血来潮,玩玩女人不算骇人听闻。

孙晓梅例举了公司被骗的无数姑娘,无非想说服我,让我不再追问,何况又没有什么损失。黄雅莉说,试想,他不说斯坦威的总监,你会信他?追问下去,应该好好问你自己。

问我自己?我承认我爱慕虚荣,贪图享受,可我一直追逐人间真情。我摇头说,爱情没有这么简单的。黄雅莉探下头问,爱情什么样子?你能说得清?

我确实无法说清。

说话间,小玉回来了。小玉高声大语说,太可笑了。接着捂着肚子笑,笑够了才说,他居然被我骗了。没人搭理小玉,她停住笑说,绿蚁新醅酒,红泥小火炉。晚来天欲雪,能饮一杯无？我对他说，请你吃羊肉火锅，去么？他居然屁颠屁颠去了火锅店，还想占我便宜。切，吃到半途，我便溜之大吉。这不，还关了手机，由他恼火去。

为啥要关手机呢？我傻傻地问。

无法联系，让他恼火都找不到对象。

黄雅莉不屑地说，经理吧，舍他有谁？

小玉又捂着肚子又笑。

我没笑。有什么好笑的。

下　部

雪停之后，格外阴冷。在公司吃过饭后，我感觉浑身乏力，想回宿舍休息会。

桥面结了冰，很滑的那种。我小心翼翼扶住栏杆往天桥上走，抬头见那人还坐在那里。那会我才明白，我不是为了休息，而是为了验证大雪天他会不会还在天桥上。

看得出他很冷，我主动上前打了声招呼，嗨，昨晚你走得很晚吧？

见是我，他抬头说，你昨天好像没有上班。看来他也在关注我，那一会，我有了倾诉的欲望。大卫已经把我压垮了，再不倾诉，只怕我会发疯的。我站在他的面前说前任，说大卫，说到最后，我才明白，我像个傻子，没来由地说了这么多。

他听得仔细而认真，最后说，其实寻找就是一种安慰。

为啥说出这话呢？我怔怔看着他。

他说，好吧，既然你选择了信任，找一个地方，我跟你说说我的事情。

我很犹豫。他问，没兴趣？

我说，好吧，我请你喝茶，只是我的时间不多。

他说，没有关系。

天桥附近有家闲来居茶馆，找到位置坐下，不少人认出他来。老板特意问我，你请他喝茶？我微微一笑说，难道不行？老板不再说话，大家嘀嘀咕咕的，好像议论着什么。

人们的猜测我不想理会，我只想听听他的故事。

他端起茶杯说，这种白茶不如铁观音好喝。

看来他是懂茶的人。我苦笑想，蹲守天桥，有资格评点茶水么？

见我不高兴，他放下茶杯说，蹲守天桥，为找儿子。

我等待他说下去。

他呷口茶，慢悠悠说，那时候我五十不到，说起来过去十多年咧。那时我在这个省城开家服装店。这么说吧，过去我也当过小老板呢。说完他猛地咳嗽起来，压住咳嗽后，才慢条斯理说，我的老家在山东德州，德州你知道吧。我点点头。他说，到这里，是二十多年前的事，那时我负责到汉正街进货，老婆负责卖服装，小日子过得幸福而殷实。

出乎我的意料，他居然真的当过老板。

他越说声音越阻滞。最后拉长声调说，那时候儿子才十多岁。儿子叫魏向阳，我希望他像葵花一样向着太阳生长。德州人喜欢种向日葵，夏秋之际，葵花特别好看。那时候这里的城市还没有今天的规模，天桥和高架桥并不多，更没有地铁和高铁。儿子本来成绩不错，可我们忙于生意，疏于关心，让他结识了不该认识的人。他的好高骛远从攀比开始。孩子小，攀比无可非议，可比来比去，他居然得了妄想症。妄想症你知道吗？特别奇怪的病。一会他把自己想象成音乐家，一会又把自己想象成老总，什么热门，他便把自己想象成那个领域的顶尖人物。一次吃饭，他突然跟他妈说，我是郭靖，我是黄蓉，我是穆念慈，我是欧阳锋。他把《天龙八部》的人物说了一遍。我当时觉得他有些奇怪，只是没太在意。说完这些人名后，他在房间里"嘿""哈"捣饬起拳脚。当时我想，十多岁的孩子，正是爱幻想的年龄，由他幻想去。可过了几天，他居然开始了逃学。

他又端起杯子喝口茶，眼里泪光涔涔。

我被他的故事所吸引，我想，大卫难不成也得了妄想症？他的今天会不会是前任的明天？我的儿子将来会不会像他儿子魏向阳呢？

见我沉思，他接着说，我和他妈到处找他，最后在一家歌厅找到他的。当时他正在歌厅喊，我是天王刘德华，我怕谁。都是一群孩子，鲜有成年人，见到我后，他扭头想跑，结果被我一把攥住了。我和他妈直接将他送到医院，医生诊断，他得了"梦想狂妄症"，属于精神分裂症的范畴。他怎么会得这个病呢？他妈责怪我不该到这里，不该做生意，不该宠他惯他，更不该让他忘记做人。哪对哪呀？伤害他的不是城市，是我们疏于关心。

从那时开始，我关了店面，特地将他带回老家，我希望他在老家的环境里慢慢恢复健康。谁知道回去不久，他又偷偷跑了出来，有几次还是公安同志将他送回的。直到最后，他彻底消失，再也没有任何消息。

一个大活人就这么销声匿迹了？

他用手捂住脸，不断发出"嘘嘘"之声。我递上餐巾纸，他并没有擦去眼泪,而是抬起头说,他妈伤心过度,得病走了。老伴走了,我彻底失去了生活的信心,卖了所有家当,再次来到了这里,我想他在这座城市生活过,肯定会选择回到这里。你不知道,他打小就喜欢听二胡,为此,我专门学了二胡演奏。十多年来,我轮番蹲守在省城的每一座天桥上,直到这几个月轮到这里。

我不敢相信自己的耳朵,为什么不到电视台播报寻人启事?也还可以借助寻亲栏目啥的。

他直直看着我问,你呢?播报寻人启事后,找到前任了吗?他的问话让我无从回答。可他的眼神像极了大卫,难道大卫是他儿子?看来我也得了妄想症,胡乱猜测起来。

最后,他擦去泪花说,谢谢你给了我一次倾诉的机会。说完他指指墙上的挂钟说,你得上班了呢。

是的,没有更多的时间再说下去了,可我得弄清大卫是不是魏向阳。我想问魏向阳身上有什么记号,就在那时,店里两个小恋人吵架,不知道谁骗了谁,吵了几句就动起手来。茶室一下乱了起来。我赶紧埋了单,想离开这个是非之地。他默默跟我走上天桥。我站在他常坐的那个地方,向远方看去。远方是楼宇,楼宇上面是天,下面是人,人的下面是街道。看了很久我又想起大卫,我急忙问,魏向阳身上有什么特征?他在回忆,刚想说什么,我却接到了一个火急火燎的电话,小玉说,经理正在找你,说你又多写了一个零。奶奶的,哪有"恁多"零呢?我想起了"恁多",大卫喜欢说的。我慌了神,我得为零负责。我丢下他,匆匆跑下天桥,见我慌慌张张的,他站在天桥上喊,慢点。

我忍不住回头看他,寒风让他捂住了耳朵,哈了几回手,才坐回原处。

上班的时候，还是分心，他儿子姓魏，魏磊会不会就是魏向阳呢？起码大卫眼神跟他的眼神有几分相似呢。可他是德州人，大卫却没有北方人的口音，大卫不可能是他儿子的。再说，大卫哪像得了妄想症的人呢？想到几次都没捞上问特征，我多了感叹，难道上天故意捉弄我么？

项目部经理受到小玉的提弄，抓住零跟我计较。他骂骂咧咧说，奶奶的，不是少就是多，零不是数字咋的？

我不知道怎么回答经理，为啥又多了一个零呢？

经理骂，为啥不请假？把这里当成自由市场啦？

我确实向他请了假的，可他突然翻脸不认，也许他觉得真假对他来说无所谓，对我意义不同。小玉知道原委，一直咪咪笑，黄雅莉和孙晓梅不笑，我更不敢笑。我站起来承认自己有些走神，之后，执拗地说，我是请了假的，我说去省台和市公安局找人，而你是答应的。

经理想起了我的请假，强词夺理说，被骗就要敢于承认，失身值得计较么？

我想大声反驳，我知道，只要我大声维护尊严，肯定当即被开，我得忍着。见经理不依不饶的，我想说我寻找大卫的真实目的，想说，大卫是我全部情感的寄托，不是错和对的问题，就像零，多了少了，面目全非。话到嘴边，我看到冬阳照进办公室，冬阳一改往日的阴郁，朝气蓬勃的，我不想说话了，一直怔怔看着阳光，好像这种情景在梦中见过似的。阳光最终照在角落里的绿萝身上，我看见绿萝油汪汪的。我莫名抬头对着经理笑。经理被我的笑容吓到了，连问，你笑什么，好笑么？黄雅莉不笑，孙晓梅不笑，小玉捂住嘴偷笑，最后大家一起看着我笑，好像我就是个可笑之人。就在那时，我接到一个电话，那人说，他知道前任的消息。

真的假的？

不信你打这个电话试试？

我拨打那人提供的电话，电话通了，飘出一个低沉的声音，特恐怖的调调，他问，找到你老公，愿出多少钱呢？

我十分恼火，他不是我老公，是前任。

那人说，找到前任给我多少钱？说个数。

不知道世上为啥有恁多骗子。我屏蔽了两个陌生电话，脸色苍白，看着黄雅莉。黄雅莉看着孙晓梅和小玉，结果她们一起收敛起笑容，好像我的笑话又被放大了似的。

经理不知道说我什么好了，摇头说，奶奶的，世上咋又多个傻子。

项目部其他人并不关心发生了什么，他们都在埋头工作，当然或许有人埋头想心事。

路灯已经亮了，风扯出满街的冷，寒凉让我情不自禁缩起脖子。我想，这么冷的天，他受得了么？他肯定就是大卫的父亲，假如是的话，我该如何面对呢？路过店面，看到有人卖红色的围巾，我毫不犹豫地买了一条，我想，送他一条红围巾吧，就是这条又长又红的。

售货员包裹好红围巾递到我的手上，我想，他坐在天桥上，围上红围巾也许更显眼呢。

当我走上天桥，发现他并不在天桥上。他去了哪儿呢？先吃碗面再说吧。我找了一家兰州拉面馆，排上了号，等我接过兰州拉面，猛地浇上几勺辣椒油。我想把我的柔软辣回去。我想起大卫说的话，孤独注定独来独往，好吧，我就学着独来独往。我吃得满头大汗后，又把自己送到寒风和灯火里。

夜晚的街道，沸腾并井然有序。我想，城市就像一口热气腾腾的锅，真的假的，都在里面游来游去。我游荡到了另一座天桥，那边的跟这边的几乎一模一样，比较看来，那边的好像窄了些。走上天桥。桥上，人来人往；桥下，车流如潮。见无数人上下，我猛地想起那个人的眼神，与大卫的多么神似呀。大卫肚子上有颗痣，魏向阳身上有么？我顾不得想什么了，直直朝这边的天桥跑来。

车流还在，行人还在，而他不知去了哪里。

站在天桥上，走到他盘踞的地方，我想，他又去了哪里？我的红围巾还没有送给他呢。

霓虹灯扯出五彩斑斓，街上的人们顶着寒风，匆匆来去，我想，他围着红围巾会是什么模样呢？就在迟疑时，见他提个二胡向天桥走来，原来他并没有走远，好像知道我要找他似的。

我从包里拿出红围巾，迎面跑将过去，没想到他也快步迎了上来。借着灯光，我见他嘴里哈出一团团雾气，雾气绝对是真的，他的眼神也是。我想问，魏向阳肚子上是不是有颗痣？我还没有喊出口，却听到他急慌慌说，也许《流波曲》能给你解解闷呢。

他拉响了《流波曲》，凄凉、哀怨。

我插不上嘴，我想，有没有？求你给我一个答复吧。

二胡声哀怨、凄凉。好在《流波曲》不是假的，天桥也不是。

我上前替他围上围巾，见我眼泪全是泪水，他慌张起来，还多了一些不好意思。我急着想问，魏向阳肚子上是不是有颗痣？

可话未出口，他却站起来，提着二胡，弯腰向我致谢。

那一刻，我不知道为啥，突然抱住了他。我想，有没有颗痣呢？有没有呢？假如没有，我该怎么办呢？我又不敢问下去了。他挣脱我的怀抱说，我给你拉段《二泉映月》吧，也许饱尝人间辛酸和痛苦的人，听起来更有滋味。

他投入了乐曲声里，如泣如诉。

而我一直在想，有没有呢？到底有没有呢？没有的话，怎么办呢？

春秋小土烧

上

1

  小土烧拎在手里沉，背在背上不老实。老碓不想搭理阿三，谁不热？谁不累？他也有一肚子辛酸。

  阿三背上的小土烧滚出了酒香时，他开始了唠叨，不行就用小土烧换两件汗衫？阿三是老碓雇下的随行，没有资格提要求。

  汗水湿透了老碓的夹袄和毛衣，直至湿透裤子时，老碓才一头扎进小酒馆说，就这家啦。

  老板娘是位又高又胖的女人，正在拖地，见老碓和阿三衣着怪诞，放下手中的拖把，随手打开了电风扇说，衣服不是借的吧？

  老碓不想说，北风的冷和南方的热，饥肠辘辘，让他忍不住看向后堂，后堂冷冷清清的，看样子已经关了炉子。

  老板娘见老碓半天不说话，主动问，吃点什么？

  老碓不假思索说，剩菜剩饭也行。

  老板娘皱皱眉头说，什么都是新鲜的，现杀现做，哪有剩下的东西。

  电风扇呼呼转，屋里凉爽了许多，老碓知道老板娘误会了他的意思，笑嘻嘻说，有吃的就行。

  老板娘换上笑脸说，那就点菜吧。

  外面照例热气腾腾的，老碓站起来看菜谱，看看价格，晃过一道菜，又晃过一道，最后索性不看了，随口说，炒盘肉丝和水芹菜,再来碗蛋汤。

老板娘有些不高兴,看看一地坛坛罐罐,大声问,不加道大菜?

大菜是什么东西?老碓不想说话了,站起来看墙画。墙上贴着几张时髦的明星照,还有一道匾,匾面绣着"家和万事兴"几个字。老碓看完匾,又看刘晓庆,最后才把目光停留在王馥荔影视照前。阿三早生了不耐烦,一路走来,冷热不说,吃还这么简单,阿三没好声气说,看什么看?

老碓回头问阿三,天下第一嫂,知道吗?

无头无脑的,什么第一嫂?

老碓估计阿三没看过《金光大道》,不再说大嫂,低头闻夹袄的味道,刺鼻的汗馊味噗噗直往外冒,老碓脱下夹袄,捧在电风扇风口上吹。

阿三见老碓不想说话,捏着嗓子又来了一句,咋就上了你的当?

从蓼城走进江浙,谁知温差就这么大?进南京城那会,老碓对阿三说,等把小土烧推销出去,一人买件汗衫。阿三那会热得就像离岸的鱼,不停地张合着嘴,听到老碓说汗衫,催促说,买呀,不买我真不走啦。老碓说,卖不掉小土烧,什么也买不成,走呀,不想吃红烧肉啦?听到吃红烧肉,阿三站了起来,紧走几步,跟着老碓走进饭店。

老碓笑眯眯点盆红烧冬瓜说,小时候奶奶切冬瓜就说杀猪啦,将就下吧。也难为老碓啦,这趟推销,没人看上小土烧。不是说包装太土,就是说度数太高,还有几个刻薄的酒家说话更难听,提溜几下小土烧说,就这种散酒,白送也不要。

世上没有白送的东西,走,我还不信啦。几番生气,哪里还顾上汗衫和饭菜呢。走出南京城后，老碓才瓮声瓮气对阿三说，去杭州，杭州就在脚下呢。大热天，两人都穿着夹袄，还背着几坛小土烧，阿三肠子都悔青啦。走到浙江的湖州后，阿三坐在阴凉树下说，不走啦，说啥都不走啦。

老碓说，日你碓子的，不走，八辈子都到不了。

到了咋的？人家会要？阿三实在无法忍受啦。

老碓看完王馥荔的影视照，想回头安慰下阿三，还没开口，见后堂的门帘掀开了。门帘处，走出一位模样清秀的姑娘，姑娘手端托盘，托盘上放着两碟菜、一碗汤。

老碓那年至多三十二岁，两眼不老实，心思也不老实，见姑娘一耸一耸地走到面前，无头无脑来了一句，咋这么像？老碓意思是姑娘像王馥荔。姑娘不知道老碓说什么，低头从托盘向条桌上端菜，过程中，姑娘忽然感觉后背多了异样，那种异样就像蚂蚁上树，上蹿下跳。姑娘忍不住回头瞄了下老碓，只一眼，情绪就突然失控了，接着，浑身筛糠般哆嗦起来。看起来姑娘见过世面，按说不会突然间哆嗦起来。哆嗦传导到手上，很快变成了战栗，颤抖中，菜汤便撒到了老碓的裤子上。看上去，老碓浑身上下就这条裤子还有点模样，菜汤里有油，能不能洗掉两讲。老碓心疼裤子，张嘴说道，日你碓子的，眼长胯去啦？在蓼城，"日你碓子"就是一句加重语气的口头禅，到了杭州、到了姑娘这里，"日你碓子"加上"胯"，意义无法琢磨了，姑娘仿佛受到奇耻大辱一般，恼羞成怒，接着，捂脸跑进了后堂。

不一会，又高又胖的老板娘掂把大铁勺走了出来，悻悻地问，刚才谁说"日你碓子"？大铁勺在老板娘手中来回翻转。

阿三见此情形，早吓得指向了老碓。

老碓正埋头吃饭，不知道咋就惹到了老板娘，抬头见老板娘怒火中烧的样子，一脸懵懂，日你碓子咋啦？

大铁勺滴溜溜转。你？再说一遍试试？眼看大铁勺就要兜头砸下，老碓这才感觉出危险，千钧一发之际，老碓头一缩，换上笑脸说，对不起大嫂，我日我自己碓子可照？老碓灵机应变的说话口气，惹笑了老板娘。老板娘把大铁勺背到身后，扑哧笑出声，谁是你大嫂？

一场误会在笑声中结束了，老碓见老板娘走进了后堂，吓得连嘘几口气。

阿三高兴地嘿嘿笑，笑完才说，活该，被砸一铁勺才好。

老碓知道阿三满肚子抱怨，急忙用纸巾擦擦裤子说，抓紧吃，不吃拉倒。

回到蓼城，老碓到处说，阿三太懒啦，怕苦嫌累。阿三听到老碓的埋怨，心有不服，一生气，就把"我日我自己碓子可照"的话传了出去。没想到，几经周转，熟悉的见到老碓时，开起了玩笑，笑嘻嘻问，照，还是不照？

奶奶的，一趟江浙行，小土烧没推销出去，还把口头禅安在了自己头上。气不过，有天老碓抬头看见一只鸟，气哼哼问，你说照不照？

2

蓼城不大，一条主街、几道巷，颠颠簸簸交织成细长的柳叶形状。八九十年代，蓼城至多能跟江浙的乡镇相比。不过老碓感觉不到蓼城的寒酸和窘迫，常常自豪说，我蓼城的，小土烧就在洼子口上。

蓼城在哪？洼子口又在什么地方？

老碓说，你们居然不知道蓼城和洼子口？江浙人摇头。

老碓一脸难受。

熟悉的那些朋友开涮老碓后，老碓想，何不借助人们的玩笑，把小土烧也连带上？日碓子的，我看照。

想个大概，老碓便拎着几坛小土烧往酒店跑。遇到熟悉的，便晃晃手中的小土烧说，日你碓子的，照不照？对方打趣地问，你说小土烧还是碓子呀？老碓挺挺腰身说，当然是小土烧。熟悉的说，不照。老碓翻白眼，接着，拎着小土烧，溜进包厢。

走进包厢后，老碓腆着肚子说，我是老碓，就是说"日我自己碓子可照"的老碓。熟悉的哈哈笑了，恁这家伙要脸不？老碓不打算要脸啦，厚着脸皮说，尝尝，尝尝才知道照不照。也有一些不认识的，感觉受到了骚扰，沉脸问，谁让你进来的？老碓说，我自己，尝尝，尝尝。陌生的不想品尝。老碓挤出笑容，呵呵说，这么的吧，我尝给你们看，就这么尝。老碓随意找个玻璃杯，斟满后，咕咚咕咚喝了下去，而后，把剩下的半坛酒往桌上一撒说，小土烧，五谷杂粮。

什么意思嘛，推销酒也不能跑到饭桌上吧？

老碓听到人家呵斥，拎起地上的几坛小土烧，拉开门，撒腿跑了。

到了其他包厢，如出一辙。

见到老碓丢下半坛小土烧，总会有人忍不住好奇，品尝几口，咂摸半天嘴，才说，真不赖哦。你尝过了说好，他尝过了也说好。久而久之，尝过小土烧的人再次到了酒店，主动问，有没有小土烧？

小土烧？什么小土烧？

老碓，大杯喝酒的老碓。

饭店老板灵活，马上说，有有有，我这就打电话给老碓。

老碓听到有人要喝小土烧，高兴呀，开上小货车，一次驮来十几箱，丢在吧台上说，喝多喝少，月底结账。

没想到这么推销，居然有了初步成效，可对比成本，赚的全是吆喝。老碓想，这么推销，肯定不行，还得想办法向外推销。

这回老碓选择了河南，老碓想，江浙人不认小土烧，那就向西向北，西北人好喝白酒，不像江浙人喜欢喝黄汤。

走到商丘，老碓找到感觉了。商丘人喝酒也喜欢要狠斗猛，跟蓼城人喝酒一模一样。老碓剋住了白酒代理商桑大楚后，桑大楚帮助老碓请来了十几个白酒代理商。

桑大楚说，这个老碓，忒能喝，三拳两脚把我剋住啦。

十几个白酒代理商摩拳擦掌说，看我们的。

菜上了大半，老碓不知桑大楚的阴谋，喜滋滋抱拳说，有幸结识大家，喝，这是祖传秘方制造的小土烧。说完，斟满一杯酒，瞬间来个底朝天。接着，还哈出了长调。

那些白酒代理商看看老碓，意思这就开喝啦。

老碓看十几个人犹豫，催促说，喝呀。

十几个白酒代理商没有一次性底朝天，而是小口抿，等咂摸出一些滋味后，才彼此看一眼，而后吃菜开喝。

老碓再次抱拳说，看中的，代为宣传下，看不中的，就算交个朋友啦。说完，老碓再次来个底朝天，接着哈出更长的声调。声调就像骄傲的露珠，停在草尖尖上来回战栗。代理商们被老碓激起斗志，这家伙，不问深浅，这么喝，瞧不起人咋的？十几个白酒代理商跟着底朝天，最后有几个晕乎的，也学着老碓哈出长调。

见到十几个白酒代理商跟着他的样式喝酒，老碓放心啦，这种性情的人，豪爽，说不定真能代理一二呢。见人学他哈起长调后，老碓才问，小土烧怎样？

白酒代理商们不说小土烧孬与好，只想着跟老碓拼酒。老碓想，拼酒好呀，只要能替我代理小土烧，喝死又能咋样？喝到最后，十几个白酒代理商都醉了。

后来白酒代理商对桑大楚说，小土烧什么都好，就是容易上头，不中，不中。

桑大楚说，喝多了，当然上头，我觉得小土烧不错。

不错，你代理就是啦，打出市场后，我们才讲。

桑大楚那时才提醒老碓说，你呀，不懂得收敛，你说认场输咋的？现在难说啦。

老碓说，他们真想把我灌醉，轮番跟我喝就是啦。

桑大楚说，那样喝酒就不是俺们商丘人啦。

老碓说，我哪里知道他们介意拼酒呀，早知道，我装醉就是啦。

桑大楚笑笑说，你呀，好在还有我。

老碓抱拳说，只要你信我，值啦。说完弯腰鞠躬。

桑大楚说，别别别，我还想问问，你们那儿的人，是不是都喜欢喝小土烧？

老碓正色道，不信去蓼城问问，可以说，蚂蚁和鸟儿都知道。

桑大楚摇头，之后又问，真是祖上手艺？洪武三年（1370年）的小土烧？

老碓说，你代理过多少酒啦，过嘴能不知道？

桑大楚低头不说话了，老碓说，欢迎考察，酒是土的好。

桑大楚笑笑，还是没说话。不知道他愿不愿意代理，不代理就拉倒，反正桑大楚人不错。

老碓松松垮垮开着小货车回到蓼城，那时候桑大楚也脚跟脚撵来啦。

为了安全起见，桑大楚还是决定亲自到蓼城考察一下，只是这话不能对老碓说。走出车站后，桑大楚想，小土烧真是洪武三年就有的酒，政府的人肯定知道。桑大楚下了车就打辆面的，然后对面的司机说，去县政府。面的司机热情，见桑大楚衣着整洁，特别强调说，别说县政府，就算洼子口的老鼠洞，我都能找到。桑大楚不知道洼子口是哪儿，不想废话，抬头看街上行人。街道不宽，人特多。楼房有些破旧，不过林林总总的，有点城市模样啦。不一会就到了县政府大院门口，面的司机说，到了。那时，桑大楚才想起问上一句，知道小土烧么？老碓的小土烧。

面的司机说，好像听说过，洼子口那儿呢。

见面的司机说不出所以然，桑大楚顺势下车，付完打的费，直直走进县政府大院。那时候县政府还没有门卫，来往遇到人，都挺随意。桑大楚见到人就问，知道洪武三年的小土烧么？大家想了半天，都摇头。问来问去，县政府大院的人好像不知道老碓，没人知道小土烧。

咋啦？老碓不是说蚂蚁和鸟儿都知道吗？感觉受了骗，桑大楚心情不爽，快到中午的时候，随意找家小酒馆坐下，不抱希望地问上一句，有没有小土烧？

老碓酿造的小土烧么？有有有，咋会没有小土烧？

到底咋啦？政府里面的人说不知道，小酒馆却有小土烧？犹豫不决间，桑大楚决定见一下老碓，问问什么情况。

老碓没想到桑大楚真的来了,拉着桑大楚的手,就差喊大爷啦。

桑大楚打断老碓的寒暄,直接问,你不是说,谁都知道小土烧吗?

来来来,你看看我的酒窖,是不是五谷杂粮?

既然如此,政府的人为啥不知道?

你问政府?政府不管酒作坊。

桑大楚还在生气,既然是洪武三年的小土烧,蚂蚁和鸟儿就应该知道。

老碓拍头笑着说,你这么说,算说到点子上啦,祖上手艺,千真万确。至于蚂蚁和鸟儿,问问它们不就行啦。

蚂蚁和鸟儿不会说话,咋个问法?

那时老碓突然听到了鸟叫,抬头说,听听,听听,它分明在说知道。

桑大楚让老碓惹笑啦,笑到最后,才挠挠头说,你这个人,到底"中"还是"不中"呀?

老碓说,我带你走一圈,你就知道"中不中"啦。

老碓请桑大楚溜酒店,一圈子下来,桑大楚发现老碓并没有说假话,确实有不少人在喝小土烧。老碓见火候到了,找家酒店,点了六个大菜,豪爽地说,喝。

那晚老碓喝了小三斤,把桑大楚喝得又哭又笑,最后连豫剧都唱上了。

第二天起床,桑大楚爽快地跟老碓签下了代理协议。签了协议后,桑大楚拎包要走了,老碓见挽留不住,便说,真走的话,我就送你一程。桑大楚说,行吧。老碓得到允许,很快雇下了响器班子。然后亲自开着小货车,让响器班子的人都站在小货车上，老碓对他们说，拼命吹，使劲敲，最好让全城人都能听到。

响器班子收了钱，要出活，唢呐声声、锣鼓喧天，真叫一个响。

桑大楚问老碓，弄这么大动静干啥？

老碓说，借借势，效益好啦，你的提成才高。

老碓开着小货车顺着主干道来回绕，呜里哇啦，响器班子把整座县城都叫醒啦。

很多人不明就里，想看个究竟，接力赛一般跟在小货车后面跑，最后，连躲在旮旯里的叫花子也被惊动了。

老碓边开小货车边问坐在一旁的桑大楚，热闹不？

桑大楚不想说话，闭着眼睛。

老碓见桑大楚有些不开心，转上大道后，直接去了汽车站。

那些叫花子一直跟在后面，一个不少。老碓下了车，对孜孜不倦跟在后面的叫花子说，各位"长老"辛苦啦，今儿我高兴，每人一瓶小土烧。

那帮叫花子没料到老碓会赠酒，感动得泪眼模糊，当场唱起了莲花落：叫客官，听仔细，蓼城出了个大善人。呃，大善人。大善人叫老碓，酿出的小土烧真迷人。呃，真迷人。小土烧真不孬，中原大地四处飘，呃，四处飘。叫花子这么一唱，惹得车站其他旅客都停下来看热闹。

老碓挠挠头想，这词行。随后找到"帮主"说，你们要能满大街这么唱，我一月供应你们十斤小土烧。

唱段莲花落有啥难的，"帮主"大咧咧说，成交。

经叫花子沿街唱下去，很快，蓼城上下无人不晓小土烧。

4

　　酒初步打开了销路,紧接着便是销量啦。

　　老碓琢磨,好酒需得自己喝。打定主意,老碓扛着一箱子酒,直直去了酒店。现在不比过去了,坛装小土烧改成了瓶装。酒店老板都认识老碓,见老碓扛着一箱小土烧,知道老碓要干啥,见老碓故伎重演,便笑嘻嘻对老碓说,我不拦你,可千万不能让客人发火。老碓整整衣襟说,怎么会?而后,把酒分装好,拿起一瓶,不管三七二十一,扎进了包厢。客人正喝酒,见陌生人闯了进来,满脸不高兴时,老碓这边省却一切程序,拧开瓶盖,倒了满满一玻璃杯小土烧直接往嘴里倒,喝光一杯小土烧,老碓抹抹嘴才说,打扰,打扰。说完,老碓又倒上一杯,这会儿才多了表演的意味,憋口气,端出架势,大气不喘又喝光一杯。杯子见底后,老碓才长哈一声,那声哈特别响亮,把所有人都吓了一跳。老碓见收到了效果,才换上笑脸说,我喝的是小土烧,小土烧这么喝,才香。

　　说话间,人们知道了来者叫老碓,过去只闻其名并未见其人,原来老碓这么豪放。老碓得知人们都晓得他的名字,得意说,酒往高里喝,才香。

　　老碓接着溜进其他包厢。一个包厢一个包厢走下来,走完一条巷子的酒店,都小半夜了。也算老碓酒量大,一晚上窜上一条巷,肚里只怕有五六斤小土烧啦,感觉天旋地转时,老碓靠在电线杆上想,谁让咱做不起广告?谁让咱叫小土烧?

　　十来天后,老碓跑完了蓼城所有酒店。那时很多人已经在传说老碓的喝酒方式啦,说完还描摹老碓的口气说,小土烧,这么喝才香。还有人学起老碓的样子,底朝天,哈长调,喝完才说，小土烧真不错。那段时间，蓼城人拼酒不分胜负时，往往就会想起老碓喝酒的样子，大杯整，大声哈，一顿饭，不知不觉喝去七八斤小土烧。

老碓想，还得想办法引导人们喝酒的次数。想了几宿，老碓想起了"一天三喝"。可问题是蓼城人不时兴喝早酒，老碓有天清早起床，若有所思对老婆说，你每天在我床头前放几瓶小土烧。

老婆问，神经啦？

老碓说，见我喝早酒，你就大吵大闹。

老婆想，无事找事？可既然老碓那么说了，肯定有他的道理，这么多年，老碓把日子倒腾得不错。临睡前，老婆还是小心翼翼地在床头柜上放上几瓶小土烧。

大清早醒来，老碓伸手摸到小土烧，接着便咕咚咕咚喝开了。老婆没想到老碓真喝，这不是作死的节奏吗？转而想到老碓的交代，不知道真吵还是假吵，既然交代过要吵架，那就吵吧。刚开始是假吵，吵着吵着，变成了真吵。这么多年，老碓老婆的委屈都堆在心口上，怨气呼啦啦往外冒。吵来吵去，惊动了邻居，最后整个洼子口人家都被惊动啦。人们问起原因，才知老碓早上也喝小土烧，老婆恼了，才惹得大吵大闹。

有人埋怨老碓，早上咋能喝酒呢？

老碓说，早喝小土烧，祛湿拔气，长生不老。

祛湿拔气？

老碓振振有词，洪武三年，祖上创下小土烧，老窖泥兑杂粮，外加辣蓼当佐料，祛湿拔气，我怎么会忘？蓼城的由来，得益于辣蓼，蓼城人都知道。封国时，楚王想起了红花满地的辣蓼，信口说，叫蓼城得啦。老碓说用辣蓼入酒，真的假的呀？

老碓见人们半信半疑，暗想，计划成功一半啦。

余下还有第二步，稳扎稳打才有效。

打那以后，老碓开始琢磨起"祛湿拔气"这句话。他真在五谷杂粮的酿酒池里，夹杂上些微辣蓼，再次酿造出的小土烧，多了一些辛辣味。那种味道，老碓对外说是秘方酿造，专为祛湿拔气而酿。之后就把这款酒，用二两小瓶分装，在小酒瓶上赫然印上"洪武三年，祖上秘方，辣蓼入酒，回味悠长"的广告语。

打那之后，老碓起床开始练习"含酒"啦，他把酒含在嘴里，不吐不咽，如厕、扫地、烧水、熬粥，直到练习到不洒不漏之后，才信心满满走到院子门口，专等行人上前。见行人多时，老碓才仰起脖子哇地吐出一口酒。关键那声哇，比打雷都响。行人猛地听到老碓哇，吓了一大跳，停下来问老碓，你哇啥？

哇酒。

哇酒？

老碓嘿嘿说，祛湿拔气，就靠这声哇。

行人不懂。

老碓显摆说，辣蓼只是酒引子，窝了一夜的浊气，通过这么哇，岂不全跑啦？

真的假的呀？

不信问问鸟，大清早叫啥？

你就忽悠吧。

天天见老碓在自家院子门口哇，有几位专注于养生的老人前来问缘由啦。听说小土烧能祛湿拔气，几个老人不放心地说，不带忽悠哦。

老碓说，祖上留下的话。

说到祖上，几个老人才小心说，快教我们怎么哇吧。

老碓含酒示范，扬起脖子来回漱，之后，才哇地吐出酒。

老人说，这么哇，真管用？

老碓说，试试不就知道啦。

从此之后，洼子口这边的几个老人起床就哇，老碓不太孤单了，尤其那几个老人哇完之后，还一歪一斜走向早点店，慢慢从屁股后面或者裤子口袋里摸出二两烧，而后，一碗糊辣汤或者牛肉汤，或者小笼包，或者蛋炒饭，统统算作佐酒菜，滋滋把二两烧喝光啦。

几个老人那么做，自然引来更多的老人效法。一时间，洼子口的清晨让一阵阵哇声遮住啦。

这么过去半个月，几个领头的老人感觉浊气未除，头还重了，相约前来问老碓。老碓听到老人们的疑问，诱导说，关键要哇出心中的苦，哇出老子比天还高的感觉才有效。

比天还高的感觉？

得到真传，几个老人怀着老子天下第一的感觉，大声开哇。不但他们哇，他们还教更多的老人哇。哇声如潮后，骚扰了居民。问起缘由，有人开始向老碓发难啦，祛湿拔气？胡扯蛋嘛，想必是推销小土烧吧。

见人前来理论，老碓沉脸道，祖上的话，错不了。

发难者跳起来问，祖上还说了啥？

老碓喊，延年益寿，咋啦？

问罪者火气越来越大，老碓寸步不让。

很快惊动了居委会。

居委会主任也是一位老大爷，已经到了威信比岁数还高的地步啦。主任老大爷耐心听了半天，倚老卖老说，碓子，谁告诉你大清早喝小土烧能延年益寿啦？

老碓拍拍心口说，祖上。

你家祖上还说了啥？

他们哇、他们哈，咋就怪上我啦？你老威信高，有本事让他们闭嘴就是啦。

主任老大爷扭头说，我还不信啦。

主任老大爷接着找到大清早带头哇的几个老人。老人们火啦，我们哇酒咋啦？他们养猪、喂狗、孩子哭，谁说过半句废话啦？你就是请来天皇老子，我们该哇还哇。

调解失败，问罪者把怨气都撒在老碓头上。大清早，只要老人们那边开哇，就有人这边找老碓吵架，吵来吵去，洼子口的清晨更加嘈杂啦。

主任老大爷来了气，堂堂居委会还治不了一声哇啦？主任老大爷晃晃悠悠找到老碓，张口就骂，碓子，你再带头哇，我就把作坊的门封啦。老碓知道主任老大爷说到做到，赶紧让老婆偷偷去喊带头哇的几位老大爷。

几位老大爷很快来了，晃出老子天下第一的感觉，拦住主任老大爷就吵。

主任老大爷的威信还没有受过如此挑战，气鼓鼓地问，难道你们连我的话都不听啦？

听，但得公道，我们确实哇出老子天下第一的感觉，惹到谁啦？

吵来吵去，人们不再关注吵啥了，竟然到处传，说大清早喝老碓的二两烧，再哇几声，所有的苦恼都跑啦。

传来传去，很多中年人也信啦，不仅大清早起床就 哇，尤其哇完之后，都会揣上二两烧去早点店，模仿的人越来越多。

主任老大爷很久才琢磨出了老碓的精明，有天撞到了老碓，嘭地弹了老碓一个响指说，孙子，计谋还不少。

老碓娇嗔道，老爷子，我啥时用过计谋啦？

5

洼子口北濒淮河，西连城西湖。湖水涨落，洼子口的命运跟着起伏跌宕。明清那会儿的有钱人家，断然不会在洼子口这边盖房。向南盖，向北盖，街道越变越长。有人问了，为啥不能向东盖呢？苦在东边也有一座湖，蓼城人称之为城东湖，向东的活路也让大水给截住啦。

正常年份，东西两座湖能养鱼。可遇到发大水的年份，两座湖就成了淮河的大水缸。蓼城的憋屈就在一道河和两座湖上。好在中间有道高高的垄道，顺着垄道建成瘦长的街，只能这么建了。到了民国后期，垄道上才建成县城模样。抗战那会，有人为了生计，终于把眼睛盯到城西湖的鱼上。种田的放下犁耙，织起了渔网。打鱼之人顺着洼子口边沿搭起庵棚、拴上渔船，大水来了上船，水退之后进庵棚，反正有两座湖，鱼儿、虾儿够养活一家老小啦。就那样，洼子口边上聚集了一批逮鱼摸虾之人，洼子口也被渔民们一寸寸垫高。新中国成立后，有人提出整治洼子口，城关镇下令把沿湖的庵棚都拆了。一声令下，庵棚是拆了，可渔船没办法弄走，很快洼子口又变成了渔港。有人在，吃喝拉撒就在，人不能一辈子漂在水上，大水退却，船民还得靠岸生活，渔民们不管三七二十一，顺着洼子口边沿盖房。盖来盖去，洼子口不见了，之上，全是疙疙瘩瘩、犬牙交错的民房。

改革开放后，新任县委书记见到蓼城的模样，眉毛蹙成扫帚状，这么建下去，城市变成啥啦？放着两座湖、一道河不好好利用，却搞得跟破猪圈一样？县委书记咬牙切齿说，县城得往大里规划，把两座湖的优势发挥好喽。规划、城建、土地部门撇嘴说，大水不讲情面哦。县委书记说，围坝筑堤不行吗？真到了发大水的那天，堤坝不定管用哦。县委书记发誓要把城市建好，至少规划要那么做，先围堤筑坝再讲。县委书记认定的事，大家自然不敢怠慢，谁知道冬季筑下堤坝，第二年夏天就被大水冲破了。

老碓进城在八十年代初，先前老碓一直挑着货郎担溜乡下，感觉混不出名堂，就溜进洼子口这边啦。有天听菜市场人说洼子口一带要整治，便回家对老婆讲，干脆我们也进城当回卖酒郎。

老婆当然想进城，可口袋没钱，咋讲？

老碓不死心，成天进城转，最后看中了洼子口渔民的庵棚，老碓想，得，买间庵棚存放酒，省得来回倒腾啦。老婆听说进城住庵棚，噘嘴说，那叫进城么？老碓说，先插上脚，站稳脚跟再讲。老碓买下一间庵棚后，趁着管理人员不注意，又在庵棚两边搭起草庵子，住人、存酒，就算跻身于洼子口啦。

九十年代初，城市规划到位后，洼子口的建设才真正迈上正轨，疏浚、拆迁、打庄台建房，弄出一派热火朝天景象。这次县里下了死命令，沿着洼子口沿岸的庵棚得全部拆迁。

这种背景下，老碓迷迷瞪瞪撞上了大运，一间庵棚外加后来搭建的两间草庵子，居然换回岸上的一套大房。再后来，老碓琢磨把乡下的小土烧作坊搬到县城，恰在那时，老碓再次撞上大运啦。说来话长,七十年代后期,县供销社在洼子口边上建了一个大仓库,当初仓库建在洼子口的目的,主要是便于水运。才建下十几年,供销社就开始改制啦。很快,几十亩地的大仓库便闲置了下来。供销社领导感觉闲置亏了,提出对外出租。老碓听到供销社要对外出租仓库,高兴地想,瞌睡遇上了枕头,不管租金多高,我都租下。老碓租下仓库后,开始建发酵池、酿酒房。建好之后,老碓才笑眯眯想,当初这座仓库就像给我老碓建的一样。老碓笑,笑了半年,又提出购买供销社的仓库。那时,供销社改制到了攻坚阶段,允许闲置资产向外拍卖,供销社向县里打了报告,县里居然同意把仓库卖掉。老碓抓住机遇,买下了仓库。老碓想,才短短十几年,我居然摇身变成老板啦。

改造仓库的那天晚上,老碓让老婆烧了几个菜,喝到晕乎时,才对老婆、儿子讲,太爷那辈时,酒作坊怎么讲?

老婆说,又要忆苦思甜啦。

老碓说,洪武三年,太爷的太爷,多少年啦?

老婆不知道洪武三年到今天有多少年,可老婆知道小土烧确实源远流长。老婆说,要建就建太爷那辈人建的模样,起码做到"前三后五,酒池要像蜂窝样"。

前三什么意思?后五咋个讲?

老婆说,前三起居。后五嘛,一道原料房,三道发酵房,外加一道烧酒房。

老碓说,看来你没忘。

之后,那座仓库被老碓改造成了"前三后五"的样子,不过跟祖上建的酒作坊还是有些区别。祖上建的酒作坊是大院套小院,连环错落。现在嘛,只能在仓库里隔成"前三后五"的样子，看上去，还是一座仓库罢了。后来，老碓感觉前三做起居浪费了，毕竟只有三口人，用不了那么大住房，便把前三改建成了原料库。在原料库前面，起盖了一座三层小楼，住家兼办公。再后来，县里拓宽一条路，那条路恰好通过酒作坊前面，老碓顺着路箍个院落，厂和住家也分开了。

这样下来，老碓的小土烧就算彻底扎根在洼子口边上。

苦在弄好这一切后，手里的钱却花光啦。

接着老碓的好运气跟着那些钱跑了似的，厄运随之而来。

九十年代中后期，白酒厂如雨后春笋一般冒了出来。悄然形成的残酷竞争局面，老碓没有料想到，他还按照过去的办法销售小土烧，谁知道代理商不认，酒店也不认啦。最后连桑大楚也不代理啦。屋漏偏逢连阴雨，苟延残喘中，淮河再次发了脾气，大水漫过县城之后，也漫过了小土烧的酿酒池，一次性亏损上百万，老碓瞬间陷入困境。那段时间，老碓一直行走在城西湖边上，一直盘算是投湖还是投河。老碓老婆发现端倪，寸步不离。老碓急眼啦，哭着问老婆，小土烧完了，我还活着干吗？

老婆说，活着总比死了好。

想翻身，就得跟上形势。老碓重整旗鼓，贷款跑销售。大江南北跑个遍，这才知道，别说小土烧，大酒厂生产的白酒也销售不掉。是年又赶上高粱、大麦涨价，绝望情绪就像城西湖的水，一浪高过一浪，老碓泪眼模糊地对老婆说，广告做不起，小土烧这回真的完啦。

老婆也纳闷，才走运几年，倒霉日子咋就来啦？

老碓说，眼下债务缠身，你跟在后面受罪，不行我们离婚吧，债务算我一个人最好。

老婆说，这是什么馊主意？你敢提离婚，我就把酒作坊烧啦。

老碓说，只怕到头来，不要你烧，法院也会把它关停了。

老婆说，想想办法呀，小土烧不会轻易倒的。

老碓说，有啥办法嘛，问问广告费，多少钱才能重新打开市场。

与老碓遇到的绝境相比，那年的春天格外美好。大水之后，蓼城撞上好运啦，城市一天天在变，生活蒸蒸日上，就连小孩子放风筝都带上了喜哨。可老碓的酒作坊却陷入冰天雪地，日复一日亏损，不关停不行啦。老碓想，祖上手艺咋就斗不过现代设备？算啦，算啦。

老碓这天难受极啦，随手拎上一坛小土烧，到了一家小酒馆，点了几道小菜，埋头坐在大厅的条桌上。

很多年了，老碓都没有喝醉过，不知今天咋啦，才喝小一斤，头就晕啦。老碓想，或许辛酸多了，肚里容不下小土烧啦。感觉晕乎后，老碓再也控制不住自己的悲伤，捧着那坛小土烧说，难道你就这么倒下啦？

小土烧当然不会说话。

老碓接着醉眼模糊地说，看看你的土样子，咋搞？

另边的条桌上，还有三个女的在喝酒。刚开始老碓光顾着跟那坛小土烧说话，没太在意三个女的，后来听到三个女的又哭又笑，老碓才抬头相望。三个女的看起来只有三十多岁，其中一个，喝哭了，站起来扶着墙喊，走，走呀。老碓觉得哭着的好笑，上前说，墙走你不走是吧？你肯定喝多啦。

哭着的斜睨眼睛问，你谁？咋来我家啦？

你家？

我姐，我妹，谁让你进来啦？

老碓糊涂了，到底在哪喝酒呀？左看看右看看，小声说，这是小酒馆，不是你家，你真喝多啦。

哭着的说，菜是爹，酒是娘，谁跟你上床？

说的啥呀？

另外两个笑着的对老碓说，让她闹一会，闹会就好，你忙，你忙。

老碓恼了，我忙什么呀，我也喝多啦。能说自己喝多的，基本属于清醒。何况老碓口齿还算利索。两个笑着的对老碓说，你喝多喝少，跟我们无关吧？坐那，不要打扰我们可好？

日你碓子的，咋就打扰你们啦？

两个女的上前揪住老碓。

老碓摇摇头，抓住一个女的手问，想闹事？

看来遇上想闹事的啦。两个笑着的不想放过老碓。

老碓满不在乎地放开手，斟上一杯小土烧问，老碓酿造的小土烧，不好喝么？

老碓的小土烧？你是谁？难道你是老碓么？

是老碓又咋啦？老碓摇晃着站起来，最后扶着桌子站住了。

两个女的围着老碓说，不是说你喝不醉么？咋醉啦？来来来，我们陪你喝。

老碓想，熟人？面咋这么生呢？不是熟人，咋知道我的名字？算啦，请她们尝尝我的小土烧。老碓每人敬一杯，敬完之后问，小土烧咋样？

扶墙哭着的那位听到老碓的名字后，嗷嗷喊，老碓？老碓长什么熊样？

老碓使劲揉揉眼，今儿咋啦，遇上几个怪人。老碓不想被人瞧出醉态，突然捂住脸，想趴在桌上，低头过程中，却一头摔倒在地上。

老碓摔倒啦？

酒店没有其他人，小酒馆老板也不知去哪儿啦。

三个女的见老碓流泪，心里不忍，拦住一辆的士，要把老碓送回家。那时小酒馆老板冒了出来，大声喊结账。老碓不清醒，两个清醒的，顺势把老碓的账结啦。

上了面的，三个女的不知把老碓送到哪。好在面的司机说，我知道他家的酒作坊。三个女的把老碓丢在院子门口，嘀咕说，今做的啥事么，替他埋单不说，还把他送回家了。丢这算啦，我们走。其中一个回头对面的司机说。

说话间，老碓老婆推门出来了，见老碓死狗一般躺在地上，又见三个女的个顶个漂亮，心里恼了，二话不说，上前给了老碓一巴掌。

老碓睡意蒙眬睁开眼，打我干吗？钱不是给过啦？

老碓老婆那股恼呼啦而出，臭不要脸的，什么钱给过啦？

扶住墙的那位，这回突然清醒了似的，猛地扑上前，揪住了老碓老婆的头发骂，谁他妈的要钱啦。

老碓老婆反手揪住哭着的头发。哭着的本来就喝多了，站不稳，三下两下，哇地吐了，脏东西全吐到老碓老婆后衣襟上啦。

哪里来的野女人，居然这般熊样。老碓老婆反手将哭着的拧到地上，又踢了一脚。其他两个清醒的见老碓老婆不明就里欺负人，一起上前，把老碓老婆放倒在地。老碓老婆越想越生气，这叫啥事呀，野女人打上门啦？

很快来了很多人，两个清醒的把事情经过简单说了一遍，最后指着老碓老婆骂，好心当成驴肝肺，没见过这种婆娘。

老碓老婆说，钱都给过啦，还想怎么样？

老碓被一群人吵吵醒了，睡眼蒙眬问，什么钱不钱？我没钱咋啦？

老碓老婆上前又给了老碓几个耳光，叫你装。

老碓确实醉了，他一把揪住老婆的头发问，我咋就装啦？

老碓老婆就地打滚说，信不信我一把火把这里全烧啦？

看热闹的说，何时见过老碓喝醉酒？只怕做了亏心事，故意装醉。

三个女的听到人们小声议论，更生气，替老碓埋单不说，还遭到埋汰，讲理不？你解释完，她解释，越解释越乱，见说不清道不明，最后仨人上了面的车，满腹委屈跑了。

她们走了，老碓更说不清啦。

老碓老婆拼死拼活要点了酒作坊。这会老碓失去了淡定，大声喊，我又不认识她们，委屈死我啦。

那天阳光很好，几只鸟还在啾啾鸣叫，风如微澜，打着细小的皱褶，掠过酒作坊上空，无声无息地消融到洼子口的嘈杂中了。

中

6

老碓不停跟我说着过往。

不久前，我认识了老碓，他随着一群铁木社职工上访，很快被办公室同志甄别了出来。我没好声气地批评了他几句，从此他就缠上我啦。这不，今天下午才上班，他就抱着一团"火球"闯进门,呜呜啦啦说了半天。

我心情糟糕透了,老碓体会不了我的憋屈。上午银企对接会上,县长拍桌子说,乡镇企业局不是瞎子的眼睛、聋子的耳朵。县长的意思我工作没干好。我之前担任县方志办主任,不知县委为啥选我来收拾烂摊子。上任前,县委分管副书记说,乡镇企业曾经是县域经济的半壁江山,选你上任,足以说明组织对你的认可。

上任之后,才知道乡镇企业可以用"纷乱如麻"四个字来形容。不说工作机制,单说乡镇企业局下属的工业供销公司、贸易公司改制过程中留存的诸多问题,就比蜘蛛网还要缠绕。我没有三头六臂,何况问题不是我留下的。职工们听我这么说,恼火喊,狗日的,新官得理旧事。我确实想处理好这些旧事,可我只有一百多斤皮囊,卖了也不值几个钱。我哭丧着脸,本来想流泪,结果却笑出了声。这声笑惹来横祸,一位情绪激动的下岗职工,不知道从哪儿舀来屎尿,呼啦泼到我的办公桌上骂,看你狗日的能笑多久?这还不算,最为头疼的是计划经济时代遗留的铁匠和木匠合作社,无影无踪几十年,不知为啥就冒了出来,上千名职工拿着文件说,他们得跟供销社职工性质一样,都得享受退休待遇。一样不一样,我下不了结论,体制转型中遗留的问题,政策覆盖不到,我解决不了。

打铁的有大锤、二锤之分,抡大锤的是徒弟,砰砰,满头大汗。二锤是师父,叮叮当当做指导,厚薄、匀称、形状等都在二锤的引导中。大锤、二锤们说起委屈个个义愤填膺。

我说,时过境迁,你们过去只能算作大集体企业,政策没有界定你们这个层面。

大锤、二锤们急眼啦,县里解决不了,我们去省里;省里解决不了，我们进京。说到做到，他们先后去了八次省政府、三次北京。闹来闹去，问题没解决，却把县里的信访工作闹进了后进笼子。县长窝火呀，指着我的脸骂，你就是个窝囊废。

就在这时，县里又把银企对接的任务压到乡镇企业局头上。哪件事情都能让我焦头烂额，说起委屈，我不比老碓少。

老碓说，不搞银企对接也就算啦，搞，就得把小土烧算上。

小土烧何时算过乡镇企业？城关镇不列入，我有什么办法。

见我说了大概，老碓站起来挑衅说，黄局长，你姓黄真黄，把问题推到城关镇，有意思么？

姓黄就黄啦？我说的都是实际情况。

老碓不吵不喊啦，黯淡神情说，救救小土烧，求求你啦！

怎么救？市场竞争结果，谁救得了？

老碓流泪说，没想到大酒厂欺负我，县里也跟着欺负我。

老碓说的欺负，我知道是怎么回事。说来不怪大酒厂，自大酒厂生产的"蓼绿液"名噪一时后，小酒厂没钱做品牌，偷偷跟着大酒厂后面起舞。大酒厂生产"蓼绿液"，小酒厂跟着生产"蓼绿泉"或者"蓼绿坊"，更有胆大的，直接叫了"蓼绿液"，严重干扰了大酒厂的销售市场。县政府组织工商局、质监局等相关单位，对全县小酒厂进行全面整顿，自然而然地剐蹭上小土烧。老碓忒委屈，洪武三年的小土烧，咋就没头没脑挨了一刀。

清理整顿小酒厂，不应该把小土烧算上。领导小组会上，我为小土烧说过几句公道话，组长说，先一刀切，等整治结束后再讲。

再讲，就把小土烧撂在停产上。

看来老碓伤心透啦，说到停产，眼泪也出来了，站起来问我，不能不分青红皂白吧？

我知道"一刀切"做法确实不妥，可我不能抱怨，也轮不到我解释，我脸始终板着。

老碓彻底萎靡了下去，打躬作揖说，求你尝尝我的小土烧，最好让县长也尝尝。

想起了老碓撂在地上那团"火球"，我没好声气说，赶紧拿走，否则，我就把它倒进下水道。

老碓跳起来骂，我好心好意用红布包裹着，你却要倒进下水道？这么说，我非要请你尝尝不可。

我头都大啦，老碓说了半天，目的就是让我替他恢复生产，我做不到，又不能说具体，只好打哈哈说，你先回去，找机会我帮你呼吁就是啦。

老碓说，今晚，就今天晚上，我请你尝尝小土烧，你再推辞，我就赖在这里不走啦。

7

小酒馆的包厢，除了老碓，还有三个女的，女的看上去个个漂亮。

老碓站起来给我拉板凳，一个女的端来茶，一个女的急忙递上香烟，还有一个挨在我的身边坐下说，黄局长，求你帮帮他吧。

什么意思？三个女的是谁？

老碓见我疑问，哭丧着脸说，酒友。老碓接着淡淡说了那天他在小酒馆喝酒的事，接着又说起辛酸，就差一把鼻涕一把眼泪啦。见我生烦，老碓指着其中的一位说，小翠，扶墙哭着的。介绍完，指着端茶的说，大田。你身边的叫二妹。人都不错。

三个美女笑嘻嘻的，不像老碓那般沉重。

还没上菜，老碓就斟满了五杯酒，接着挨在我下首，垂头丧气坐着。不一会儿，服务员上来几个凉菜和两个锅子。老碓站起来说，多么好的小土烧，居然无人认可啦。说完，含泪咕咚咕咚喝光一杯酒，亮杯底时，竟然什么也没说，一直看着我。

酒得一小杯一小杯喝，哪有这么喝的？

我慢慢抿一口，不停咂摸。小土烧属于什么香型呢？浓香、清香、酱香，还是兼香？"蓼绿液"属于浓香型酒，小土烧跟它不搭边，按说不该跟着其他小酒厂一起受涝。来回咂摸中，我终于咂摸出土腥味，我明白了，小土烧走的是野路子，有这种土腥味的酒，铅汞含量肯定超标。我直截了当问，铅汞含量多少，知道吗？

老碓仰头说，什么铅汞？质量不过关，质监局能发我食品生产许可证么？

小翠斜睨着眼看我。小翠的斜睨眼很有味道，就像某些高冷女人的孤傲。我见小翠冷眼样子，刻意笑笑。小翠没笑，撇嘴说，铅是什么东西？汞又是什么？要喝，来爽的，不喝拉倒。抿来抿去，喝毒药？

大田和二妹轮番催促，喝，喝呀，我们空杯等着哪。

看来得喝，三个女的不饶人。我站了起来，终于把一杯酒喝干了。那时，我感觉嗓中热辣辣的，热辣之后，才品尝到其中的浓醇和香甜，那种浓醇和香甜像从热辣中脱颖而出，瞬间侵占了我的味蕾。

小翠不再斜睨我啦，盯着老碓说，装可怜有用么？站直喽！

老碓笑比哭还难看，一直弯着腰。

我坐下来想，老碓和三个女的什么关系？为啥把她们喊上？

小翠发现我在猜测，不高兴地说，你们这种人，就像白开水。你肯定在想，我们跟老碓什么关系吧？

我确实在想，可嘴里并没有承认。

小翠不屑说，一句话，闺蜜，闺蜜明白吗？

老碓可是个实实在在的男人，咋就成了她们的闺蜜？我笑着一个一个敬酒，喝完三小杯酒之后才说，闺蜜有意思，男女之间也能叫？

老碓不说闺蜜，重复问，小土烧咋样？

小土烧真不错。我看老碓样子，心有不忍，这才小声说，临走送我一瓶，我送县长尝尝。

听我这么说，老碓来劲啦，又喝干一大杯，之后才说，多少粮食才烧一杯酒，容易嘛。说完那句话，老碓的眼睛居然湿了。

小翠见老碓伤感，上前搂住老碓的肩膀说，三十年河东转河西，怕啥？

我确实闹不清三个女的跟老碓什么关系，不过看得出她们跟老碓亲，否则不会这般放肆。我按照常规想下去，都说男人有钱就变坏，老碓逃不过这个路数。

老碓见我还有猜测，拍拍脸说，她们就这样，让你见笑啦。

这么说话时，二妹的胳膊缠绕住我的脖子啦，二妹说，没见过？喝，喝吧。

我只好喝光一杯酒，二妹又缠住我的脖子说，还是人家领导，虽然生着气，却一口喝啦。

我脖子上痒痒的,二妹的胳膊像片羽毛,更像一片阳光,我希望二妹能一直这么搂下去。见我神态复杂,小翠斜睨眼问二妹,动心啦?动心就炸呀。

炸就炸,谁怕谁?二妹松开胳膊跟我开炸。

我很快喝晕了,大田见我不胜酒力,趁机说,大河养水,东湖养鱼,我们仨这辈子最养男人啦。来,喝。

我只有招架之力。

二妹说,谁让我仨命苦,养的都是白眼狼。

话里有话,没有炸罍子这么简单。我不敢问及,好在老碓陷于痛苦中,小翠一直安慰他,还没顾上跟我炸罍子。见我傻乎乎看着二妹,小翠放开老碓,挑衅问,看不起我咋的?

酒上了头,想法简单多啦,我站起来说,炸。我接连炸了三个罍子,摇摇晃晃,有些站立不稳啦。老碓忙阻止小翠说,别把他喝醉啦,他生气就麻烦啦。

那时,我已经趴在桌子上了。

这时我听到小翠说,他生气也不怕,我把他跟二妹勾肩搭背的照片拍到手机里啦。

坏了,小翠要干吗?我突然清醒大半,挣扎抬起头问,老碓,她想干吗?

老碓抢夺小翠的手机,连声说,删啦。

小翠说,对付他们这种人,就得这样。

我突然蒙了,是不是老碓安排的鸿门宴?我难道上当啦?

8

天空被阳光搓揉成一团一团的瓦块云时,树叶开始凋零。满大街树叶翻滚时,老碓又找到了我。才几天时间,老碓脸上生了好几个火疖，像是经过烟熏火燎一般。老碓进门就趴在地上说，求求你，救救小土烧。

我能救谁？自己还在苦海中。

老碓站起来说，只有靠你啦。

我没有三头六臂。

老碓说，只要十万。

像老碓这样的酒作坊，别说贷款十万，哪怕一万，银行也不会同意。

老碓说，我知道银行不买账，可你是局长，不能见死不救吧。

咋救？

借我十万，两分利息。

我知道家里有二十多万的存款，可老婆管着，我说了也不算。老碓说，那我求她，你跟她说下。

老碓这么求我，实在不忍推辞了。回家我对老婆说，现在很多人都在投资，不行我们也投几个？

老婆说，攒了半辈子，就这么点，我可不想连本跟着折了。

老婆说得有道理。我打电话对老碓说，孩子还要上学，对不起啦。

老碓带着哭腔说，银企对接也是出路，只要十万，求求你啦！

我没有帮助老碓的义务，我见过太多需要帮助的人，我说，十万也是钱。

老碓说，救救小土烧，否则太可惜啦！

第二天上班，我抵不过老碓一再央求，犹豫说，我带你到农村信用合作社看看？

老碓说，我就知道你会帮我。

信用社主任说，十万元确实不多，鉴于老碓负债累累，中间必须有人担保。

老碓把我拽到一边解释说，相信我的人品，相信小土烧。

能不能放弃小土烧？我说了另外一个建议。

老碓说，能放弃的话，早活过来啦。

没有抵押物，一分都贷不到。

老碓作揖说，替我担保下，这口气上不来，真的倒闭啦。

十万元能救小土烧？我不信。老碓扑通跪在地，哭着说，黄局长，真能呀。

我拉起老碓说，好吧，冲着小土烧，信你一回，你可得说话算话。

老碓说，良心作证，放心吧。

老碓签下贷款协议，我签了担保，主任批了字，很快贷出十万元。老碓一手提着钱，一手扯着我说，小土烧有救啦。

签完字，我就后悔啦，为啥糊里糊涂替老碓做了担保？假如他还不上这笔钱，自然成了我的债务。十万元不可能救活小土烧，我咋就信了他呢？

一年时间很快过去了，还贷到期了。信用社打我电话说，老碓没有主动还贷，是不是帮我们催促下？

我说，你们找老碓呀。

信贷部说，找啦，没钱。

我主动上门找老碓，老碓摊开双手说，能不能跟信用社说说，再续贷一年，明年这个时候，连本带利都还上。

你以为私人之间借贷呀？续贷需要重新办理手续。

老碓再次摊开双手说，我知道，可我没钱，不行你问问信用社是否要酒？实在没有办法啦。

老碓咋能这样？我真想掌掴几下老碓，就在那时，小翠、大田和二妹开车撵了过来，她们赶来干啥？想拿照片讹我？

下车后，小翠就大声喊，你当个局长，还在乎十万元？要是上百万，也值得一说。

小翠咋能这么说话？

大田说，老碓遇到坎啦，帮帮他咋啦？你问他，我们的钱是不是都帮他啦？

与你们似乎无关吧？贷款还钱，天经地义。

老碓老婆就在那时冲了出来，跳起来喊，不就十万块钱吗？逼命咋的？

难道我错了？替他担保十万，咋就成了逼命的啦？

二妹拦住老碓老婆说，嫂子不能这么说话，你得谢谢人家黄局长，赶快恳请黄局长从中协调下，看看能不能还了利息再续贷。

几个人唱双簧咋的？老碓咋成了这样的人？我恨得牙疼，可又没有办法。回头我找到信用社主任商量，主任特别严肃地说，如期还款后，可以再办贷款手续。不行的话，你把钱先还了？

我还？

主任冷冷地说，闹到法院，你我都难看。

我只能自认倒霉，回家对老婆说，当初让你借十万给老碓，你不借，这下好啦，我替他做了担保，十万元贷款到期了。

谁让你担保的？老婆暴跳如雷。

我沮丧地说，当时不知道咋就生了恻隐之心。之后我哀求老婆说，不行你问老碓要，女人好说话，我孬好是个局长。

老婆说，黄东明，你是不是脑子进水啦？

我说，算是吧，自打进了乡镇企业局，脑子就糊涂啦。

老婆上门找老碓，不知道老碓用的什么方法，竟然让老婆眉开眼笑又回来啦。我见老婆高兴样子，小声问，他同意还贷啦？

老婆说，老碓不是坏人，十万块钱，我们替他还了。

啥？

老婆说，老碓说啦，十万替他还了，算我们入股。

谁的脑子进水啦？我暴跳如雷。

老婆说，这次听我的，小翠、大田和二妹，都入了股的。

天呀，老婆肯定被他们一起忽悠啦。

老婆还了十万贷款，利息老碓付的，接着老碓跟我老婆之间签了一份投资协议，算作百分之三股份。回家老婆开始算账啦，百分之三股份，一年利润二百万的话就六万，几年下来什么都有了。

我对老婆说，这就是诱饵，别说百分之三，就是百分之一，我也会犯错。

老婆说，不行，让我弟出面，反正与你无关就是喽。

好吧，始作俑者是我，我的担保危机解除了，老婆自己做的主，十万打了水漂，她自然不会怨我。

谁知道第三年后，老婆哭丧脸说，老碓不讲信用，完啦。

我笑着说，我知道结果。

老婆说，看来只能拉酒啦。

十万元买下的小土烧存满了书房。这倒没有什么，问题是，拉十万元的小土烧，你知道动静有多大吗？一辆大卡车开到小区门口，再转到我的宿舍楼下，整个小区都沸腾了，奶奶的，现在送礼的都用卡车送啦。县纪委很快找我谈话了,说有人举报我受贿。

我想受贿,没有条件呀。

纪委同志很快说到那车酒,我一口气差点没上来,简单说了来龙去脉,纪委后来派人做了专项调查。好在情况属实,纪委很快放过了我。可事情远没有结束。纪委这边是放过了,可社会上传言对我越来越不利啦,人们到处说,别看乡镇企业没戏了,人家黄局长可没少贪。

弄得那段时间,县直部门的领导见到我之后,第一句总会问,那些酒喝到什么时候?

铁木社、工业供销公司、外贸公司的那些职工听到传言后,话语间好像带上了炸药。光顾自己发财啦?忘了责任吧?再不解决问题,我们就把你告到市里,看你收下那么多酒怎么喝?

下

9

钱就像绳索,一道又一道缠绕在老碓的脖子上,老碓到处说,完啦,这回真的完啦。

小翠看到老碓消沉,安慰说,没有过不去的坎,挺住就好啦。小翠跟着火急火燎的,又不知怎么安慰老碓。

不知何时,老碓的头发开始大把大把往下掉,不到半年,头发几乎掉光啦,走到灯光下,亮瓦瓦的,一晃,一道亮光。

小翠为了缓解老碓的情绪,故意拍着老碓的光头说,这样挺好看,跟方清平一样。

老碓哪有心思开玩笑，突然蹲在地上嗷嗷哭上啦。

也不能责怪老碓不用心，那段时间，油纸伞、剪刀张、麻花李、徽子王等传统手艺推出的产品一律受到了冷落，就连北京老布鞋也不吃香啦。

老碓没有办法挣扎而出，眼下只有死路一条。就在那时，一位满脸赘肉的家伙，主动上门找老碓说，唯一出路就是房地产开发。你说，搂着金饭碗去讨饭，傻不傻呀。

我一点都不傻。老碓扯着嗓子说，小土烧不能就这么完蛋啦。

小翠听到消息，找到老碓说，赶紧放手呀，正好解套。

老碓恼啦，别人说说也就算啦，你小翠也跟着别人一起劝我？想到小翠她们三个投下的钱，老碓扭扭脖子想，世态炎凉呀，连小翠也不放心啦。越想越憋屈，便冲着小翠喊，不就那点钱么？割肉我也会还上。

老碓太敏感啦，谁提到钱啦？小翠说，我不忍你受苦，咋还误会上啦？

老碓见小翠委屈，指指心口说，这里，这里就像开水一般滚烫，比你丢了男人还难受。

提到那个男人了，小翠沉脸说，有你这么比喻的么？

小翠、大田，还有二妹，见老碓说啥也不同意开发，只好回头发动更多的人到各家酒店或者商店推销小土烧，她们想通过销售，帮助小土烧起死回生。反馈回来的信息，小土烧真的成了明日黄花，说破天，人家也不喝啦。

老碓不想就此服输，开始找县长，最后找到县委书记，老碓说，政府不能见死不救吧。

老碓见天蹲在县委、县政府的大院里，县长、书记多忙呀，县委书记的秘书打电话对我说，老碓的事，你搂着。

老碓的事咋就成了我的事？

秘书用县委书记的口吻说，书记说了，搂不住，你就卷铺盖回家。

我找到老碓，还未开口，他却哇啦哇啦说上啦，好像书记、县长不帮他似的。很多事情政府解决不了，得学会换位思考。这种话就像温吞水，对老碓不起作用。说了半天，我也上火啦，看着始终犟着脖子的老碓，大声说，就说我吧，是不是让你害啦？

老碓知道我想说那车小土烧，想来理亏，才低头说，帮过我的人，这里记着。他戳戳心口。

我让你记着干吗？不给我添乱就好。我也学着老碓戳戳心口说，市场不认小土烧，这里得明白喽。

老碓还蹲在地上，听到"市场不认"四个字后，呼啦站起来说，我不信。

不信，自己撑着，找书记、县长干吗？

老碓站起来靠在一棵树上直喘气，话不成句后，又蹲在地上哭上啦。一个大男人，居然鼻涕一把眼泪一把的，看起来跟个怨妇一模一样。我一把扯住老碓的胳膊说，站直啦。

老碓抹了一把眼睛，而后，困兽一般四处乱走，走到我面前后，眼睛猩红，指着我的鼻子问，为啥不帮我？

老碓居然埋怨我？为了帮他，我早掉进沟里，当初说十万就能走出困境，走出了么？现在还抱着小土烧不放。可我不能这么说，我知道，老碓需要安慰。我放缓口气说，说吧，让我怎么帮你？

老碓想了半天才说，贷款。

我呵呵笑笑，贷哪门子款？重新打造小土烧品牌不是几个钱的事，我不想啰唆了。临走时，我只说一句话，别找书记、县长啦，他们把我跟你绑在一起啦。

我骑车离开老碓，才回到办公室，刚喝一口水，二妹推门进来了。二妹今天没有化妆，神情有些黯淡，她看了我半天，才小声说，帮帮老碓吧，他快疯啦。

怎么帮？他糊涂，你也糊涂？

二妹有些惆怅地说，能不能帮他贷个几百万，我们用房产担保。

二妹呀，别说洪武三年的小土烧，就是春秋战国时期的碓子，也被淘汰啦。我咋就想到春秋时代的碓子了，我清楚记得，小时候碓臼到处都是，至今还不清楚它们为啥突然就销声匿迹啦。

二妹听到我说碓子，半天来了一句，日他碓子的，这就撞到南墙上啦？

我呵呵一笑说，不是南墙，是科技进步。见二妹眼睛红红的，我居然很哲学地说，有些东西注定成为记忆，放手也是一种姿态哦。

二妹无精打采走了。

没过多久，老碓老婆又推开我办公室的门。老碓老婆老了许多，起码头发白了。她坐在椅子上，一声不吭。我知道她想说什么，我也清楚帮不上任何忙，就像铁木社的一锤和二锤，工业供销公司和外贸公司的下岗职工们，我想为他们做事，可我什么也做不了。我鼻子一酸，嗓子跟着哽咽了，我说，回吧，我帮不了老碓。

老碓说你有办法，求求你啦。

我有什么办法？银行不放贷，办法只有那块地。

老碓老婆说，那是我们家族的荣耀，不能说完就完啦。

我现在才理解老碓夫妇的痛苦，这么说，不仅仅是酒，它承载的一些东西，确实沉重了点。可我也是凡夫俗子，无法点石成金。我张开双手说，但凡有一点办法，我都当仁不让。

老碓老婆站起来弯腰鞠躬，而后啜泣走了。

我又喝口茶，茶水早凉了，就像我的心情。我刚点着一支烟时，小翠和大田一起推门进来啦。今天咋啦？不想让我安生咋的？我没有搭理大田和小翠，直接拨打老碓的电话说，答应那个地产商，车轮战没用。

老碓突然提高声音说，别忘记那张照片，一直在小翠手机存着。

天呀，老碓居然威胁我，我气得浑身发抖，猛地挂了电话。

小翠说，说来也就三十多亩地，人家肯出天价，算是撞上大运啦。可老碓一口回绝了，还问人家，命跟三千万相比，哪个更值钱？

眼下县城从西往东扩，新区早已高楼林立。洼子口这边赶上改建，真是千载难逢的好机会，这个老碓，咋就冥顽不化呢！小翠说，帮帮他，老碓是个重情重义的人，就说我们吧，跟他萍水相逢，却一直信他。你作为乡镇企业局局长，更应该相信他呀。

我没说老碓是坏人，更没说他无情无义。可作为乡镇企业局局长，职权有限，我帮不上忙。

大田站起来说，银企对接真成了一句空话？

我不知道怎么回答，如果政府成立担保公司，银企对接就不是一句空话。这些具体问题，大田不会理解，我没有必要解释。我笑嘻嘻说，反正眼下没办法帮他。

小翠突然恼了，突兀来了一句，别忘了我手机里的照片。

小翠不这么说，我情绪好点，这么说了，我情绪真的失控了，明明知道我冤枉，为啥这么要挟我？再说，一张照片能说明什么，不就喝场酒么。我猛地站起来说，我没忘，更没怕。

小翠说，你是铁了心要抛弃老碓啦？

何来此话，我抛弃谁？我是没有办法。

小翠和大田气哼哼走了。

我知道问题来了，假如小翠真把照片送到相关部门，起码有些说不清。更为主要的，老婆知道后会怎么想？我得找老碓，现在就找。

我打电话给老碓，我说，刚才情绪失控，现在我陪你到洼子口那边走走。我的意思劝老碓跟上形势，赶紧出手。

洼子口早已做了新的规划，现在成了市场集散地。临近湖边，正在建设观光走廊，沿湖楼台亭阁已经建好，就差曲径通幽和统一绿化啦。

老碓走一步歇两步，最后坐在亭阁的椅子上说，有钱的话，我就建个明朝建筑，一边生产小土烧，一边做个小土烧陈列馆。老碓叹口气说，可惜呀，有钱的时候，光想前三后五啦。

我没有想这些，脑海中一直晃荡那张照片，我几次想挑明说，见老碓不提，只好拐弯抹角说，做人要干净清爽，捏人短处，包括急功近利，都是不可取的。接着，我说了孔子的仁和义，又说了老子的内省自胜，最后才说到我们共同遇到的窘困，我说，你困在钱上，我困在无力中。

老碓始终没有说话，等他站起来后，神情忧伤地说，我知道你怕啥，假如替我贷到款，什么都好说。

这个老碓，让人怕了呢。

我陪老碓走回酒作坊，恰好赶上城关镇书记找他。城关镇党委书记比我年轻，见我陪着老碓一起回来，笑笑说，形影不离了呀。

我不知道这话背后的意思，可我清楚他的挖苦。没等到我说话，城关镇党委书记转头对老碓说，天天找书记、县长，这回机会来啦。

老碓高兴问，县里准备帮我啦？

党委书记挑明说，县里准备好好帮你，关键你的态度。

什么意思？老碓急马三枪。

党委书记说，仓库杵在这，咋看咋难受。县里想通过退二（退二产项目）进三（建三产项目），把你的酒作坊搬迁啦。

老碓突然傻眼啦。你说啥？搬迁？人家出三千万我都没卖。

党委书记说，那是开发商，这次是政府。县长说啦，开发区那边再划拨一些工业用地给你建厂，这边根据市场行情做些补偿，你说是不是撞上大运啦？

老碓说，我算过啦，我的住家楼房还有里面设施，加上这块地，五千万不算多吧？

党委书记说，做梦吧？

老碓跳起来喊，日你碓子的，我不知道二和三，只知道这是我的酒作坊，我不同意，看谁能把我埋掉？

10

我到乡镇企业局工作四年啦，四年时间，不长也不短。总结四年历程，可以用碌碌无为来形容。偶尔，我也会自嘲说，我不是什么局长，就是县里的"出气筒"，下岗职工们的腌臜对象。

县长听到我的比喻后,打电话对我说,出气筒?牢骚还不少。

我说,玩笑,偶尔有些伤感罢了。

县长说,不要伤感啦,政策来啦。

什么政策?

县长说,到时候你就知道啦。

过了一个多月,政策真的来了,养老保险、医疗保险和低保政策很快覆盖到铁木社以及工业供销公司、外贸公司的职工们身上。政策覆盖到位,遗留问题处理起来简单多了,到了冬天,我和局里所有同志很快把遗留问题处理到位了。

那段时间,我感到少有的兴奋,好像处理自己的事情一般。当然在那几个月里,我没有精力关注老碓,我甚至忘记了他的存在,而老碓也一直没有联系我。

遗留问题解决好之后,那些职工激动得不知道如何是好,他们到处敲锣鼓、放鞭炮。

有天,我正坐在办公桌前看报表,听到走廊里人声鼎沸,我急忙冲出来问究竟。办公室主任喜滋滋上前说,他们给你送锦旗来啦。

送锦旗?

几个领头的上前说,冲你受下的委屈和辱骂,得送面锦旗作为补偿。

如果说,我忍下大家一些责骂,那是因为大家的委屈比我还多。我流泪给大家鞠躬,说来惭愧,四年来,可以说,一事无成。

大锤、二锤们嗓门大,大声说,冲你受下的骂,说啥都要接下。

　　我流泪对大家说，谢谢你们的包容，可这面锦旗我真不能收下，你们真要感谢，就感谢政策吧。职工们见我态度坚决，收回了锦旗，却又噼里啪啦放起了鞭炮。要放就放吧。

　　后来听人议论说，鞭炮声声干吗？不能利用党的政策抬高个人威信吧。听到这些议论，我暗自庆幸，如果当初收下锦旗，不知人们又会怎么说呢。我知道这些议论来自哪里，可我什么都不想说了。

　　之后，很快到了春节。蓼城的春节还跟往年一样，大街小巷到处都是鞭炮声，家家商店门口都摆上一摞一摞的白酒。我看来看去，依然没有小土烧。我知道老碓的日子肯定不好过，可我不想多关心他了，他好，他坏，似乎与我无关了。

　　过完春节，开完"两会"，县里开始调整县直班子，县委决定，乡镇企业局跟经贸委彻底合并，以便尽快跟上省市改革的步伐。按说，合并之后，我当不了主任，当个副主任再正常不过，何况我已经兼任了副主任。可组织研究决定，让我继续回方志办任主任。兜兜转转，再回方志办，真是无语凝噎。谈话时，分管副书记说，当初让你到乡镇企业局，主要发挥你的长处。现在让你回原单位，依然是发挥你的长处。我的长处是啥？忍辱负重，还是人人可唾的窝囊废？我眼泪始终打圈圈，县委分管副书记说，记录全县发展历程，有你无你不一样。

　　我不知道县里为啥会这么安排，是不是小翠把那张照片送了上去？老碓那么做，真是无语啦。我百思不得其解，等到了方志办上班后，听到的都是昔日同事们的冷嘲热讽，那么贪婪干吗？这个好理解，一车小土烧的遗患还在。关键是副主任阴阳怪气问，没少玩女人吧？这让我头脑嗡地大啦。我什么时候玩过女人？老碓真把照片送上去啦？他不能这么不理解我吧？我摇头苦笑对副主任说，这话从何说起？

副主任说，要想人不知，除非不做。

我直翻白眼，所有话被生生噎住啦。

谁知，到方志办上班才三天，县长却亲自打我电话说，来我办公室一趟。县长召见，让我开心，我正想趁机问问，县里为啥这么安排。等我到了县长办公室，县长居然亲自给我泡上一杯茶，而后，笑眯眯对我说，眼下有项工作，得你完成。

什么工作？我看着县长，多了困惑。

县长呵呵说，"退二进三"，老碓死活不同意。

与我何干？

县长表情严肃起来，凝视我说，那些酒，还有柔情缠绕，你以为轻松就过去啦？

得得得，什么意思么？做过调查么？还未等到我辩解，县长就说，选择你，还是信任你的。我急忙说，有工业主管部门，还有住建、国土部门，方志办主任算哪棵葱呀？

县长见我推诿，笑笑说，那好，我马上组织县直部门包保拆迁户，就让你去包保小土烧，这样是不是名正言顺了呀？

11

初春里，天照例黑得早。到了老碓家，天已经黑了。敲开大门，走进客厅，见老碓正坐在暗处听京剧。见我进门，老碓关了收录机，拉开了灯。

我笑着说，这么滋润呀？

老碓问，怎么是你？

我苍凉地说，做贼心虚啦？

老碓泡上一杯茶，端到我的面前问，真害了你呀？老碓见我不说话，扭头喊老婆，整几个菜，黄局长来啦。

老碓老婆露了一头，很快缩回厨房去了。既然老碓留客，我就不客气啦。嘘嘘呼呼喝口茶，才小声问，退二进三，不好吗？

好什么好？

想想看呀，又能建新厂，又能得到补偿。

你当说客来啦？

我知道老碓的倔脾气，急忙转弯抹角说，我一个方志办主任，管不上你的事啦，可县长今天对我说，不把你的思想工作做好，就把我的主任撸掉。

老碓脸红红的，想了半天才说，姓黄的，真当说客来啦？

北风呜呜作响，我知道不能再说下去啦，一回两回肯定说不好，得打持久战呢。我站起来对老碓说，路过，想到了你，得，我回啦。

老碓说，准备啦，走啥？

我本来就没有打算走，这么说，只想打消老碓的顾虑。说话间，老碓老婆端上几道菜，老碓还如往常一样，喝光一大玻璃杯小土烧，才眼睛红红地指指心窝说，我这里难受，知道吗？我说，知道。老碓擦擦眼睛说，我也不想那样，比起小土烧，什么都不重要。包括讹诈么？老碓脸越发红了，最后说，谁让你不帮我。

我陪着老碓炸了一个蠡子，然后说，有心无力，知道吗？

老碓拽住我的胳膊说，现在又把我撵到开发区，什么意思么？

我不知道具体怎么补偿，县里让我劝他同意退二进三，其他什么都没说。我不敢就此说下去，只能看着老碓发呆。

老碓见我不吭声，感觉亏欠了我，最后才支支吾吾说，走到这一步，只能在这里记下啦。说完，用力戳戳心窝。

本来我不想说那些酒的经历的，心里委屈，我就想说给老碓听听了。我说，十万元小土烧多少箱呀？老婆想卖回一些钱，就托熟人卖，可卖不掉呀。

老碓睁大眼听我说。

我吃口菜才慢条斯理说，卖不掉也就算啦，来来回回中，就多出一些议论。老婆受不了委屈，一生气又把酒拉回我老家啦。为此，我专门回老家做了安排。还特意交代说，大哥卖多少，小哥卖多少，弟弟卖多少。当时三个弟兄满口答应下来，谁知乡下也卖不掉呀。老弟见销售不出去，招招手对村里人说，卖不掉，自家喝。临到我回家结账时，弟弟说，你孬好也是局长，还在乎这点酒钱嘛。拉来拉去，十万元酒，没收回一分，却惹下无数猜忌和议论。你说我冤不冤呀？

等我说完苦衷，老碓拉长脸说，对不起啦。

我半天才说，还有照片的事，好啦，好啦，不说啦。

老碓脸红得就像大红纸，最后站起来咕咚咕咚喝光一杯小土烧，等把酒杯放在桌子上才说，我就不信啦。

不信啥哦。

12

无论如何，我得找下二妹，让她帮我劝劝老碓。我跟二妹说了苦衷，二妹面呈为难，小声说，他油盐不进，只怕劝不好。我说，好好劝，不听你的，就请小翠劝。

二妹说，小翠劝了好几回啦。

我眨巴眼睛说，今天中午，我请你们仨吃饭，咋样？

二妹说，好吧。

二妹喊来了大田和小翠，小翠喝光一杯酒，安慰我说，我本来不想给老碓照片，现在说啥也不能把你主任撸啦。看来我的假话起了作用，我高兴地跟小翠炸了一个罍子，才笑眯眯说，但愿你们能体谅我。小翠突然忧伤说，不知道老碓为啥变啦？多好的翻身机会呀。大田打哈哈，说老碓估计糊涂啦。二妹不开玩笑，严肃说，我们一起去说老碓，想想黄局长的委屈，就得帮帮他。

我站起来鞠躬说，拜托三位啦。

就在那会，外面开始下雨啦。今年冬季有些旱，春天雨水多。我看着春雨缠绵样子，伤感说，一切都变啦。

小翠听到说变化，突然伤感起来，不知道她想起来什么，哽住气说，人心也变啦。

她们仨说话时，我埋了单，二妹见我想提前走，提议说，不行我请你洗脚。

我说，洗什么脚哦，火烧眉毛啦。

下午四五点钟的样子，二妹打我电话说，老碓在家哭呢。

哭啥？

舍不得前三后五呗。

哦哦哦。

想不通也不行，这回我们把话挑明啦，不听我们的，就还钱，他不能亏负你，还能亏负我们仨吗？

我说，谢谢你们，这下主任肯定保住啦。

13

再后来，我跟老碓联系少了，很长时间，我都会想到老碓，想到他名字的由来，想到他的喝酒风格，当然更多的是想他对小土烧的眷恋和不舍。每每走到洼子口，我都会想，老碓咋样了？新酒厂的生意咋样？他走出困境了么？

零零散散听说老碓活过来了，还听说他在洼子口边上买了栋别墅。他活得开心就好，我真的不想联系他了。好在他也不再联系我啦。不联系最好，我好做个彻底清除。一次醉酒后，一激动，就把老碓的电话删了。

八年后的一个秋天，我快退休的那年，县里为了写一篇食品文化之类的介绍文章，让我们方志办查找过往阡陌，副主任说，你接下的任务，你查。方志办就这样，没大没小的，好在我不在意，闲着也是闲着。我从档案室里找出不同年代的方志，顺着春秋设蓼向下查，一路查下来，就查到洪武年间的事啦，不经意间，我在一张黄色纸张上看到：洪武三年，湖下老滩有夏姓一族，以蓼入酒，创下小土烧。小土烧驱寒、祛湿、酒味独特，受到水上人家热捧。极盛时，老滩之地曾有"辣蓼满仓、五谷飘香、土烧满庄"之说。看完这段史料记载，我眼睛突然亮啦，我想，看来老碓没有撒谎，老碓当初要是见到这段文字记载的话，肯定更加理直气壮。我拼命想着老碓的姓名，可我居然想不起来啦，老碓姓啥，好像姓夏，夏什么来着？我真记不住了。记不住、联系不上，这段话就放在方志里吧。

晚上心情沉闷，便随老婆一起散步，走到县政府文化广场那儿，我停了下来。这里何时变得这么热闹啦？男女老少，跳拽步舞的，脚上像安上了弹簧；敲锣打鼓跑旱船的，腰上像绑上了木桩；更多的人在跳广场舞，手脚并用，特别热闹。

走到喷水池处，我停了下来，我看到"民俗文化陈列室"坐落在广场的一侧。我得去看看那个陈列室，过去光听说，没看过，现在得去看看。走进陈列馆，我看到了泥塑、剪纸，还有油纸伞啥的。当然看到更多的是农耕文化的记忆，碓子、箩筐、水车、鼓风婆，还有很多坛坛罐罐啥的。我往深里走，看到一组食品陈列，麻花、馓子、梅豆角、小糖豆和老燕馍啥的，这些吃食都用塑胶做成，跟真实的一模一样。很多吃食，小时候常常吃到，好在现在有的市场还有，有的已经无法寻找啦。走到最后一个展柜，我看到了"小土烧"几个大字。大大小小的坛子，摆放在一个又一个组柜上，我看到简介：小土烧，系湖上人家酿造的土烧酒，至今已有650年历史。过去夏姓一族，曾用辣蓼入酒，属于独创。小土烧有祛湿拔气之功效，受到渔民们的热捧。想起大水，想起湿气，我信了这种介绍。至于年份，确实这个更为真实，朱元璋1368年在应天称帝，至今已有653年的历史啦。洪武三年至今，恰好650年，看来没错。那时我想，老碓常常挂在嘴上四五百年，看来还是这个算得清楚。看到最后，我看到了老碓的名字，老碓属于十四代传人，名字叫夏子长。我不清楚，这么好记的名字，我咋会忘呢？夏子长，老碓；老碓，夏子长。老碓和夏子长是一个人吗？我继续看下去，结果看到了小土烧的今生，小土烧现今改名叫"双湖露"，双湖好理解，城东湖、城西湖么？"露"是什么意思呢？为什么去除了小土烧的本来特征？我不想多想了，我能想象得到，老碓现在的生活肯定很好。我内心有些感慨，这个老碓，把戳心口的事情都忘啦？

再走上广场，依然人声鼎沸的，可我不想在广场上逗留啦，我对老婆说，走，回家。

老婆见我闷闷不乐，很长时间才说，实际你不认识老碓才好。

该认识的时候就认识啦，没有什么好不好的。我心里只是有种遗憾，一直想问老碓，为啥把那张照片送上去了？转而又想，问清楚了又如何呢？好在老婆没信，日子不也挺好。想到那张照片，我很快想到了小翠、大田和二妹啦，二妹现在怎样啦？为啥也联系不上了呢？

寒　沙

1

龌龊再次袭来，尤雅啥也不顾地冲向马路。

急刹车的声音划破了雨夜的寂静，尤雅没有意识到有什么不妥，她甚至想，车为啥就刹住了呢？车窗摁开，露出一张因愤怒而扭曲的脸，大爷的，找死也不能选择我这个倒霉蛋吧？她是找死，可惜她选错了车辆。她不想回答那张扭曲的脸，再次撞向另外一辆车。那辆车早有预防一般嘎的一声。尤雅想，咋啦？撞辆车也这么难？

后面的车辆索性将她逼停在马路中间，呵斥声、责怪声，还有不怀好意的口哨声响成一片。她疯了一般冲向路边，最后隐藏在一棵树下。

雨夜的车，鸟散状飞驰而去，那些混浊不清的声音也随之离去，好像刚才一幕不曾发生过一般。顺着路边向郊野走去，环顾四周，除了暗黑，剩下的便是那些咕噜噜滚过的风。车辆零星，行人稀少，郊外太过安静。可龌龊还在，隆成一座山的模样，压在心口。举步维艰，尤雅最后走向一只黑棱棱的垃圾桶，她想吐掉心中的污秽。呕了半天，什么也吐不出，心中的龌龊好像化成了影子，她想尽快离开垃圾桶，可才走半步，就突然瘫软在垃圾桶旁边。

雨还在淅淅沥沥地下着，秋雨寒冷而冗长，尤雅不想睁开眼睛，她想就这样躺着，像堆垃圾一般，静静走到另一个世界去。

远处走来一位提着垃圾袋的老人，老人打着伞，走得有些缓慢。雨伞遮挡住老人的视线，老人并没有发现垃圾桶旁边躺着一个人。老人扔下手中的垃圾袋后,转身离开。恰恰往这边走了一点,便碰到了躺在地上的尤雅。一个激灵,老人慌张起来,大声喊,咋啦?到底咋啦?老人的惊慌让尤雅多了一丝安慰,她想说,与你无关,老人家,你只管大胆离开。实际尤雅什么也没说,她始终闭着眼睛。

老人多了颤抖,慌乱试她鼻息,感觉她还活着,这才弯腰搀扶她站起。就在她将要站起的瞬间,她冲着老人怪笑了一下,那种笑,像是嘲讽,又像是自虐,看上去惨淡而潦倒。

老人吓得急忙撒手,尤雅几个趔趄才站稳在老人的对面,老人忙问,要不要帮你打120?

她大声笑了起来,120,110,我去。

这姑娘到底咋啦?这个小镇,老人经见过太多这样的年轻人。老人叹息一声,把伞罩在尤雅的头上,而后迟疑地迎着风冒雨而去。尤雅到底缓过一口气,看着踽踽而去的老人,高声喊,谢谢你的伞。一阵风,吹走了罩在她头顶上的伞,雨伞顺着马路,不停翻滚。老人诧异地回头看看尤雅,听到尤雅说声谢谢,老人这才弯腰拾伞。等老人站起,眼前的姑娘已经没了人影,人呢?去了哪儿?

从横店到杭州,再到上海,又从烟台、青岛和大连绕回北京。城市的繁华、海浪的喧嚣,依然无法抹去她心中的龌龊。龌龊化作一道看不见的影子牢牢缀在她的心间。她骂,混蛋,你就是混蛋。混蛋的模样也化作了影子,与龌龊混为一团。如果继续走下去,她已经不知道结局,没有结果的行走,也许会将她带到无边无际的黑暗里。算了,还是回家,也许回家,内心才会安静。她毫不犹豫,买下回家的车票,找到座位后,便闭上眼睛流泪。

寒沙

爹娘是老城关居民，生在山河，长在山河，现在也化成了老城关的一部分。娘见尤雅彻底崩溃的样子，一直追问遇上啥事。尤雅的嘴巴好像被人粘合了起来，连躺三天，依然没有开口说话。娘急了，提着剁肉的大砍刀，站在她面前说，不说是吧？你不说，我就砍了自己。尤雅被娘吓到了，忐忑说起了那个混蛋。尤雅说得断断续续，还特意挑拣着轻描淡写。可面对轻描淡写，娘照例火冒三丈，狗日的，看我不剁了他去。

他在哪儿呢？一场噩梦而已，人劈不了梦，更劈不了梦带来的龌龊。

娘把大砍刀挥舞得呼呼作响，很久才哐的一声砍在椅背上。那张实木椅子，早已摇摇晃晃，将要散架一般。想必它经历过无数回大砍刀，早已羸弱不堪。大砍刀嵌在椅背中，拖着寒光，好像随时都能飞将出去，杀伐混蛋。尤雅看着寒光闪闪的刀，猛地闭上眼睛。让她万万没有想到的是，在她捂住眼睛的刹那，娘居然一屁股坐在地上，拍着大腿，嗷嗷哭了起来。

从某种程度上来说，尤雅更欣赏爹。爹的隐忍、怯弱和儒雅，包括小心翼翼，都是娘学不来的。爹见娘不停折腾，大声问，能不能消停点？

凭什么消停？

当初娘不让她学表演，尤雅说啥也不听。娘生气说，尤家女子不当戏子。娘分不清演员和唱戏的区别，把唱歌的、唱戏的、说相声的、演员等等，统统称为戏子。娘说，戏子如狗肉，上不了台面。娘就是那么固执，爹拿她没有办法。现实生活中，娘也确实奇葩了点，她不喜欢看《红楼梦》和《三国演义》，更不喜欢看家长里短的韩剧，当然更不想看其他电视节目，她弄了个U盘，闲暇时，一遍遍看《水浒传》。爹说，红楼一梦，三国内外，终不是水浒能比的。娘说，谁也抵不过一百单八将。爹说，打打杀杀，有什么好看的。娘说，江湖驰骋，板斧就是道理。娘不知道为啥会说出一些她根本说不出的话。

爹多半会由着娘的性子，包容说，看吧，想看啥就看啥。

尤雅的江湖并不顺利。读高中时，遇上数不清的公式和定理，那些密密麻麻的公式就像蜘蛛网，盘绕在她的脑海，结成了糊涂疙瘩。她不需要公式，需要率性和随意。老师每每拿着她几十分的理科成绩单时，只有摇头苦笑。可老师不能做更多的打击，只能鼓励说，下次再来。班主任安慰她说，别怕，有的人天生就是学艺术的料子。文理科分班时，娘得知尤雅准备学影视表演后，专门跑到学校大闹一番。娘说，可以学画画、舞蹈，也可以学书法，就是不能学唱歌和演戏。

老师说，艺术生要根据自己的特长，她有表演天赋，为啥让她学别的？

考不上学能咋的？

爹听到娘蛮不讲理，急忙拦住娘的话头说，孩子学啥，得听老师的。

娘喊，老师还能比我更了解她？

爹生气了，大声说，孩子的未来，交给她自己。这次我做主，你得听我的。

娘最后耷拉下头，娘得给爹一些面子。

想起那一幕娘更加生气，对着爹喊，看看她变成了什么样子！

变成什么样子了呢？尤雅想辩驳几句，可娘不给她辩解的机会，摇摇晃晃站了起来继续数落爹。

爹嘟囔道，出门在外，谁不遇个三长两短呢？就说你我吧，谁能想到下岗呢？

说起下岗，又扯出一堆乱麻，娘开始另一轮数落，吵来吵去，越发混乱，好像一地鸡毛，无从收拾。

尤雅讨厌娘的蛮横和无理。爹娘争吵不休，早让她捂住了耳朵，实在忍受不了，她才嗷嗷喊叫起来。

娘终于停止了抱怨，抱起尤雅问，你不会忘不了那个混蛋吧？

假如还待在家里，不疯也会抑郁。得，还得离去。打定主意，尤雅反手抱着娘说，不会。

能忘就好，世上没有忘不了的事。娘说得镇定而决绝。

尤雅点头，娘这才端出饭，心疼地说，快吃点东西。

尤雅狼吞虎咽吃了那碗饭。

能吃饭，说明雨过天晴，爹娘放心了，照例去了肉摊。他们做梦都不会想到，趁着爹娘上市场卖肉的空当，尤雅偷偷收拾好行李，悄悄出门，没有丝毫迟疑地拦住了一辆的士。

2

沙河与山河分属两个县，因为一条河的缘故，两县始终紧紧地联系在了一起。

选择沙河，尤雅感觉好像依然留在家里。这条河在，家的感觉就在。现在看来，选择沙河，并不是因为这条河的缘故，多半缘于矮胖。她没有料到，穷途末路之际，竟然会想起矮胖，看来矮胖还一直珍藏在她的记忆里。

矮胖是她的高中同学，毕业之后一直疏于联系。这种疏于，不是现实的阻断，而是刻意的回避。高中时代，矮胖和她同桌，从左到右，从右到左，记忆最清晰的便是矮胖上课偷吃零食。一堂课矮胖总要偷吃上三四回零食。她像训练有素的魔术师，从哪儿都能摸出一粒糖果或一块巧克力。有次疏忽大意，忘带零食，矮胖居然啥也不顾地咬碎了碳素笔。

　　授课老师为矮胖上课偷吃零食伤透脑筋，班主任也颇感意外，不是饿肚子年代，为啥喜好偷吃零食呢？班主任找矮胖谈心。

　　矮胖说，吃零食能让我安静。

　　班主任说，让人安静的办法很多，譬如读书。

　　矮胖扯着嗓子喊，谁规定上课不准偷吃零食？

　　班主任的无力体现在没有规定上，最后只好对矮胖说，能让你安静是吧？那就吃吧，可能不能注意点，别让其他老师逮住可行？

　　尤雅为矮胖上课偷吃零食伤透了脑筋，零食的芳香摄人心魄，早让她味蕾跟着绽放。每每见到矮胖偷吃零食，她便故意扭动眉毛，上挑或者蹙成一团，尤雅夸张而生动的眉上功夫轻易就能引起老师的注意。

　　班主任讨厌尤雅的皱眉，正因为她的表演，才引起其他授课老师的注意。想起尤雅皱眉的样子，班主任恼火，找尤雅谈心，班主任说，皱眉并不是好看的行为。

　　尤雅那时候理解不了班主任，更理解不了矮胖。

　　可就是那个漫不经心、爱吃零食的矮胖，后来居然考上了省级重点大学，毕业后还考上沙河县直单位的公务员。

　　是的，这次到了沙河，多半为了矮胖，她想问问矮胖，当年她是怎么走出困境的？

　　矮胖叫文一梅，可尤雅不喜欢喊她大名，一直称呼她矮胖，好像喊她一声矮胖，自己就能长高一点似的。想到矮胖，不再犹豫，很快找出矮胖的电话号码，并顺利地打通了电话。

尤雅装作轻松的样子问，矮胖吗？猜猜我是谁？

谁呀？尤雅？

矮胖居然还能听出我的声音，尤雅感到高兴，立马说，算你厉害。

矮胖确认真是尤雅时，意外到了吃惊的地步，这个失联多年的同桌，为啥突然冒了出来？文一梅显得特别高兴，急切问，你是不是到了沙河？

尤雅哧哧笑。

文一梅连说，太好啦。接着又急忙问，你毕业之后去了哪里？大家都说你成了明星。

明星就像一颗炸弹，炸得尤雅有些面目全非，几番调整口气才说，哪有明星一说，我毕业后去了一家公司，这次出差到了沙河。

文一梅也在外地出差，忙说，欢迎大明星来到沙河，一定等我回去。

尤雅没有走的打算，淡淡说，我等着。

挂了矮胖的电话后，尤雅猛地拉开了窗帘。看来矮胖还是那么热情。秋天的阳光慵懒而冗长，软绵绵地照进房间里。已经几天没有梳洗打扮了，想到很快就会见到矮胖，怎么也得收拾下自己。于是尤雅快步走到穿衣镜前，想看看自己到底变成了什么样子。不看不要紧，一看，吓得张大了嘴巴，镜子中的人面容枯黄、满脸憔悴不说，连头发都粘连到了一起。这是我吗？我咋变成了这副德行？尤雅不敢凝视镜子，惊慌失措地扯光衣服，急忙走进洗手间，而后一头扎进莲蓬头下。等她呼吸平稳之后，这才懒懒穿上浴衣，而后又走到镜子前，想看看浴后的样子。浴后的尤雅，多了白皙和红润，湿漉漉的头发上，还蒙上了一层水淋淋的雾气。认识混蛋后，她喜欢这么洗澡，也喜欢裸身照看镜子。那时，她多半会陶醉在那层雾气里。想到混蛋，龌龊再次拥堵到嗓子眼，不行，得到阳台上站会。走上阳台，第一眼就看到了灰尘，那些灰尘像丢了魂儿的影子，上下翻飞。她不敢再看灰尘，想看看树木。树木早让灰尘遮挡住本来面目，叶片一律病恹恹地闭着眼睛。由树木向远处看去，这一看，吓得不轻，一树木的四周全是墓碑，一排一排地立着。为啥有这么多墓碑呢？我住在哪儿？想了半天，才想起那晚对出租车司机说的话，哪儿荒凉去哪儿。可他怎么把我拉到墓地这里？那晚她还沉浸在失望里，那种失望多半来自爹娘，也源于自身。她头也不抬地进了宾馆，啥也没说，便登记入住。之后，再也没有拉开过窗帘，一直纠缠在龌龊之中。可宾馆旁边为啥有块墓地？怔忡间向墓地前方看去。左前方是座灰色的阁楼，阁楼的边上有几排灰色平房，平房上面竖着高耸的烟囱。烟囱的后面是楼房，楼房顶部，镶嵌上深绿不一的琉璃瓦，好像灰突突的大楼顶张荷叶似的。这是什么建筑风格，难道是殡仪馆么？返身回到客房，急忙打电话问前台。服务员慢吞吞说，你不是来送人的呀？

送人？我送谁？

服务员听出她的疑惑，小心说，我们专门为送葬亲人服务的。

天呀！原来我真的住在殡仪馆附近。

离文一梅请客时间还有一天一夜呢，说啥也不能待在这里。尤雅开始收拾行李，然后慌不择路来到了大厅，办好退房手续，便逃也似的跑到连接殡仪馆公路的一侧。到殡仪馆的出租车并不多,看不出有什么灰尘。可在尤雅的感觉里,到处都是铺天盖地的灰尘,她甚至联想到,某些灰尘里面早已含下"谁谁谁"的尸骸粉末,不停翻飞。她被自己的联想吓到了,急忙捂住脸,躲到树下想,出租车为啥还不来呢?终于停下一辆出租车,她啥也不顾地打开车门、钻进车子,然后大口喘息说,快送我去城里。

出租车司机见她慌慌张张的,笑笑问,城里大呢,究竟去哪里?

城投公司附近,找家像样的宾馆。

出租车司机当然知道城投公司附近的宾馆,很快将她拉到宏源大酒店。

宏源,名字不错,虽不是星级宾馆,却有了星级的架势,门楼和绿化都很大气。办好入住手续,又走上阳台,这回看到的阳光,多了明媚不说,还多了一些清新。她把目光投向了城投大厦的玻璃幕墙,幕墙反射出的阳光,十分耀眼。她想,原来矮胖上班的地方这么高端大气。她并不知道城投公司是干啥的,可从大楼雄赳赳、气昂昂的架势上看,肯定是个不错的单位。想着矮胖能在这样的大楼上班,她心里泛出酸楚滋味。那种滋味就像殡仪馆附近的灰尘,有些让她透不过气。突然间,她又想起了混蛋,不遇见混蛋,肯定不会这么狼狈。她不想说出混蛋的名字,她想,混蛋就是混蛋。混蛋答应为她投资一个剧本,导演二环也答应让她饰演主角。可那些承诺就像一阵风,说散就散。大学毕业后,她和同学们一样,渴望成功,更渴望着拖曳长裙走上红地毯。为此她到了上海,又到了南京,可最终选择了横店,一个诞生神奇的地方。等她到了横店才知,这里的竞争不是她能想象的。通过无数关系，总算认识混蛋，混蛋见到她眼睛一亮，接着便侃侃而谈。混蛋说，找我算是找对了人，不信问导演二环。二环本来是路名，咋就成了一个导演的名字？二环就站在混蛋的身后，二环说，他属于造星的，造谁谁红。

她信二环的话，从此，刻意逢迎混蛋。一切都水到渠成，缺乏应有的委婉，可尤雅不想糟蹋自己，她对混蛋说，爱才是正常的前提。

混蛋说，爱是横生在心中的圣殿，我供奉的全是真情。

她被混蛋的爱蒙住了眼睛，接着纵身跳进爱河里。谁知混蛋的圣殿，全是欺骗。发现被骗后，随之开始了争吵。争吵就像一部影片的开头，接着发生了肢体冲撞，故事的高潮落在另外一个女人身上，落幕在尤雅的追问：你供奉的真情呢？

真情就像一阵风，来去自由。

这是什么狗屁道理？尤雅恼火至极，追问，龌龊能与真情为伍？

混蛋说，真情可以与任何东西为伍，欺骗也需要付出真心。

混蛋，简直混蛋透顶。

某天有月的晚上，尤雅为了验证心中的不服，开始了尾随。上天也许怜悯她的痴迷，想让她尽快醒来，故意展示出真实的一面，就是那晚的尾随让她发现了真相，混蛋同时交往另外一个像她一样追戏的女人。

逮个正着，尤雅歇斯底里。混蛋一直无所谓的样子，被尤雅逼急了，混蛋嘲笑问，上身就想上戏？懂不懂规矩？

混蛋是她的初夜和初恋，她把所有真情都给了混蛋，本质已经不是上戏的问题。她流泪说，那是我的事业，为此我付出了全部情感和真情。混蛋说，问问跑角的，问问二环。被圈内人称为"环魔"的家伙，早与混蛋沆瀣一气。尤雅不会问二环，她问混蛋，到底为啥？

混蛋感到可笑，这么简单的问题，有啥可问的？混蛋不屑说，忍下去，还有机会。

是忍受下去还是捍卫尊严？尤雅没有犹豫，很快做出抉择。混蛋看到她的退缩，好像很负责任一般丢出一张卡，而后对着那位新欢说，只有它，才能解释一切。

钱能解释什么？不是钱的问题。可她面对混蛋的做派，龌龊呼啦拥堵上心口，她拿起尊严的尸骸，冷声问混蛋，黑夜的影子会是什么样子？

混蛋搂住一旁的新欢说，她说影子，哈哈，影子注定没有良心。

她骂，你混蛋。

混蛋耸耸肩说，混蛋又咋的？

龌龊骤然化成了一口痰，重重地堵到她的嗓眼里。

3

第二天下午，文一梅打来了电话，约好四点钟到酒店看她。

估摸文一梅快到酒店时，尤雅再次对着镜子涂了口红，而后才忐忑地坐在简易沙发上。

等待是个漫长的过程，她好像能听到时间滴答的脚步声。宾馆外面特别安静，阒寂到可以听到任何人的脚步声。很长时间，并没人摁响门铃。她看看手机，早已过了约定的四点，可矮胖还没有摁响门铃。她只好又看看妆容，而后捂住心口，想尽快平复自己的情绪。就在她闭上眼睛的那一会,听到轻轻的叩门声,当当当,叩门声轻微到可以忽略不计。敲我的房门?还是别处?迟疑间,她拉开了房门。门外站着一位身材纤秀、面容姣好的姑娘。谁呀?尤雅并没有认真打量造访之人,低头问,找谁?

我是文一梅,认不出我啦?

矮胖?尤雅认真打量眼前的姑娘。

文一梅呵呵笑着说,对,矮胖。

纤秀、婀娜,甚至还带上了袅袅婷婷。当尤雅确认眼前站着的这位姑娘真是矮胖时,困惑密布脸上,矮胖能变得这么漂亮么?

文一梅一直笑吟吟的,见尤雅愣怔,呵呵说,好啦,知道你学表演的。文一梅关上门,上前抱住尤雅说,你一点都没变。矮胖见尤雅苦笑,松开尤雅问,怎么就到了沙河?

电话好像解释过了,尤雅嘟囔声,出差。

文一梅拍拍脑门说,看看我的记性。文一梅激动之后,开始认真打量尤雅。看了半天,感觉尤雅面目间好像藏有忧郁,还时不时皱下眉头时,呵呵笑着说,看来你的皱眉,还是那么生动有趣。

尤雅知道矮胖指的什么,当初属于故意皱眉,今天不是。文一梅见尤雅尴尬,想到自己上来就说出类似抱怨的话,急忙解释说,那时,我特别焦虑和自卑。

今天的尤雅能够理解昨天的矮胖,她上前拉住文一梅的手说,我为过去的行为道歉。

道歉,还有必要么?文一梅呵呵笑了起来。

尤雅不想继续解释了,她想起了混蛋,想起了二环,想起了真真假假的各色人等，她想看看矮胖的纤秀是真是假，为啥又矮又胖的人，可以亭亭玉立？看了半天，依然糊涂，不禁自问，矮胖还是过去的矮胖么？

文一梅见尤雅一直看她不说话，转换话题问，为啥到了投融资公司？是的，尤雅说了公司之后，跟上一句"影视投融资公司"。听文一梅再一次追问，她不知道怎么回答，张了几次嘴，还是没有吭声。不等尤雅回答，文一梅接着说，听老师说，你拍了一部电视连续剧。

告诉过老师么？是的，大家毕业后，专门看过一次班主任，班主任交给她那届同学花名册和联系方式后说，同学之间，应该多联系。不知为啥，就在那一刻，她多了一些虚荣，顺口而出，我正在筹拍一部电视连续剧。电视连续剧是混蛋承诺的事，她信以为真。那时，她相信混蛋的每一句话，她想，我最终能够成为某部电视连续剧的主演，也许高兴过度，顺口一说，没想到班主任当成了骄傲，说给了那届学生。可现实呢？她什么也不是。听到矮胖那么问，赶紧转移话题说，你还好么？

生活在小县城，能好在哪儿去？文一梅转口又问，连续剧什么时候播出，大家等着为你骄傲呢！

确实够连续的。她不想把遭遇的不堪和内心的龌龊统统告诉文一梅，只好搪塞说，拍摄影视剧需要资金，所以才来沙河融资的。

到沙河融资？

假话跟着假话，只能这么说下去。

文一梅"哦哦"几声后才说，怎么就想到沙河了呢？感觉有些直接，文一梅又跟上一句，看看我问的，沙河不是有我么。

尤雅还能说什么呢？那些经历，差点将她抛在车轮前、大海边。沦落到今天,需要用谎话来欺骗同学。可她不这么说,难道要说无法排遣心中的龌龊,想看看沙河,看看同学,想走回过去,换回安静?

见尤雅好像藏有心事,文一梅改变了话题,掰着手指说起班上的同学,她说得缓慢而清晰,谁谁从政了,谁谁教书了,谁谁到了什么公司,谁谁回乡养殖,还有谁谁成了全市的劳模等,说完这些,文一梅说,你放心,这些同学都能帮你。

一班同学,从事的行业五花八门。尤雅想象着每个同学的样子,感觉每个同学都比她现在活得真实。见尤雅低头不说话,文一梅又转换了话题问,恋爱没?

读大学期间,喜欢跟同学们一起玩耍,也喜欢旅游、野炊,无形中,变得成双入对的,感觉好像真的恋爱了似的。可那叫恋爱么?真正爱上的是混蛋。原本打定主意跟他结婚的,没想到混蛋就是混蛋。尤雅回避说,找不到合适的,你呢?

我?大学期间谈了一个,后来分了。文一梅说得具体而真实。

尤雅不想说这些,装出极度认真的样子,小声问,沙河的石门还在么?

不知道尤雅为啥突然提起石门,文一梅一个愣怔,而后疑惑地说,在的。

石门系明朝石姓大户人家所建。当时为了战胜洪涝灾害,石姓大户人家只好出资建了石墙,权作抵御洪水的堤坝。可洪水退却后,那道石墙却硬生生分割出两个世界,一个贫穷,一个富贵。岸下人们不满石墙带来的结果,一直找大户人家说理。大户人家感到确实带来了诸多不便。为了勾连上下,大户人家又派人扒了石墙,建下了一座石门。洪水来时,堵上石门;洪水退却,打开石门,上下依然是一个整体。谁知到了咸丰年间,却发生了一场特大洪涝灾害,那场大水冲垮了石墙,却单单留下了石门。按说,石墙倒了,岸上、岸下自然会融为一体。不知道为啥,那道石墙好像砌在人们心里似的,始终无法抹去石墙的痕迹。上面繁华,下面破败。富人都去了上面,穷人自觉落在岸边。形式上做出了自然的区别,实质上埋下穷人的抱怨,提起石墙,说起石门,人们都会说大户人家的不义之举。好在到了清末民初,多了军阀混战,谁也没有想到几发炮弹会落在繁华之中。谁打谁,后人已经说不清了,反正几颗炮弹炸毁了石门之上的繁华。石门之下的人们拍手称快说,看吧,这就叫报应。上下一样,大家的心里才有了平衡。现在上下早融为一体,岸下还成了不错的风景带。更有方家学者为了推动旅游业发展,专门编就了一些民歌来佐证大户人家的善举,什么"石门仁,石门义,石门上下情满地""大水无情人有情,石门昭示石门魂",等等。这种演绎,又引起新的争议,直到谁也说不清石门的前世和今生。尤雅想起石门,主要想起了贫富两个世界,她想看看,一座石门,为啥就分割出两种生活状态。

　　文一梅当然不知道尤雅想看什么,听到尤雅说想去看看石门,忙说,抽空我陪你转转。

　　尤雅说,我自己去,我能找到的。

　　文一梅说,没啥好看的,说来只剩下两根孤零零的门柱,岸上岸下也连成了整体。说完这些,文一梅感叹说,那些争议,多为传闻,实际没有人关注石门的过去。见时间差不多了,文一梅不想再就石门话题说下去,站起来请尤雅到楼下吃饭。

　　餐厅在宏源大酒店的三楼,看来文一梅做了细心的安排。

　　文一梅引导尤雅走进包厢。

餐厅的牌桌边已经坐下三个人了，他们并没有说话，一律低头玩手机。

文一梅丢下尤雅，直直走向那三个人，而后冲着一位年长者道歉说，黄总，来晚了一步。道歉之后，文一梅才向大家介绍尤雅，而后向尤雅介绍几位客人。介绍得知，三人中，年龄最大的是县城投公司一把手黄宗，另外两位年轻人，一位是城投公司办公室主任石辉，另一位是在县委组织部当科员的文一梅的初中同学。

文一梅介绍完三位，转脸对尤雅说，还有几个小学同学，很快就会到的。

随着文一梅的介绍，尤雅可以感觉出文一梅对她到来的重视，心里有说不出来的惭愧。

黄宗见尤雅满脸绯红，错愕无比，人可以这么漂亮么？

石辉咽口唾沫问文一梅，你同学？

同学还能有假么？

大家显然兴奋起来，那种兴奋有些莫名其妙，想起来又特别合理以及顺理成章。

不一会，另外几个人陆续走进餐厅。文一梅又开始新的介绍。姓啥叫啥，尤雅一时记不清。见来了这么多人，尤雅越发不自在，脸上始终挂着羞涩。

文一梅看出尤雅的别扭，解释说，过去欠了他们人情，你来，恰好是个借口。

黄宗带头调侃，他站起来笑嘻嘻问文一梅，有个大明星同学，为啥不早说？

文一梅想，有个明星同学为啥要说？同学多呢，你也没问呀。想到这里，文一梅笑嘻嘻说，我哪里知道黄总稀罕明星呢？

大家一起哄堂大笑。

尤雅不笑，尤雅想，文一梅难道变了？

黄宗是个善于调节气氛的领导，见尤雅神色寡淡，玩笑说，你们都属于有将来的人，硬生生夹带上我这个老货，说来多有不适。

文一梅说，黄总这么说，肯定不对，你是领导我是兵，你来属于给我面子。

看来文一梅还是变了，一席话，谁都能听出有故意讨好黄宗的意思。随着文一梅的话，其他年轻人接着一起恭维黄宗。

尤雅不知道说啥合适，还在想文一梅。假如文一梅变了，还值得我联系么？

好在服务员见人到齐了，询问是不是开始上菜？

黄宗年龄最大，职务最高，自然坐在东道主位置。黄宗央请尤雅坐首座，尤雅不肯。大家一起央请，尤雅依然不肯，要与文一梅坐在下首。

文一梅见黄宗难堪，一把将尤雅拉到主座后说，你是主宾，你不坐，谁坐？

黄宗玩笑问，大明星是不是怕沾染上我等身上的俗气？

尤雅难堪都在脸上。

黄宗顺水推舟说，坐么，坐么，不要客气。

尤雅只能硬着头皮坐下。

喝酒期间，黄宗不停给尤雅夹菜。尤雅讨厌黄宗的热情，她不习惯别人夹菜，何况还没用公筷呢。黄宗夹一次菜，说一句，大明星，尝尝这菜。这菜加那菜，堆了一碗。尤雅心里生嫌，不便说出来，只能丢下碗里的菜，按照自己心意挑拣一些想吃的。

随着黄宗"大明星""大明星"的连缀喊，大家都喊尤雅大明星。尤雅怕听"明星"二字，她清楚，她不是明星，今天不是，将来也不是。可她不能扫了大家的兴致，她得默认文一梅的介绍。

酒至佳境，大家开始赞美尤雅，尤雅的美不是明星可以比拟的，天然去雕饰，看上去特别迷人。人都怕听到别人赞美，尤雅也不例外。尤雅想，当明星干吗？不就是让人羡慕和赞美么？放下矜持，尤雅话语间有了娘手提大砍刀、杀伐陷阵的影子。

尤雅特别能喝酒，横店雨夜之后，才彻底与酒诀别。今晚好像忘记了过去，或者说，又沦陷到过去之中，啥也不顾地大口喝酒。

文一梅没想到尤雅这么能喝，一直叮嘱，慢点。

黄宗为了营造气氛，装得像个爱提问的小学生，孜孜不倦询问表演中的趣事。什么面对镜头，如何拥抱、亲嘴包括睡觉的？黄宗想什么呢？这种话本来不该问的。

尤雅就当黄宗好奇，说了大概。

黄宗又问，骑马、开车、打坦克和打飞机，道具是不是真的？

也许黄宗还故意问出一些其他暗藏玄机的话语，可大家都没有听出他的弦外之音，认为他就是好奇。黄宗好奇，大家更好奇，追问，演员为啥说哭就哭、说笑就笑，情绪是不是真的？

剧无真假，演戏投入的都是真情，艺术不允许虚伪。说了半天，大家听不懂，最后黄宗急了，问，能不能为大家模仿一段呢？

尤雅不想糟蹋表演，一直没有答应。文一梅急眼了，高声喊，尤雅，黄总想看，做个样子么。文一梅变了，还是出于尊重领导？尤雅见文一梅焦急样子，低下头想，你哪里知道我的苦衷，那是我破碎的梦，不忍回顾。大家还在怂恿，尤雅依然无动于衷。

石辉见黄宗下不来台，急了，走到尤雅面前说，我们知道，艺术表演需要得到尊重，遭遇我等俗人，肯定心有不屑。然而，话说回来，你不模仿一段，谁知你学没学过影视表演呢？

连学的专业也要被人质疑？尤雅内心的倔强被激发出来，她说，行，我模仿一段瞎子吃饭吧。尤雅并不想丑化瞎子，她一直奢望自己能变成瞎子和聋子，看不见、听不到，或许才能走入世外桃源。表演中，她屏蔽了自己，认真体会瞎子和聋子吃饭时的窘迫，她装作慢慢摸索到了碗饭，哆嗦拿起筷子。而后，茫然投箸，好像在问，菜在哪里？终于试探性地碰到了菜，什么菜？得夹起一点点先品尝，并记住菜的位置。满桌的菜，无法判断清晰，有时候得靠嗅觉辨识，鸡鸭鱼肉好辨识，素菜无法识别，还得靠味觉。

尤雅的模仿惟妙惟肖，赢得了一片掌声。

黄宗鼓励尤雅还表演一段，黄宗想，也许眼前的尤雅还不是明星，说不定过几年就是大明星呢！黄宗暗自高兴。

尤雅想起了撞车一幕，那是撕心裂肺的记忆，离开混蛋，神经陷入错乱，她想离开横店，离开这个让人讨厌的世界。就在那个电影小镇，她从秦汉影视城走到民国风情小镇，她像孤独无靠的民国女子，心里全是忧伤，想到口袋那张卡，她啥也不顾地撞向疾驰而来的汽车。本不想模仿那晚上的遭遇，可那些情绪化作了龌龊感觉，一直停留在记忆里，她想通过模仿，除掉龌龊的感觉。

大家很快被她带入了情景剧里。实际尤雅所做的这种模仿，已经超出影视演员的表演范畴，更多的像是在演小品或情景剧。尤雅怕大家看不懂，主动配上几句解释，听起来又有点像话剧。好在尤雅确实有表演的天赋，举手投足，已经把一个寻死女孩的忧伤、彷徨、绝望，展现得淋漓尽致。

很快，尤雅成了餐桌上的明星。

两段表演下来，尤雅受欢迎的程度超出想象。黄宗带头问，大明星在沙河待几天呀？明天我请。大家跟着黄宗的话题，纷纷要请尤雅。尤雅不知道是拒绝好，还是答应好，一直看着文一梅。

文一梅说，你不是做影视投融资的考察么？黄总路子广，说不定还能帮上大忙呢。

4

后来几天，那帮人轮流做东。

文一梅没想到因为尤雅的到来，黄总对她的态度也有了微妙的变化，点名让她参与沙河清淤项目。城市建设，需要黄沙。近几年，随着禁采黄沙的制度出台，黄沙悄然成了香饽饽，沙河人面对黄沙的紧俏，喜欢说"宁要黄沙一吨，不要黄金一两"。清淤项目的上马，说白了就是暗藏黄沙开发。重点开发项目，一般都由黄宗亲自主抓。本来文一梅在办公室做宣传，并不熟悉项目管理，黄宗有天酒后对石辉说，沙河清淤，需要加大宣传力度，最好配一个搞文字的同志。石辉不知道黄宗为啥突然看重了文一梅，愣怔了半天。石辉有天晚上开车送文一梅回家时，对文一梅说，黄总肯定想捉宋晓明这只鳖。

文一梅想不明白其间的曲折，不知道石辉说什么。

石辉说，让你到清淤项目去，说不定还有其他戏剧性。

戏剧？为啥是戏剧呢？尤雅学的可是影视表演。比起石辉，文一梅就像学生。不解其中缘由，文一梅专门问尤雅，尤雅也好奇，石辉为啥那么说？

谁知道呢？

应酬终于接近了尾声，来来去去，尤雅明白了黄宗的意思。再聚会时，都是黄宗带着她和文一梅，她当时想，也许她就是个陪衬，黄宗意在文一梅那里。可过了一段时间，她感觉出黄宗另外的意思，黄宗经常联系她，并没有带上文一梅。本想躲在沙河清静几天的，没想到遇到黄宗这等人。去了一次，尤雅不再答应，在黄宗的催问下，她说，没有文一梅的邀请，我是不会出去的。黄宗说，你不是融资么？融资不接触人怎么行？

她不是来融资的，她早想告诉文一梅真相，可文一梅坚定认为她就是为了一部影片来融资的，一直不容尤雅辩解，害得尤雅始终没有机会说出真相。尤雅心里清楚，融资只是借口，她只想抛弃心中的龌龊。黄宗见尤雅并不买他的场，又让文一梅出面，文一梅说，融资不接触人怎么行？

尤雅说，融资就是一个笑话。

为啥？不融资怎么拍摄影片呢？

我想活得真实一些。

真实就是尽快成为明星。

尤雅看看文一梅，只好不再争辩。

就在那天下午，黄宗又打了尤雅的电话，黄宗问，融资的起点是多少？

尤雅忐忑起来，她想说，我想放弃融资，所谓的影视投融资都是假的。可话已出口，乃如泼出去的水，还未等她拒绝，黄宗问，一百万起点可行？

尤雅只能吞吞吐吐说，一万不少，多少都行。

黄宗说，这么吧，少于一百万算了，我找几家赞助商，足够你拍一部电影了，你等着，等着啊。尤雅惶恐起来，为影视融资原本便是一句瞎话，没想到黄宗却比她上心。黄宗为啥这么主动呢？一百万可是个天文数字。一句假话弄成现在这个样子，要不要说明真相呢？可黄宗是谁？我有告诉他真相的理由么？看来，由撒谎开始，还得继续撒谎下去。她说，谢谢黄宗操心。

又过去三天，三天里，尤雅啥也没做，她貌似忙着融资，实际只想忘记过去。可就在第三天的下午，黄宗又打来电话问剧本名称、公司运营状况、合同条款啥的，并说，你把这些发我手机上，第一笔融资很快就会搞定。

剧本在哪？子虚乌有的事嘛。在黄宗再三追问下，只能跟着谎言编下去，尤雅说，剧本叫《雨夜》，就是那晚我模拟的那段，其他好说。

黄宗连说，哦哦，好说，好说。

后来，黄宗接连催尤雅，主动得让尤雅吃惊。

看来黄宗已经跟某位老板说好了，她前去办手续就行。可她没办法办手续，面对越来越真实的结果，公司在哪？剧本在哪？我不能当个骗子吧？

很多事情，没有来由。想恋爱结婚，结果被混蛋玩于股掌之下；想寻找安慰，没想到娘提着一把大砍刀，差点劈了她自己；想找一处荒凉之地，谁知被出租车司机拉到殡仪馆附近；想用同学的真情了却内心的创伤，没想到却引来真实的融资……纠结、忐忑，想了半天，尤雅找到文一梅说，我不想融资了，麻烦你告诉黄总，谢谢他的好意。

文一梅说，那怎么行？我到了清淤项目才知道他派我去的真实用意，黄总让我盯着宋晓明呢。什么乱七八糟的，尤雅说，我不想麻烦你们。麻烦啥了，剧本投资后，你就会成为明星，作为同学，我也是真心帮你。

真是无语。

离开文一梅，尤雅觉得自己越来越不真实，与到沙河的初衷产生严重的背道而驰。静下来之后，她又想起了混蛋和二环，那两个混蛋也是这么融资的。如果真能融下一笔钱，拍部叫座的影片，再去横店，完全可以狠狠啐上他俩几口。包里装着混蛋给的卡，过去没有心思关注卡里存下多少钱，想到需要成立一家公司，一个大胆的想法诞生了。为啥我不能成立一家影视投融资公司呢？那样的话，所有问题都会迎刃而解的。

她为自己的想法感到吃惊，可事情走到这一步，你说怎么办？神使鬼差，她去了家银行，查查卡里居然有五十万。五十万？哈哈，一切都成了笑话。顺着大海绕行时，她一直想丢了那张卡，可她不想触碰心口的龌龊，始终没有查看卡里存下多少钱。现在看来，当初收下这张卡，真乃无比正确。笑完之后，她想，尊严是啥？身体又是啥？去他娘的。现在想来，好在有了这张卡，有它，就可以轻易注册一家投融资公司。有了公司，说不定真能筹拍一部影片呢！尤雅脑子早乱成一团。

就在那时，尤雅再次接到黄宗电话，黄宗说，宋总想见见你。

宋总？他说投资吗？

黄宗说，不说具体。

挂了电话，尤雅想，既然黄宗把事情谈好了，就这么歪打正着吧。她急忙在城区西部一家生态园内，租了间办公室，她想，环境与融资的内容要契合，生态园这里最为合适。租好办公室，她才打的去了工商质监局。工商质监局派员进行了专门核查，加之尤雅毕业证、身份证都在，工商质监局很快帮尤雅办好了相关手续。

公司的名字叫"环比投融资公司"，想必自己还没有忘记混蛋和二环，否则为啥要用"环比"这个名字？环比？呵呵，就是要把混蛋和二环比下去。可她到底没在投融资公司前面加上"影视"二字，她还不想轻易糟蹋"影视"二字。

做好这一切，她便接到黄宗的电话，看来黄宗比她积极。可她还是拒绝了黄宗的邀约，委婉地说，得回总部一趟，恳请批准在沙河设立一家分公司。

黄宗说，这样更好，办手续更加方便。

尤雅顺水推舟说，如果真能融到投拍影片的钱，不知怎么感谢黄总呢。

黄宗说，放心，我一定帮你融够拍摄一部影片的钱。

实际尤雅哪儿也没去，她在悄悄招聘人。她偷偷贴了小广告，并留下一个新办的联系电话。小广告贴出，还真有人应聘，有说自己学金融的，有说自己学财会的。她不需要这样的人才，她知道，说是投融资，实际经营的是人际关系。她清楚要招聘什么类型的人才。为此，她只身到了娱乐场所寻找。见过无数个美女，所谓的美女，不过是类型化的重复，要不打扮得过度，要不甜腻得不行。她需要清爽的、冷傲的，哪怕有些小情小调的也行。一路寻来，除了失望还是失望，最后她选择了咖啡馆。她想，有闲情逸致喝咖啡的人，必定怀有小情绪，哪怕寻到情绪女生也是可以将就的。

某个上午，邂逅了小许和小屈。

小许在一家歌厅上班，上午无事，请小屈喝咖啡。小许艳而不腻，说话挺侠义。小屈是推销员，推销什么产品她没有记住，可她记住了小屈的温柔、腼腆和含蓄。一动一静，简直就是绝配。更为满意的，俩人看上去都比较端庄，没有一般小县城女子身上的烟火气。她在一旁观察了很久，才主动上前说，两位美女的咖啡钱我付。

眼前站着的才是美女，突然出来结账？小许感到不可思议。

尤雅说，我是一家影视投融资公司的经理，想融资投拍影视作品，需要招聘两个人。

听到影视，小许和小屈来了兴趣。可说了半天，小许还是不放心，问尤雅，凭啥相信你？

尤雅从包里掏出小广告，又掏出身份证、毕业证，说得有鼻有眼的。小许和小屈到底信了她。那时尤雅才说工资待遇，尤雅说，工资看业绩，基本工资不会少的。

俩人合计了下，然后问，能不能看看你的公司？

尤雅说，暂时条件简陋了些，可我保证不会欺骗你俩的。

小许和小屈半信半疑，还是跟着尤雅去了生态旅游园那里。

内外环境不错，就是办公室小了点。俩人有点泄气。尤雅说，别看公司不起眼，假如能够融到拍摄影片的钱，到时候，你俩说不定也能参演呢。到底影视吸引了小许和小屈，她们没有学过表演，可她们崇拜明星。俩人二话不说，击掌同意。

车马炮齐，尤雅带上合同，打电话邀约黄宗。

黄宗很高兴地说，这里已经安排好了，接下来就是办理手续。

聚餐的酒店是宋晓明定好的，发给了黄宗，黄宗转发给了尤雅，还特别缀了句，五点左右吧，不见不散。

晚霞铺地时，尤雅对小许和小屈说，这顿饭关键，涉及我们的首笔融资，都得精神点。

小许嘻嘻哈哈说，除了上床，说啥都行。

尤雅说，人家出钱，得让人家开心。

小屈说，出钱的事，说白了是让人吐血沫子，是得让人开心。

四点五十多，尤雅打的带上小许和小屈，直接去了酒店。

宋晓明和黄宗正在餐厅说话。

宋晓明板寸头，厚嘴唇，看上去一副忠厚老实的样子。

黄宗见尤雅还带来两个年轻女的，挂上笑，站起来介绍尤雅。宋晓明点头，没怎么看尤雅、小许和小屈，他的注意力在黄宗身上，一直张罗茶水。

黄宗看尤雅，顺便夸了几句。尤雅急忙问，文一梅呢？

黄宗说，融资这种事情，不会告诉她的，你也不要跟她说来说去。

尤雅不清楚黄宗的意思，还想说什么，黄宗说，喝茶，喝茶。小许、小屈主动坐在黄宗的两边，尤雅和宋晓明坐在两侧单人沙发上。黄宗嘘嘘呼呼喝口茶说，这茶是宋总专门准备的，极品铁观音。尤雅知道茶无价，但她不能马上回应黄宗的话，她看看小许，小许说，茶不是关键，关键是开心。

黄宗说，这姑娘会说话，开心，对，开心才是主要的。

宋晓明一直低头想心事。

黄宗善于活跃气氛,说到开心,转头问宋晓明,多少钱才能买到开心呢?

宋晓明懵懂起来,钱显然不行。

黄宗说,少了人间真情,谁会开心?

宋晓明咧嘴笑笑,没有回答黄宗的话。

气氛突然间有些尴尬。好在那时服务员开始上菜了。

黄宗依然做东道主席,黄宗的右边坐着尤雅,左边坐着小许,依次坐着小屈和宋晓明。大家采用的非对称坐法,看上去怪怪的。不过黄宗看上去特别开心,不仅话多,还调侃问宋晓明,挣钱图什么?宋晓明不知道黄宗想说什么,装出洗耳恭听的样子。黄宗丢下宋晓明对尤雅说,宋总是个农民,身上还有土腥味。尤雅笑,看看宋晓明,把想说的话忍了。

小许看到宋晓明有些窘迫,赶紧说,宋总挺朴实的,一看就是重情重义的企业家。

宋晓明迟疑半天才说,我土里生、沙里长的,不算企业家。

明显谦虚过度嘛。小屈接上了话。

宋晓明不想就此话题说下去,低声问小屈,你主演了哪些片子?

小屈不知道怎么回答。

尤雅说,融资投拍影片,不是她主演了什么角色。

黄宗见宋晓明不爽快,打断说,二毛钱的事,问来问去的。

宋晓明见黄宗不高兴,连说,我是好奇,黄总吩咐的事情,我怎么会刨根问底呢?

宋晓明确实有剜肉之痛,为了夺得沙河清淤的开发权,他专门召集了二十多户捞沙群众,成立了中鼎水政公司。与其他竞标公司相比较,中鼎基本没有胜算,宋晓明又回头挂靠省城一家大的水政公司。表面看，谁夺得这个清淤项目，利润大得喜人。殊不知，竞标成功后，省城水政公司拿去了百分之六十的股份，他和二十几户群众得到的只是百分之四十的股权，所得利润还要拿出一部分打点关系。利润分成二十多份，还有多少呢？黄宗提出赞助两百万，宋晓明脑子当时就嗡嗡响起来，两百万，那是二十几户的全部利润，可黄宗说了，宋晓明得罪不起。只好找二十多户群众商议，大家有意见，纷纷说，黄宗捉鳖呢。宋晓明说，我能不知道他捉鳖？如果大家就此不做了，我立即拒绝。大家怎么会不做呢？于是讨价还价，最后商定，宋晓明拿大头，他们分担小部分。宋晓明没有那么多钱，可为了完成黄宗下达的任务，他包裹起委屈，私下借了四十万。想到其中的辛酸，酒桌上能爽快么？

黄宗见宋晓明心有不快，小声对尤雅说，他们都是这副德行。

尤雅不知道其中曲折，见黄宗埋汰宋晓明，急忙阻断说，不好意思，想必我们给宋总添了麻烦。

宋晓明客套说，不麻烦，真的不麻烦。

两瓶波尔多红酒，喝去了一瓶多。这两瓶波尔多红酒也是宋晓明珍藏多年的。酒入杯子，带着"赭红、黏稠、内敛"的气息旋动，黄宗一杯又一杯，两瓶红酒根本打不住。宋晓明想到准备的酒不够，心里发急，想，喝完之后，从哪里再弄几瓶呢？酒店显然没有这种红酒，车里剩下的都是当地白酒，他怕酒不够，推说开车，一直喝的白开水。

小屈曾推销过红酒，知道这两瓶法国波尔多红酒的价值，她细细品尝红酒带来的尊贵和浪漫，小声提醒说，红酒是用来慢慢品尝的，不适合豪饮。

黄宗哈哈大笑，什么酒不适合豪饮？他端起杯子对尤雅说，喝，喝，我知道你酒量的。

5

两百万是个不小的数目，可小许、小屈没费事就办理好相关手续，小许拿着两百万转账单对尤雅说，宋总特别实在。

尤雅想到宋晓明那张脸，心里有了复杂的滋味。她想，看来宋晓明躺在地上中了枪，想呀，我不融资，黄宗咋会找他赞助呢？现在弄得我跟个骗子似的。她心里难受，不想听小许啰唆，闷闷不乐坐在办公桌前。就在那时，手机响了，还是黄宗的，黄宗问，手续办好了么？

办好了，我这里先谢谢黄总。

不谢。说完客套话，黄宗放低了声音说，我想托大明星帮我办点事呢。

我能办什么事？听尤雅不吭声，黄宗主动说，也不是什么大事，就是帮我陪下客。

喝酒的事么，还是事？

黄宗吞吐说，今年换届，想让他帮我说几句话。不说了，不说了，希望你不要拒绝。

陪领导吃饭？

黄宗说，有些不好意思。

这才是黄宗藏下了的问题实质，既然黄宗让她陪领导吃饭，当然得听黄宗的。尤雅爽快答应了下来。

实际黄宗所说的那个人已经退休了，因其曾担任过市级领导班子的一个正职，影响力还在，黄宗想提拔，想找他说句话。

老领导姓石，也是从沙河走出去的干部。现在大家都喊他石厅，故意回避他过去的官衔。

定好了日子，尤雅带着小许和小屈，如期赴约。

石厅清瘦，看上去幽深且冷静。到了酒桌，石厅一直看着尤雅、小许和小屈，而后一声不吭。领导咋啦？黄宗讨好看着石厅，黄宗说，尤雅将来肯定是个大明星。黄宗什么意思？什么明星不明星的？尤雅不知道老领导嗜好，可黄宗知道。就是这个石厅，一直稀罕明星。在位时，谁说话都不好使，可有人托到大明星陪他喝酒，便能得到重用。坊间有人戏说，想提拔找石厅，最好请个大明星。可尤雅不是明星，黄宗应该比谁都清楚。好在黄宗说了将来，将来谁能说清呢？

石厅微微颔首，露出笑意。尤雅发现，石厅的笑，像是模板刻制出来的一般，僵硬而造作。颔首微笑之后，石厅才细声问尤雅，拍过什么片子？

尤雅皱皱鼻子说，正在筹拍《雨夜》。

筹拍？石厅转头问黄宗，什么意思？

黄宗见石厅不开心，急忙解释说，她可是传媒大学毕业的，您老要是看了她的模仿和表演，肯定会刮目相看的。

石厅没有理会黄宗，掉头问小许，你拍过什么片子呀？

拍过什么影片呢？小许看尤雅。尤雅心里不太舒服，哪有这样的领导，喝酒还要明星作陪？这种领导都是黄宗这种人宠坏的。心里不爽，尤雅便接过石厅的话说，我们不是明星，说白了，是为投拍影片融资的。

石厅沉吟，融资？

不融资哪来影片呢？

石厅看看黄宗，满脸不悦。

实际黄宗并没有把话说满，只说找了三个还未成名的演员陪首长说说话。现在看来，石厅对名气很在意。黄宗感觉到石厅心里不爽，明显紧张起来。

尤雅心里又涌出了龌龊，不认识混蛋和二环，也不会沦落到沙河这里。一个行将就木之人，居然还稀罕明星，这个世界到底咋了？没有明星不能活咋的？见黄宗不停冒汗，还得帮下黄宗，唯一补救方式只能哄石厅高兴。她使了一个眼色，小许懂了尤雅的意思。

小许站起来，胳膊贴近石厅的脸颊说，瞧不起人咋的？石厅不会说出瞧不起人的话，见小许开门见山，颔首说，挺好的，挺好的。

尤雅不想说话，也不想喝酒，仰头闭着眼睛。

黄宗见石厅脸上有了暖色，使劲撺掇尤雅模仿《雨夜》片段。

雨夜，秋天的雨，细细的、长长的，像极了天空的眼泪。她不敢想那晚发生的事情，更不想触碰丢失的自尊。她揉揉眼睛说，雕虫小技，不在石厅眼里。

黄宗的脸色越来越凝重，关键时刻，还是小许替尤雅解的围。小许说，看明星，打开电视到处都是。小许接着将椅子拉到石厅的一侧，小声说，吃饭、喝酒。

石厅感觉到了尤雅的冷拒，见小许主动靠近，笑笑说，说来也是。

尤雅和无数个制片人和导演吃过饭，比较看来，石厅跟那些人不同，明显标志就是特别能控制情绪。小许在歌厅玩惯的，会唱流行歌曲，她索性放肆说，尤总今天不舒服，石厅不嫌弃，小的愿意为您助个兴。小许拿手好戏便是唱流行歌，歌厅泡着的，唱歌简单，清唱也行。听到小许说唱歌，石厅脸上有了喜色。小许站定，清唱《很爱很爱你》，这是一首典型的情歌，小许故意挑选出来，唱给石厅听。

想为你做件事
让你更快乐的事
好在你的心中埋下我的名字

小许的嗓子不错，拐弯抹角处也处理得十分到位。石厅肯定没有听过这首歌，可石厅明白小许表达出的意思，当听到小许唱到"埋下我的名字"时，石厅露出喜色，带头鼓掌。小许唱完，石厅竟然主动站起来要跟小许炸罍子。这让尤雅始料未及，刚才还一副拒人千里的样子，为啥突然间又开心了呢？

黄宗带头鼓掌，小屈也鼓掌，尤雅象征性地拍拍手。拍完手之后，尤雅突然又涌出龌龊，急忙捂住心口，闭上眼睛。

小许越发活跃，很快将上身贴在石厅的肩上，最后居然挽起石厅的胳膊喝交杯酒。

尤雅低估了小许的交际能力，也小看了石厅的率性。等她睁开眼时，她看到石厅已经变得神采奕奕，光彩照人。

尤雅总得说点什么吧，见时机合适，借机说起石门，尤雅说，沙河的石门居然分割出两个世界，石厅既然从沙河走出，定然知道岸下的多么想走到岸上去。黄总想跟着石厅的脚步走一程，石厅应该多多提携才是。尤雅说完这些话，感觉脸上火辣辣的，她不知为啥要说这些话，好像受了黄宗的委托，总得为黄宗说些什么。

黄宗特别感激地看着尤雅，接着偷偷窥视石厅表情。石厅听到尤雅突兀说出这些话，瞬间陷入冷静，变回刚见面颔首的模样，低声说，喝酒，喝酒。热烈的气氛在喝酒声中，突然冷却下来。

喝酒结束，多了不欢而散的情绪。黄宗回想尤雅的帮腔，多了抱怨。现在看来，尤雅纯属多此一举。散场时，黄宗走在最后，故意与尤雅拉开了距离。小许随着石厅不停说着什么。石厅临上车时，回头对黄宗说，小许不错。黄宗猛地高兴起来，连说，谢谢首长，小许确实不错。

过了几天，小许打电话请假，说要陪黄宗看石厅。黄宗带小许看石厅，到底什么意思？她不能不答应，黄宗帮了她的忙，她得帮黄宗，人都是帮来帮去的。她只是有些困惑，为啥黄宗要带上小许呢？

尤雅回头看到小屈一直哧哧笑，不知道小屈笑什么，满脸疑惑。

小屈嘟囔道，还明星呢，没想到喜欢小许那款的。

尤雅不知道说什么好，听到小屈说这款那款的，有些不高兴说，你了解石厅和黄宗？切切不能乱说。

见小屈撇撇嘴，尤雅却突然想到了宋晓明，心里不是滋味，急忙问小屈，我想去看看宋总，你去不去？

小屈说，钱都拿来了，看他干啥？

尤雅叹口气说，我怎么感觉他有难言之隐。

有，或者没有，与你有关么？我们的任务是融资，不是安慰。

尤雅不想再说什么，掏出手机，主动打了宋晓明电话。

宋晓明没想到尤雅会主动联系他，话语中多了慌乱，忙问，还有啥事？

尤雅没想到宋晓明这么忐忑，急忙说，我想看看沙塘，顺便看看清淤项目。

宋晓明更加慌张，他不知道尤雅为啥要看这些，黄总交代的事情已经做好了，还有什么不妥么？宋晓明好像不想答应。

想不到宋晓明如此谨慎，尤雅热情起来，恳请说，我想跟你说说话，这样解释可行？

秋天的沙河，多了斑斓和恬静。宋晓明开车带着尤雅走到新河后，两个人下车，接着走进沙塘里。一个又一个沙窝，都是过去采沙留下的痕迹。清淤工程还未到新河这里，沙窝里还有积水，积水成了铁锈红颜色，上面缀满了蚊蝇，还有孑孓。

沙窝之上是大堤，堤坝上有一片沙地，沙地盛产青菜、萝卜和花生。宋晓明边走边说，我们这里人不喜欢种蔬菜，也不喜欢生产粮食，一直靠沙养家。

靠沙养家？

随着采沙禁令出台，我们失去了赚钱的机会。宋晓明说话总是断断续续的，听起来一点都不连贯。宋晓明想说，事情的转机出自一场车祸，由于县里禁止捞沙，建筑、修路用沙得到其他流域拉。有一次，一辆重卡超重，刹车失灵，撞上了前面行驶中的小轿车，形成了连环追尾，一次死伤十几个人，酿成了特大交通事故。县里感觉禁采不是办法，还得合理开发，于是开会研究，能不能找到一条既能解决建设用沙问题，又能达到治理沙河的两全其美之策，讨论来讨论去，找出清淤治理这条出路。

宋晓明解释得有点啰唆。实际他当然清楚，清淤的根本目的是指向捞沙。宋晓明看到机会，把过去捞沙的村民召集在一起，快速成立了中鼎公司。这次黄宗让他赞助两百万，他得听黄宗的，可没人知道他的苦楚。

尤雅没想到宋晓明如此艰辛，听到宋晓明吐苦水，很快动了恻隐之心，试探问，真困难的话，我把两百万再退还给你？

吓得宋晓明连忙摇手说，千万别，你不知道黄总的。

尤雅确实不知道黄宗，一个猛子扎到沙河，她知道什么呢？她只是感觉，内心的龌龊不仅在翻滚，还添上了沉重。

秋季，正是河水干枯的季节，芦苇、茅草、沙棘遮挡住了沙窝。尤雅俯下身子嗅闻那凶铁锈红，惊动了芦苇深处的白鹭。尤雅看着盘旋而去的白鹭，心里一点也不平静。

宋晓明见尤雅陷入沉思，忙说，我说这些，千万不要告诉黄总，我不是故意要说这些难处的。

尤雅捞起一把沙，嗅闻一下，她感觉到了沙的寒凉，随手将沙撒进铁锈红的水里，才问，这里的沙为啥这么凉呢？水为啥也变成红色？

宋晓明说，这里的沙我们当地人称为寒沙，因为这里的沙含有铁的成分，所以比其他地方的沙寒凉些。

沙还有寒热之分？同样是沙，为啥多了寒字？既然含铁，为啥不能物尽其用呢？尤雅不停提问，见宋晓明也说不清楚，只好跟着宋晓明默默走上了河堤。回头从大堤往下面看，早已看不清沙窝的面目了，沙窝隐藏在芦苇、茅草和沙棘下面，若隐若现的铁锈红，却现出荧光闪闪的另一面。尤雅想，很多事情，不能只看表面，就像寒沙，同样是沙，却多了其他黄沙没有的铁。由沙，她想到了自己，拿了人家两百万，宋晓明会怎么想我呢？两百万自然冲着黄宗的面子，他一定会把我想成黄宗的什么人。这么说来，我是谁？跟骗子有啥区别呢？

回到县城，辞别宋晓明，龌龊扯带出的难受，沙般拥堵在

补甄

心里。为啥就来到了沙河？为啥注册了所谓的投融资公司？为啥龌龊非但未除，还多了沉重呢？

6

女儿从天而降，娘喜极而泣。

尤雅不敢相信自己的眼睛，短短一个多月，娘憔悴得脱了形，这还是那个手提大砍刀的娘吗？分明变成了羸弱不堪的病人。娘抱住尤雅，捶打半天才问，你去了哪里？还关了手机。你想吓死娘么？爹也生气，抱怨说，你走后，我们去了横店，还去了杭州，最后找到北京，都说，没有见过你。

尤雅没有想到，一个多月时间里，爹娘经历了这么多折腾。一心只想告别过去，没想到把爹娘折磨成这个样子。涌动的不仅仅是龌龊、难受，还多了愧疚和后悔。尤雅无法说清她经历了什么，就像山石不知道经历了多少磨砺，才变成黄沙一样。无法解释，索性什么也不说。

娘还在催问，尤雅突然软在娘的怀里。

娘慌了，爹也跟着慌了，到底咋了？

娘晃晃悠悠又要去找大砍刀，爹拦住娘说，这回不用你。爹掂起大砍刀问，那个混蛋叫什么？你说他到底住在哪里？

尤雅挣脱出娘的怀抱，挣扎着站起，她不想说文一梅、黄宗和石厅，更不想说宋晓明、小许和小屈。短短的一个多月，她从一个岔道走到另一个岔道，不知道走向哪里。

爹依然不肯放过自己，大声说，到尤家一条街问问去，你爹你娘怕过谁？

尤雅心中的阴影不断被放大，她成了阴影中的小矮人，张牙舞爪，怎么也逃不出阴影。一个多月，总得编个让爹娘放心的理由吧，可说去了哪儿呢？秋雨凄厉，龌龊像个陷阱。说游走海滨，龌龊随着海浪翻滚？说去了沙河，发生了无数匪夷所思的事情？当爹娘面对另一个尤雅时，他们能原谅我么？恍惚间，尤雅夺过爹手中的大砍刀，学着娘呼呼舞动起来。她到底比不上娘，由于手上无力，大砍刀被她舞得摇摇晃晃的。最后，她学着娘，也想把大砍刀砍在椅背上，可没有砍到深处，大砍刀却哐当一声掉在地上。随着大砍刀落地的声响，尤雅也瘫坐在地上说，我说去了趟北京，你们可信？

爹娘被尤雅的样子吓到了，娘急忙抱起尤雅说，娘何时不信你啦？

爹问，找到工作了吗？找不到不要紧，爹养得起。

不是钱的事，更不是找工作的原因。尤雅站起来问，为啥山河的沙叫黄沙，到了沙河却成了寒沙？

什么寒沙和黄沙？这丫头是不是脑子出了问题？爹娘不知尤雅说什么。

尤雅嘀咕，沙与沙不同，人与人也不一样，我已经做不回过去的自己。

娘反过来拼命安慰尤雅。娘说，为啥回不到过去？你能，你肯定能。

陪爹娘吃了一顿晚饭，又住了一夜。第二天早上，尤雅对爹说，我还得出趟门，等我处理完手上的事情，就回来陪爹娘住上一段时间，然后再出去应聘。

听到尤雅能正常说话，爹急忙说，只要不关机，想去哪儿都行。

尤家一条街还是过去的模样，青石板街面上泛出冷冷的光辉。尤雅拦了辆出租车，对司机说，去沙河。而后便闭上眼睛，滚出泪水。

顺着河堤，很快到了沙河，远远看去，沙河县城还如过去一般小巧玲珑，隔河相望，倒也生出一些栉比鳞次。沙河和山河，没有过多的区别。硬做比较的话，沙河县城这边多了一座山峦，而山河那边的山却远离了县城。秋深了，山峦上的枫叶红成一片，远远看去，山峦好像给县城戴上了一顶红帽子。不知这山跟山河那边的山是不是一个山系？是的话，中间为啥多了阻断？出租车司机见尤雅一直没有说话，也始终没有吭声。等驶过大桥，进了县城，司机才问，你去哪里？

尤雅说，生态旅游园，我给你导航。

车子很快到了生态旅游园那里。尤雅下车，付了车费。等出租车走了，尤雅怔怔站在马路边上想，为啥又来到这里？

生态旅游园内，客人很多，大多数看起来并不像本地人。尤雅想，挂羊头卖狗肉，我跟骗子有啥区别呢？

走进办公室，发现小许和小屈已经上班了。

尤雅特别看了几眼小许，神情和衣着没有什么变化。又看小屈，好像面带沉重，有些不开心的样子。小屈见她进来，接过她手中的包说，去看宋总为啥弄到现在？

她不想说回家看了爹娘，更不想说她内心的真实想法，她的关注点还在小许那里，见小许还是漫不经心的，急忙问，你什么时候回来的？

小许说，才回。

尤雅问，没发生什么事吧？

小许抖抖袖子说，能发生什么事情？

尤雅松了一口气，意思没事就好。

可小许并没有对她的关心报以感激，头也不抬说，我回来辞职的。

辞职？尤雅满脸疑问。

小许说，什么狗屁投融资公司。你不认识黄总，能轻易弄到两百万？黄总让我也成立一家投融资公司，说为我出唱片呢。

黄总这样说的？

有啥好怀疑的，黄总还说你不像传媒大学毕业的。

尤雅心里突然间被人塞上一团肮脏的东西，黄宗居然这么看我？尤雅不知道怎么说小许，见小许无所谓的样子，有些着急问，黄宗还说了啥？

我有必要告诉你么？

这还是那个怀有小情绪的小许么？一夜之间，为啥变得这么怕人？

小许说，黄总说两百万赞助，也有我的份，让你看着给我多少呢。

尤雅突然间感到天旋地转，黄宗居然这么说？尤雅脑蒙了，等清醒过来后，一字一顿说，告诉黄总，他干预不了环比的事，鉴于你主动辞职，我会按合同办理相关辞职手续。

小许说，合同？你的合同不就是一张纸么？

什么合同不是纸张印的？

小许冷笑说，投资拍摄影片，还让我们参演，你就是个骗子。

尤雅瞬间有点透不过气，想起混蛋给的那张卡，她没有丝毫犹豫，随手把卡递给小许说，卡里剩下的钱足够你的工资，只有你才配花这里面的钱。

什么意思？那两百万呢？

两百万与你无关。

小许恼了，拼命喊，怎么无关？

尤雅不想搭理小许，主动打了黄宗的电话。尤雅说，黄总，麻烦你告诉小许，那两百万赞助，是环比公司的事，没有她小许一毛钱。

黄宗不知道这边发生了什么，云里雾里说，什么两百万？还有事么？

转眼间的事，为啥回避？

黄宗说，企业家赞助投拍影片，那是企业家的事，与我何干？

那个幽默、成熟、老练、热情、周到的黄宗去了哪里？为啥这样说话？尤雅挂了电话，什么都不想说，最后捂住脸，一头趴在了桌子上。

小屈上前说，别生气，小许故意气你的。

尤雅不想说话，脑子一直嗡嗡作响，等她缓过神后，对小屈吼，你要多少？你说。

小屈发现尤雅有些失态，委屈地流出眼泪，见小许还不依不饶的，小屈推着小许说，你还不走，看不到尤总难受么？

小许撇嘴装起了卡，大言不惭说，那二百万说啥也有我的份。

尤雅大声喊，滚。

小许橐橐而去，留下的背影似乎在说，没见过这样的骗子。

屋里只剩下尤雅和小屈，小屈还在委屈落泪。尤雅不想解释具体原因，更不想说一句话，坐了很久，当她看见小屈擦去眼泪后，才问，你过去推销什么的？

小屈说，反正不会推销自己。

尤雅不知说啥好。推销自己？我属于推销自己么？想到黄宗的变故，很快想起了文一梅，不行，我得告诉她黄宗的为人，尤雅站起来，拿起包，啥也不顾往外走。

刚回来又去哪儿？小屈一脸懵懂。

去看一个同学，一个不会推销自己的人。尤雅说得颠三倒四。小屈不知道尤雅说啥，忙问，要不要我陪你？

尤雅不回答小屈，一阵风似的走到生态园内。

秋天将尽，冷风顺着街巷弥漫开来，到处冷飕飕的。尤雅走了一程，拦到了一辆出租车。尤雅说去石门，接着打通了文一梅电话说，你在哪里？快来陪我看看石门。

天空居然飘起了雪花。准确地说不是雪花，是雪粒，碎盐一般的颗粒，砸得车顶啪啪响。早上还晴空万里，才阴不久，为啥会下雪呢？下车后发现，雪粒已经变成了雪花，只是雪花并不大，带着轻盈和优雅，慢慢落在地上。

尤雅付了打的钱，而后走向石门。石门离河边有一百多米的距离，岸上盖上了参差不一的楼房，岸下好像都建成了绿化带。石门夹在岸上楼房与楼房之间，从这边看去，像是并排而立的两个感叹号似的。尤雅不顾一切地冲到门柱旁，细细查看门柱的形状。门柱是大理石雕刻的，底座深嵌在石臼上，石臼下面是啥，尤雅看不清。尤雅靠在门柱上看雪花，那时她才发现，雪越下越大，轻盈而优雅的身姿已经变成了鹅毛大雪。尤雅在等文一梅，四处环顾，她看到文一梅骑着一辆电动车缓慢驶来。看上去文一梅有些冷，缩着头，骑行得十分缓慢，穿上大衣的文一梅看上去还是那般婀娜。文一梅到底是不是矮胖？是矮胖的话，为啥变得这么好看？

文一梅发现了尤雅，大声抱怨说，早不来，晚不来，偏偏赶上大雪天来看石门。尤雅奔跑上前挽起文一梅的胳膊说,下雪才干净,你看这白茫茫一片。

文一梅说,你穿这么少,别冻着。

尤雅看看文一梅,看看行人,接着把目光盯在河面上。尤雅说,你知道沙河的沙为啥叫寒沙么?文一梅糊涂了,来看石门,扯什么寒沙,沙何时有寒热之分啦?见尤雅不着调,文一梅满脸困惑问,你到底想说啥?

我想说的多呢。尤雅松开文一梅的胳膊,小声说,知道黄宗替我融了多少资金么?

文一梅并不想知道具体,随后问,多少?

两百万。

两百万?

怎么看?

帮你投拍一部影片,够不够呀?

可你知道吗,我投拍影片啥的都是借口。

你到底想说啥?如果钱不够的话,我们再想办法。

尤雅热泪迸流,她不知道说啥好啦,丢下文一梅,一个人拼命向岸下跑去。岸下的风景带特别干净,雪落在地面并没有存留,路面湿漉漉的。绿化带间隔处有方砖铺就的甬道,曲曲折折连接到河的下面。尤雅回头再看石门,她发现石门并不像感叹号,而像一高一矮的难兄难弟。石门过去肯定不是这个样子的,那几颗炮弹从哪儿飞到了这边?冷风吹皱了河水,濯濯而去。尤雅看着河水,脑中却出现瓦砾横飞的样子。她想象着那颗炮弹的威力,想着繁华落幕,回头对着文一梅喊,下来呀。

文一梅并没有下来,看着尤雅神神道道的样子,文一梅说,没什么好看的,上来吧。

尤雅躬身向岸上走来，台阶有些湿滑，拾级而上，想走出当年岸下之人向上而来的感觉，她感到的还是沉重和混乱，包括焦躁和不安。等她穿过两根门柱，走到文一梅身边才问，这是石门么？文一梅不知道尤雅想说什么，上下看看说，这就是石门呀。

尤雅说，石门过去肯定不是这个样子的。

那是自然。文一梅敷衍了一句，赶紧说，太冷了，走，我请你吃火锅去。

石门之上到处都是行人，看来已经到了中午放学时间。街上猛地热闹起来，到处都是接孩子的家长。尤雅不知又想到了什么，突兀问文一梅，山石经过多少磨砺，才能成为寒沙？文一梅不知尤雅想说什么，今天为啥变得这么奇怪？看了半天尤雅，文一梅才问，你遇到了什么麻烦？

尤雅张了几次嘴，最后才说，假如我说了假话，你能原谅我吗？

什么假话？你何时说过假话？

尤雅到底忍住了内心的冲动，她不想让文一梅看到真实的自己，她只想提醒文一梅注意黄宗，可见文一梅懵懂无知的样子，只好改口说，也许过几天我就会离开沙河。

融资够了么？两百万够不够投拍一部影片？假如遇上困难，不说有我，还有一帮同学呢。

尤雅突然笑出了眼泪，笑完之后说，你对黄宗怎么看？

文一梅说，挺有魄力的。

尤雅什么都不想说了，黄宗什么样子的人，想必文一梅比他清楚。

那天中午，尤雅喝得烂醉，可尤雅依然没说她遇上何等煎熬的事。等文一梅把她送到生态旅游园那里，路上早积下了一片银白。

尤雅醒来，天已经黑透了，发现小屈还坐在身边。尤雅觉得特别不好意思，忙起身道歉说，对不起，我有点失态。

小屈说，我知道，小许不该那么做，可你也没有必要跟她计较呀。

当然不完全是小许的事，一肚子心事跟谁说呢？看看小屈还是过去的样子，尤雅下床问，能找到砍刀么？我想玩玩。

玩什么砍刀？你到底咋啦？

尤雅不知从哪儿找出一根棍，她把棍玩得滴溜溜转。等到木棍呼呼生风时，尤雅才大声喊，我不信，你能跟我一辈子。

小屈抱住了尤雅，谁跟你一辈子？看不上我的话，我立马走人。小屈越发委屈，泪光涔涔地看着尤雅。尤雅放下木棍，见小屈委屈，哽咽说，我不是指你，我指的是内心的龌龊、难受和不堪。

小屈说，有那么糟糕么？小许辞职，我还在呢，像小许那样的女孩，一招一大把。

尤雅不想解释了，转脸打了宋晓明的电话，尤雅拖着嘶哑的嗓子问，你在哪儿？假如我把两百万还你，你会怎么想？

小屈听到尤雅那么说，急忙阻拦说，尤总，你疯了么？

尤雅没有搭理小屈，继续对着电话说，不要害怕，一切与你无关。

小屈想，尤雅咋啦？为啥这样固执？等她抬头看尤雅时，发现尤雅早已泪流满面。小屈不知道尤雅遇到了什么麻烦，跟在后面不停说，说啥也不能退了两百万，退了的话，拿什么拍摄影片？

尤雅咧嘴笑了起来,那笑,多了诀别和讽刺。笑完之后,尤雅说了一句粗话,去他娘的影片,寒沙还是沙。

小屈糊涂了,尤雅说什么呢?到底咋啦?

熬　岗

1

河湾人喜欢说，走南北，闯四方，最后都要去山岗。爹说要去山岗，娘一口气提溜在心口上，娘担心爹去了山岗，把她撂到半道上。娘沉思半天才问爹，不去不行么？

爹不说话。

娘低头抹了下泪，细声喊韩天捆绑竹椅。

扁担和竹椅之间无法捆实，娘忐忑说，我开三轮车带你爹去吧。

韩天找出透明胶布，缠裹几道后才说，抬着才好。

抬上爹，竹椅和扁担之间多了吱呀吱呀的摩擦声。娘担心把爹吱呀下去，不停提醒韩天，慢点。韩天弓着身子尽量走出碎步，娘跟上碎步，走上一程，竹椅不再摇晃了，也少了吱呀声，娘长长喘了口气才对爹说，三强病重啦。

爹嘴角发出不易让人察觉出的微笑，轻轻咳嗽了几声。

娘说，怕是熬不过冬天啦。

爹听到娘这么说，咳嗽声更大。咳嗽完，爹接着露出孩子般的微笑，发出长短不齐的呻吟。呻吟声像叹息，更像无奈，哼哼唧唧撒下一路。

娘停下竹椅说，说来让人难受。

爹舔了舔嘴唇，微笑有些变形。娘知道爹的心思，喃喃不清说，好在他还不想撒手。

风左右摇摆，枯叶像被抽了筋骨，软绵绵飞扑而下。深秋啦，河湾的树木多了悲凉，枯叶落地后随着风打滚，翻飞到田野，直至一头扎进河流才安静。爹看着树木和枯叶，呼哧、呼哧的鼻息声中带上了焦急。

娘知道爹在咂摸什么，抱怨说，味道在呢，只是轻了些。想起辛辣、腥臭的味道，娘有些恼火，随着爹的喘息声，跟着火急火燎咳嗽起来。

爹不再翕动鼻息，把目光投向河道。

河道不宽也不窄，夕阳下，河水漾着橘红凌波而去，爹收回目光嘟囔道，让他等着。

娘有些兴奋，连说，好，等着好。说完几声好，娘又咳嗽起来，回过气，娘才责怪说，当初你就不该稀罕这种味道。

爹确实说过稀罕腥臭味道。爹说，那是城市的味道，腥的辣的臭的，都得忍着。那时爹活蹦乱跳的，说这话时，没有喘息，声音特别醇厚。

河湾人听爹那么说，骂爹不着调。想呀，能出气的谁喜欢腥臭味道？

爹见大家误会他，当着大家伙的面，做出深情呼吸状，意思说，这种味道没啥大不了的，看看，看看我跟往日没有什么两样。河湾人嗤地挖苦，最后说，韩豆腐，你是不是脑子出问题啦？爹摇头说，很多时候，坏就是好。爹话语深沉，模样轻狂。河湾人越发不能忍受爹啦，埋汰说，韩豆腐，你越来越让人失望。爹做豆腐，"韩豆腐"不仅是爹的名字，还是韩家几代人的辛酸和荣光。爹见大家依然不理解他，继续做出深情呼吸状，还多了些许夸张。

见爹执拗，河湾人开始了讥讽，大声说，狗稀罕屎香，猪喜欢烂泥塘，豆腐没人吃了，看你怎么张狂？

爹说，稀罕才会忍受，都得为大家着想。

这个韩豆腐，不可理喻。河湾人恼了，大声问，为大家着想，为啥阻拦推平山岗？

说来确实是件纠结事，拿城市和祖上比较，肯定祖上重要。河湾人的讥讽变成了恼火，他们大声说，现在说啥都晚啦。

爹理解大家的心情，还希望得到大家谅解，见大家心里有气，这才小声辩解说，我也讨厌这种味道，可比起河湾人的厚道，味道真的不重要。

现在城市从山岗那边溜走，一时半会过不了山岗，大家埋怨、责怪、讥讽甚至恨爹，爹都得忍着。很快河湾人聚集在一起，策划上访。那天天气不错，腥臭味跟着阳光飞舞，上百人呼啦啦聚集在村头，群情激愤，要翻过山岗。

爹不知从哪儿冒了出来，扛着扁担，拦住了去道。

大家更加恼火，韩豆腐，你想咋的？

爹说，要怪就怪我，我作揖，我打躬，我错啦。

喊喊喳喳，大家伙的恼火变成了愤怒，当初不是你和三强带头阻挡，城市早到河湾啦。现在河湾变成了臭抹布，为啥你不敢伸头啦？

爹见阻拦不了，舞动扁担喊，过了我的扁担才讲。

眼看就要打起来，村支书赶到了。村支书感谢爹的阻拦，更体谅大家的心情。村支书眼泪汪汪地跳到高坡上喊，大家要有耐心，更要相信上级，还要相信城市最终会迈过山岗。

三强个子高，性子直，听村支书那么说，从闹访的人群中跳出来说，当初我阻止推平山岗，保的是祖上。现在上访，说的是污染和味道。

爹对三强说，保全祖上就得忍受眼前的味道。

三强说，骡马两道，孰轻孰重不知道？

爹跳到高处，大口呼吸说，就这点腥臭味，忍忍能咋啦？

三强问，你能忍，为啥在院子四周栽上树，用井水做豆腐？

爹见三强拆台，跳起来说，稀罕城市就得忍受这些味道。爹说得颠三倒四，大家不明白爹到底想说什么，一脸厌烦。爹见大家听不懂，急了，挥舞双臂说，当初拦了城市的道，现在上访说味道，你让人家怎么想？

爹的话让大家生了为难，是呀，要怪就怪当初，现在后悔又去上访，确实有些不厚道。

三强见大家打退堂鼓，也舞动双臂说，闹访说的是味道，当初阻拦保的是祖上，骡归骡，马归马，我们稀罕城市，稀罕祖上，为啥要稀罕味道？

大家说，是呀，是呀，两股道。大家又躁动起来。

爹见三强逞能，不高兴了，爹说，你不是喜欢比拼么，我俩看谁更能忍受味道？爹知道三强的性子，他这么说，三强肯定先与他比拼忍受味道，然后才会说上访。爹见三强果然上当了，信心满满，带头跑向高坡上，迎着风，大口呼吸，还表现出夸张的享受状。

三强可爱之处就在这里，见爹扬扬得意，忘记了上访，哇哇喊，谁怕你啦？话未落音，跟着爹跳到高坡上。

爹那会故意唱起庐剧，味道不是味道，味道就是味道，味道是城市的酒，也是河湾人的向往。

比唱庐剧？你不行。

庐剧是地方戏，河湾人喜欢，三强年轻时嗓子比爹好，庐剧唱得更地道。三强听爹唱，索性也唱了起来：味道不是味道，味道就是味道，味道是城市的毒，也是河湾人的苦恼。

爹容不得三强嘟瑟，停住唱，眦目来回奔跑。

那股腐尸般臭味像沾上辣椒粉似的灌进爹的五脏六腑，爹憋住气，憋住后悔和苦恼，玩命般跑向了山岗。

那是夏天，山岗绿荫绵延，热风呼呼作响。爹跑到山岗顶上，依然做出深情呼吸状。三强随后赶上，学着爹的样子，一点都不走样。爹见三强还未趴窝，接着又往山下跑，来回五六趟，三强终于受不了啦，躲开风口停下来，扶着腰，剧烈咳嗽。

爹见三强败下阵来，得意地拍着三强后背说，稀罕味道还得用心去打量。

三强捂着鼻子喊，味道是味道，祖上是祖上。

爹这才回头对大家说，想让驴儿去拉磨，就得让驴去吃草。爹的想法混乱，大家不想原谅爹，一起问爹，山岗不除，难道一辈子都要忍受这种味道？

村支书打断了大家的质问，解释说，不出三年五载，城市肯定会翻过山岗，那时候你们想闻这种味道只怕花钱也买不到。村支书抓住爹这个典型，嘻嘻说，学学人家韩豆腐，忍忍就过去啦。

三强说，学他？他自私你咋不讲？

爹跟三强又陷入新的争吵，吵来吵去，上访的那些人心劲去了，加上村支书拦着，刹那间迟疑了脚步。

村支书见大家火气下去不少，扯着嗓子喊，我会认真反映大家意见的，大家要相信，今后的日子肯定一天比一天美好。

大家嗤地吐了一地口水，早知今天，当初就不该阻拦推平山岗，说到底，我们让山岗给害了。

爹气得浑身发抖，指着大家问，城市是城市，山岗是山岗，祖上咋能给城市让道？

山岗先前叫凹岗，没见到凹到哪儿去，还多了起伏绵延的味道。埋下祖上、盖上小庙之后，河湾人把凹岗叫成了熬岗，意思祖上都在山上，他们熬下的日子像山岗一样光芒万丈。

现实生活中，关于熬岗的传说很多，有说当年二郎神担山撵太阳，甩下的一脚泥，变成了今天的山岗。有说张天师挥剑斩懒龙，懒龙发威，隆起了一道山梁。科考人员说，熬岗是明清时代清理河道留下的杰作，当时不叫凹岗或者熬岗，叫河湾坡。

河湾人不信科考人员的解释，他们信二郎神，信张天师，最后还把二郎神和张天师的小庙盖在山岗上，香火还特别旺。

韩天和娘晃过两座小庙，终于把爹抬上了山岗。

娘俩一起放下竹椅。爹看上去精神多了，见娘看他，他使出全身力气，几次想努力站起，苦在几次努力没有成功，只好叹口气又躺在竹椅上，开始了新的呻吟。这会爹的呻吟声像撒娇，更像吟唱，等爹呻吟完，抬起手，指向一块空地，意思就它了。

娘明白了爹的意思，扑通一声跪在空地上。

爹见娘跪倒在地，心里着急，不停举手，感觉举不起瘦弱的双手时，爹的努力再次变成了呻吟，这会呻吟声带上了哭腔。

娘见爹像要憋过去的样子，吓得不敢哭了，站起来对韩天说，快快快，你爹怕是不行啦。

韩天比娘还慌张，弯腰抬竹椅，娘也动作麻利跟上。等娘儿俩抬着爹冲下山岗，竹椅却摇晃得像团柴火一样，晃呀晃，晃到厉害处，扁担都上下忽闪起来了。娘担心把爹颠下去，死命拽住爹的后衣襟，啥都不顾，依然拼命往前跑。

颠簸中，爹的气息好像通了，爹死死攥住竹椅扶手，战栗说，慢点跑。

爹能说话啦，肯定是回光返照。嚓嚓嚓，娘跑得更快啦。

奔进院子，娘来不及试探爹的鼻息，顺势抱起爹，起身又往卧室跑。

卧室有张大床，那是爹发家之后置办的。娘把爹放在床上，这才急着听爹的心跳。

爹见娘慌张，突然笑了，爹的笑带上了骄傲，爹说，慌个啥，一时半会还走不了。

娘的额头上全是细汗，汗水让娘看起来比平时光鲜。娘说，吓坏啦，真的吓坏啦。松口气，娘突然放声哭了。娘说，走不了更好，从今儿开始，再也不许你去山岗。

夕阳爬上窗口，爹看着夕阳说，告诉三强，我等着。

娘听爹这么说，眼泪扑簌簌往下掉。娘擦干泪水，跟着爹一起看夕阳，夕阳缀上一抹血色，看上去比平常沉重多了。娘看看爹，突然笑了，娘想，有三强在真好。

爹见娘笑，也跟着笑，爹的微笑，依然比娘轻狂。

2

年轻时爹结实得像盘磨。

说起爹的结实，娘喜欢比较说，三强的结实在外，你的结实在内。

爹不喜欢娘做这种比较，不屑一顾地说，他那叫结实？说完晃下拳头说，我单手起碌，双手擒磨，就算前面有道锁，也能一拳把它砸了。他能么？

这话怎么就传到了三强耳朵，三强有天见到爹，扬扬手就走上稻场，二话不说，单手把石磙竖起，又把场边上一盘磨架在石磙上。

爹知道三强的意思，屏住呼吸，默默上前，瞬间把石磨搬回原地，又把石磙放倒。

三强问，要不要找把锁？

爹拍拍手上的灰，不搭理三强，挑起豆腐担走了。

三强对着爹喊，你只配挑个豆腐担，到处晃荡。

爹依然不搭理三强，故意把豆腐担晃出悠然状，突突突穿过熬岗。

三强见爹上了山岗，气得站在稻场骂，狗日的韩豆腐，明天别买我的黄豆啦。

爹已经消失在山岗中，三强还不解气，嘟囔道，说不卖就不卖，看你还烧包。

三强有底气说这话，因为那段时间黄豆涨价了，"蒜你狠"之后，黄豆紧俏起来，爹嘀咕说，黄豆涨价，豆腐生意难做了。三强听过爹的嘀咕，有底气跟爹叫板。

之后，三强真的不卖黄豆给爹，三强不但自己不卖，让大家都别卖，还说，黄豆要涨价，等着大家上门抢。大家信了三强的话，说啥也不卖黄豆给爹了。

爹找到三强说，当初你求我，现在等我求你喽？告诉你，我宁愿亏本也不低声下气。

三强说，服个软，好说。

爹说，不是服软的事。爹咬牙从外地买了高价黄豆。爹说，亏本能咋的？

娘着急说，服个软能咋的？

爹拍拍手说，大不了迟点给她们买房，不信一直会这样。

爹想给韩天在市区买套房，还想给韩地在省城买套房，爹早攒下大半钱了。爹打定主意，闷声坚持着。僵持中，黄豆突然间又降价了。大家主动送来黄豆，爹一声不吭统统收下。轮到三强送黄豆，爹架起二郎腿说，服个软，最好认个错。

三强比爹灵活，当即说，当初不该落井下石，我错啦。

爹见三强服软，哈哈大笑说，小子，你又输啦。

三强不是小子，比爹还大几岁，听爹奚落，低头说，大人不计小人过，输就输啦。

爹开心，那晚一个人喝了半瓶酒，呵呵呵，把笑都扯到耳根上。

过了夏天，就到了秋天。秋风柔和，爹的生意越来越好，这天爹卖完豆腐早早回家，到家就坐在大桌上哼小调，小调还是庐剧：

　　熬岗美，熬岗好
　　熬岗处处有松草
　　春来秋去风挡道
　　祖上安心我欢笑

爹喜欢胡乱填些歌词，哼着庐剧小调，便趴在桌上耐心等娘上饭了。那是爹半辈子养成的习惯，等饭时，眯缝着眼，一脸滋润和安详。

娘还在菜地，午饭还早，爹想抹抹桌子，见大项骑着电动车哧溜滑进院子。爹丢下抹布，拍拍手走出堂屋。大项见爹笑眯眯的，抖落报纸喊，韩豆腐，闹大啦。

爹听到大项哗啦哗啦晃着报纸，满脸困惑问，咋啦？

大项边支电动车便说，闹大啦。

什么闹大啦？

大项见爹着急，跟着快速说，美国，洛杉矶，留学生成事啦。大项上气不接下气，爹快要被他急死了，忙问，到底咋啦？

大项把报纸面儿朝着爹说，你看看，是不是闹大啦？

爹不知道大项说什么，一脸焦急。

大项见爹还不明白，咽下一口唾沫说，记者问留学生想不想家，他说，提起家乡，就想起韩豆腐啦。他说，这么多年，啥都模糊啦，唯有韩豆腐，一直忘不掉。解释完，大项才急切地说，人家远在美国，单单提你豆腐，你说是不是闹大啦？

爹明白了，城里孩子，到美国留学，成事后，被人采访，说起家乡，想起他的豆腐滋味。这么点事，值得大惊小怪么。爹转身走进堂屋。

大项跟进堂屋说，市里的报纸转载了这篇报道，我感觉脸上特别有光。

大项那么说，爹有些得意了。

大项见爹得意，跟在爹的后面又开始拽起乱糟糟的眉毛。

大项先前眉毛长，可好端端的眉毛，活生生被他揪成扫帚眉啦，多数还耷拉在眼皮上。实际大项老婆孩子一起走了，并不怪眉毛，可大项一直怪他眉毛长坏了。老婆临产，大项信老话，老话说，孩子闯关，不出门边。意思找接生婆在家生。谁知老婆生产时大出血，耽误了时辰，送到医院后，晚了。

事后大项追悔莫及，天天揪眉毛。

爹知道情况后对大项说，错在你当了城里人，还放不下乡下人的旧道道。

大项说，都那么生，为啥单单我倒霉啦？

大项所在的村子变成开发区后，旧生活习惯一直改不了，譬如生孩子、红白喜事随礼，包括扎堆唠家常等，还跟过去一模一样。大项承包了一家工厂的食堂，爹卖豆腐，一来二去便熟悉了。爹见大项一个人孤单，常邀大项翻过山岗到家喝酒。爹邀请，大项从不拒绝。后来爹不邀请，他就主动上门了。进门见爹等饭，他也坐在一旁，耷拉着眉毛。或许那段时间大项消沉，或许爹觉得大项可怜，反正大项来了，爹都让娘加一盘小葱拌豆腐，炒点荤菜，然后把散酒装进瓶里，用瓶分着喝。谁知道大项有酒后号哭的毛病，几次哭喊，爹不让大项喝完半瓶啦，爹说，半瓶的半瓶，你只能喝这么多。大项喝不出忧伤，发急，没上菜前，见爹不在，猴急地嘶嘶偷喝几口。有时候趁爹走神的工夫，大项便手掐一根辣萝卜，咔咔喝去几大口，模样特别可爱。今天大项替爹高兴，拿起报纸自然跑来讨酒喝。

爹到菜地交代娘多整几道菜，娘说知道了。爹回头又对娘说，顺便把三强叫上。

娘知道事情经过，懒了脚。爹回屋对韩天说，把你三强叔喊来，就说我请他喝酒。

韩天没有多想，颠儿颠儿去了。

不一会儿，三强来了，怀里揣了一瓶酒，走进院子就喊，太阳打西边出来啦？嚷着走进堂屋，见大项在，感觉失态，咂咂嘴招呼说，大项来啦。

大项见三强掂瓶酒，便呶呶不休说报上事情。

三强听大项说完事情经过，咚地把酒瓶撂到桌上说，问问他，豆腐打哪儿来？

大项想，孬子都知道，打黄豆来。

补甑

三强哗啦哗啦翻了半天报纸，呼啦将报纸撕了，拧开酒瓶说，喝酒。

爹见三强撕烂了报纸，知道三强老毛病又犯了，爹问，不服？

三强咕咚灌了一口酒说，没有田黄豆何来韩豆腐？

爹说，那人家为啥不提田黄豆？

三强气不过，咕咚又灌了一口酒，大声说，今儿不说报上事，比酒量大小。

娘端上青菜豆腐，又端出韭菜炒千张，娘说，小鸡炖蘑菇，随后就上。

三强咕嘟嘟把酒倒进碗里，扬扬碗对爹说，不差菜，就差酒了。

爹喝不过三强，见三强掐短处，心里不服，进屋提出塑料壶，把散酒分装到空酒瓶，随手递给大项一瓶，又倒满自己的一瓶，然后问三强，比比可少？

三强瞄瞄酒瓶，大声说，改碗喝。

爹推开酒杯，把酒倒进碗，咕嘟嘟喝光一碗酒，放下碗说，知道喝不过你，小驴拉大磨，我跟你拼啦。

三强不屑地吐吐舌头，仰头一碗透底，扬扬碗，意思再好不过啦。

爹又喝了半碗，眼神有些虚飘。大项不仅眼神虚，说话还带上了哭腔。

三强见爹虚乎乎的好像不能喝啦，放下碗说，记得当年大喇叭不？那是刚包产到户的时候，三强成了万元户，镇里大喇叭广播了几天。爹记着，可爹装作忘啦。

娘端上小鸡炖蘑菇，之后又端出炒茄子、炒肉丝，听三强说起大喇叭，拉弯说，我记得三强哥的风光。

三强说，可他装着忘喽。

爹见娘在，又斟上一碗酒，咕咚咕咚喝光。扬扬碗，意思，我就忘了，咋的？

三强恼火就在这里，不提是吧？喝。三强咕咚咕咚喝光一碗，又倒上一碗，眨眼工夫一瓶酒完啦。

大项喝光两碗，老毛病犯了，突然亮开嗓子号哭起来，大项边哭边说，我让老理害惨啦。

爹劝大项，喝醉什么都忘啦，喝。

三碗酒下肚，爹趴桌上了。

三强见爹喝醉啦，笑嘻嘻对大项说，跟我显摆？三强见大项不停地说话，一直哭，不耐烦地说，一个大男人，喝醉哭什么？不就那点苦么，比起韩豆腐，算屎。

大项不哭啦，想听三强说爹的苦。

三强口舌不清说，俩闺女，知道不？我俩儿，知道不？你说他苦不苦？三强吃口菜，依然喋喋不休，我家二毛考上研究生啦，他家韩地自费大学生，你说他苦不苦？

这些大项都知道，有啥苦的？

三强见大项不当回事，说完二毛，就说起大毛。三强说，虽说我家大毛残了手，媳妇跟人跑了，可胖头孙子在呢，苦也不苦啦。他呢？韩天离了婚，连外孙女都找不到啰，你说苦不苦？

韩天的事大项也知道，这是韩豆腐的苦痛，三强为啥要说韩豆腐的短处？大项生怕爹清醒过来会掐死三强，一直拿眼瞅爹。

怕啥来啥，刹那间，大项见爹摇晃站起，抽出屁股下面的凳子，砸向三强。好在凳子还没举到半空，爹却倒在了地上，爹骂，狗日的三强，看来你还是不服。

三强见爹没砸到他，跳到老远才说，让我服你，除非太阳打西边出来啦。

3

韩天不想离婚，最后还是离了。

韩天到无锡打工后，第二天就去拜了灵山大佛。拜佛不久，韩天就认识了小胡子。那时候小胡子是公司的老总，说话、做事，看上去特别靠谱。开始小胡子让韩天做仓库管理员，不到三个月，就让韩天当市场部经理，半年之后，小胡子嚷嚷要提拔韩天当公司的副总。

小胡子那帮哥们对韩天说，老总对你太好了，人得知足。

韩天说，不当副总，我早已满足。

韩天成了部门经理，不知道咋就惹着了一帮员工，他们常常走到韩天面前吐口水。韩天问小胡子那帮哥们，那帮哥们说，或许嫉妒，或许看你好欺负，不高兴，骂就是啰。

到了冬天，小胡子开始对韩天动手动脚的。韩天想，这叫啥事？想恋爱，就托媒人，不明不白算什么？小胡子说，现在什么社会啦，谁还在乎形式？韩天说，谈恋爱需要彼此尊重。小胡子说，尊重，我一直尊重。

谈了半年，把韩天谈到床上，韩天把住最后关口说，给了，注定不能回头。小胡子说，不回头。那晚韩天把自己交给了小胡子，当即提出结婚。

怎么结婚？小胡子有家有室的，怕纸包不住火，小胡子实话实说。韩天明白了真相，想起员工们的口水，穿上衣服，迎着冷风，拉行李箱就走。

第二年春天，小胡子那帮哥们在常州找到韩天。也不知道那帮人怎么打听到韩天住处的，找到韩天后，七嘴八舌一起劝。劝到最后，拿出杀手锏说，为了你，他离婚啦。

离婚也不行，韩天冷冷地说。

后来小胡子亲自来了，敲开韩天的门，跪到地上。

韩天说，不用跪我，去跪良心。

小胡子说，怪我那时糊涂啦。

小胡子认错的时候，那帮哥们把气球放上了天，把蜡烛点成"心"字形，韩天不答应，只怕无法在租住的小区混了，半信半疑点了头。

再后来的事情简单多了，小胡子把韩天带到无锡，韩天把小胡子带回河湾，带来带去，定下婚期。在无锡办了酒席之后，爹又在河湾办了几十桌。那天爹喝多了，对坐在酒席桌上的三强说，听说大毛媳妇跑了，大毛还被电锯残了手。

三强当即离开酒席桌，眼里全是泪水。

谁料想，孩子两岁的时候，小胡子说他破产啦。接着分床，说啥都要离婚，还美其名曰，一切都为了韩天。韩天心里苦，不想将就下去，一咬牙，在离婚协议书上签了字。

哪承想，离婚之后，小胡子竟然带着孩子失踪了。

大活人失踪啦，连孩子也带跑了？爹不愿意了，嚷嚷带着韩天找下去。韩天流泪说，不找啦。

爹心里塞上苦，小半月都不说话。

三强知道韩天的事后，打抱不平说，城市就是一个坑，把大毛和韩天都害了。

爹说，不怪城市，怪人。

三强说，告他狗日的去。

爹问，到哪里告？只怕告不倒，还把名声告臭啦。

三强说，告是态度。

爹找律师写诉状，律师说，只能告争夺孩子抚养权，其他告不了。

爹说，就告这个。

法院很快立了案，公告之后，缺席判决，官司打赢了。可法院也找不到小胡子，法官还说，现在失信的人多，说不定人家不想连累你女儿，也许某天走出困境又晃悠悠回来啦。

爹问，法院也管不了？

法院说，不是管不了，是执行难，回家慢慢等消息好啦。

等了几年，也没有小胡子的消息，爹恼了，从此绝口不提这等窝囊事。

后来人们常常问起韩天的事，爹感觉没面子，便先从大毛说起，爹说，大毛的手不是让电锯切了么，大毛的老婆不是跟人跑了么，韩天跟大毛一样，让城市给害了。

三强听到爹说起韩天就会连带上大毛，恼了，大毛咋啦？咋说还给我留个孙子，韩天呢？孩子都找不到啦。

今天三强喝多了，见爹上了报纸，搬出韩天这点事挤对爹。

爹清醒后，气不打一处来，对娘说，他卖黄豆说服气全是假的，今天才是他真实面目。

娘劝爹，本来就不该叫三强，他何时服过你？

爹坐在院子里叹气，叹完气便说，韩地出生的账还没算，祖上的债也在呢。

提到韩地出生时的事，娘说，三强家的说，你误会他啦。

韩地出生的那天清晨，寒霜满地，冷风如刀。爹听接生婆说生个女孩，一句话没说，撒腿就往村头跑。跑来跑去，天大亮后，就撞到了三强。三强蓬头垢面提着两只母鸡，见爹无头无脑跑来跑去，老远就喊，韩豆腐，道喜啦。

爹差点背气，二胎生个女孩，道鸟喜？你个三强，比拼是比拼，可不能这么骂人。爹恨不能杀了三强，怒不可遏地攥起拳头。

三强不知道爹为啥怒气冲天，扬了扬拎着的母鸡说，魏家荣不是生了么，家里的让我送两只鸡。

爹跳起来骂，狗日的三强，老韩家不稀罕老田家两只鸡。

三强生气了，来贺喜，还牵涉到家族啦，韩豆腐为啥这般口毒？

准确说，三强确实有委屈，他不知道娘又生个女孩，给家里人催的，嘟嘟囔囔拎上鸡，谁知道迎面撞到爹，兜头挨通骂，如何能咽下委屈？三强解释说，我又不知道魏家荣生了女孩，再说女儿是爹的贴心小棉袄。

二胎是丫头，意味着一切都完了，指着和尚骂绝户，不是耻笑我老韩家绝后么，爹火星四溅，捡起石块追打三强。

三强猫腰就跑，跑了很远，才停住脚步想，韩豆腐为啥生个女儿，就扯上老韩家和老田家的旧事？

爹见三强跑远了，掉头冲向山岗，爹死的心都有啦。

三强见爹疯了一般跑向熬岗，才意识到问题大了。三强担心爹想不开，怕爹一头撞到石碑上，于是拎着鸡掉回头追赶爹。

爹见三强快追上啦，弯腰又操起石头砸三强。爹扔出去的石头又快又急，三强连续闪躲，话就乱了，三强说，绝户咋啦？

太不像话啦,大清早就跑来耻笑。爹坐在地上哭,边哭边说,我服了可行,只要你不耻笑。

爹忘不了这一幕,一直不肯原谅三强。岁月稀释了仇怨,爹慢慢接受了现实,不再计较三强,可你三强比完自己,又来比孩子,到底想咋样?

爹听娘拉弯子,咬牙切齿说,黑就是黑,白就是白,我们继续比拼就是啦。

4

韩地出生后,爹为了比拼下三强,重操祖业,磨豆腐啦。

爹过去一直不磨豆腐,有了韩地,爹的想法变了,他不声不响买回上千斤黄豆又滚出了石磨。娘问,想开了?爹说,是时候啦。说完这句话爹就咬牙切齿放鞭炮,放完鞭炮后,爹又滚出大缸泡黄豆。

娘还在月子地里,见爹忙前忙后,挣扎下床帮爹。

磨坊是过去的柴火房,娘坐在柴火房门口,一边纳鞋底,一边劝爹消消气。

爹说,老韩家完了,谁心里好受?

娘感觉爹变了一个人,有点不认识似的。

黄豆泡好了,爹舀出黄豆堆在磨面上,一个人开始推磨。推磨是个苦力活,磨重,道窄,一步一艰辛,爹憋足一口气说,为了老韩家,拼啦。

娘不知道爹为啥发狠,见爹脸上全是仇怨,劝爹想开点。

爹说,想开、想不开都一样,留下的光景不多啦。

娘听爹的说话口气也变了,只好默不作声。

爹磨完一缸黄豆，接下就到了晃豆浆环节。

晃单是过滤之类的活，轻松多了。

晃单爹亲自做的，四道纱网叠成一道面，爹把纱网的四角绷在十字架的尖角上，又把十字架悬挂在柴火房的木梁上，就算把晃单制作和安装好了。

晃单下面置放一个大木盆接豆浆。

娘帮爹推晃单，晃来晃去，晃出轻松与和谐。娘小心翼翼说，心里有苦说出来，我听着。豆浆漏进木盆，噼里啪啦响，爹苍凉地说，世上三件苦，打铁、撑船、磨豆腐。

娘听到爹说苦，心里的苦也漾到嘴边，她觉得生了韩地，对不起韩家，对不起爹。

爹见娘惭愧，安慰娘说，生了两个女孩，我就想起祖上的苦啦。爹慢慢腾腾说下去，好像那些苦在爹的心里已经生根发芽啦。

爹说，很早的一个冬天，比现在冷多了。爹的口气冷飕飕的，像打着皱褶的冷风。爹说，那年的冬天，大雪覆盖了田野，也覆盖了路。太爷那年五十不到，正是身强力壮的时候。可太爷挑着豆腐担走进大山后就迷了路。后来人们传说太爷碰到了雪姑娘。有没有雪姑娘没人知道，可老辈人一直说，雪姑娘就藏在大山的深处。实际人们所说的雪姑娘就是谁谁家女儿，被人骗进山糟蹋后，那姑娘跳悬崖死啦，后来她阴魂不散，大雪天喜欢跑出来给人指道。这种传说不靠谱，只是有人大雪天迷路掉进山崖，人们拿这话安慰活者罢了。据说，雪姑娘那天也出来给太爷指道了，结果把太爷引向悬崖。

爷爷找到太爷时，太爷已经硬邦邦躺在雪地上，连胡子都冻成冰凌啦。

爹没有说太爷的苦，也没有说太爷的日常，只说太爷走得离奇，然后说，或许韩家真的触犯了咒语，你看太爷大雪天走的，爷爷也在大雪天出事啦。

爹喘了一口气，心里的悲伤还在不停回荡。

爹说，太爷走的那年，爷爷不到三十。爷爷接过太爷的豆腐坊，发誓要出人头地。十年不到，爷爷发家啦，不仅成了全村的首富，连宅院也盖起来啦。有了宅院，爷爷买下了几头驴、一匹骡子、几头牛，然后又纳了二奶奶为妾。据说二奶奶特别漂亮，方圆百十里无人能比。爷爷成事后，为自己配了一辆独轮车，爷爷说，独轮车属于我的，你们碰也白碰。想想爷爷确实怪异。种田、收庄稼那样的大事都交给伙计，唯独卖豆腐要亲力亲为，绝不让外人插手。很多人说起爷爷的怪癖不能理解，更理解不了爷爷为啥要走村串户地喊，豆腐啦，韩家豆腐啦。爷爷四十六岁那年，河湾这里都是韩家的，可爷爷还不满足，站在河边对人说，韩家从这里出发，一定要成为方圆百里的首富。

要不是那场大雪，说不定爷爷真能成功呢。

那场大雪下了四天四夜，大雪把爷爷堵在了李家庄，而李家庄才是方圆百里的首富。

爷爷敬重李家太爷，一度回到河湾整天学李家太爷踱方步。

李老太爷见大雪封门，说啥都要挽留爷爷住上几宿，还说，安心住下去，不差几顿饭。爷爷感激李家太爷的仁善，决定留宿。李家太爷安排爷爷住上房。爷爷说啥都要跟长工住在一起，爷爷不是低调，爷爷见到李老太爷总觉得低矮三分。

管家见爷爷谦虚，对李家太爷说，韩老爷想与长工住，我前去侍候就是了。

李家太爷说，甚好。

长工的房子说起来不差，比一般人家的农房好多了，一溜排的茅草房挨在上房的西头。据说盖房用的茅草特别耐腐，可以做到百年不朽。

爷爷躺到床上，见雪凶猛，心不踏实，跟住在一起的管家说话。管家是个灵活人，他说，太爷安排你住下，甭管雪如何下。

雪扯天扯地，茅草房咯吱咯吱响，长工们在管家的带领下，出门扒拉屋顶上的雪。扒拉完上房，开始扒拉茅草房，扒拉完之后，到了后半夜。太爷见天冷，让厨娘熬了姜汤给长工喝。厨娘把两桶姜汤挑进茅草房。长工们喝了姜汤，心里暖和，竟然睡不着觉啦。见大家睡不着，管家提议，不行耍两把吧？管家意思耍骰子。

那时候人们都喜欢耍骰子。听了管家建议，大家纷纷响应。管家跟着耍，见爷爷站在一边看，管家鼓动说，不行韩老爷也耍几把？

确实无聊，爷爷摸摸口袋的钱，挽挽袖子说，那就热闹几把？

不知道管家有没有动手脚，反正爷爷第一天晚上，就耍光了身上所有钱。

爷爷不服，第二天继续耍。

管家依然陪着，结果，第二天爷爷把二奶奶输给了管家。

实际爷爷可以舍弃一些田地的，也可以放弃驴和骡马，可拿这些与二奶奶相比，爷爷毫不犹疑舍弃了二奶奶。输了二奶奶后，爷爷心疼，发誓赢回二奶奶。

这回管家亲自出骰子，越耍越大。

第三天夜里，爷爷耍光了买下的田、驴和骡马，只剩下独独的豆腐坊啦。爷爷怕了，豆腐坊是发家的老本，千万不能输了。爷爷似乎清醒了过来，连说，不要啦，真的不要啦。管家不喊爷爷为韩老爷，改口称韩豆腐，管家说，韩豆腐，输钱不捞，家有金条？

爷爷没有金条，值钱的只有豆腐坊。

管家劝，拿豆腐坊做本，说不定能赢回你失去的一切。

爷爷想赢回本该属于他的一切，脱掉上衣说，那就再耍。

结果天没亮，爷爷把豆腐坊也输啦。

爷爷输光了一切，天晴啦。天晴开始化冻，天地之间出奇冷。爷爷掖住棉袄，签好了管家拿出的契约之后，一句话没说，深一脚浅一脚往家赶。不知道爷爷一路上想了什么，反正爷爷走到眼前的这道河，就纵身跳了下去。

爷爷走了后，管家接管了爷爷的家业，等接管二奶奶时，二奶奶用剪刀刺破了自己的胸膛。

说到这，爹的嗓子哽住了。

娘没有说话，娘理解爹的悲伤。

爹见娘泪光涔涔的，爹问，知道管家是谁么？

娘摇头。

爹说，三强的爷爷，人称田管家。

娘惊愕。

爹感叹说，知道我为啥和三强比拼了吧。

娘说，知道啦，三强的爷爷后来不也败了么。

爹说，说来话长，还是说说我爹吧。

田管家接管豆腐坊后，没人会做豆腐，只能雇下爹。爹做，他收租。

爹憋足一口气，发誓弄回原本属于韩家的一切。韩家老少都憋足一口气，打败田家还得从豆腐坊入手。三年后，爹靠豆腐坊，再次翻身，不仅赎回豆腐坊，还让田管家抽上了大烟，大烟那东西多厉害，不仅败家，还能败命。知道田管家为啥败了吧。

爹收回豆腐坊之后，解放大军浩浩荡荡进山啦。河湾住满了解放大军，解放大军态度和蔼，军纪严明，他们可以睡在熬岗上，可不能饿肚子。要吃饭，自然要吃菜，豆腐成了首选。解放大军尝了爹做的豆腐，到处说，韩家豆腐瓷实、白嫩，还有奶香味。那时候市区还是县城，听到介绍，大家纷纷前来买爹的豆腐。爹再次发家啦，这次爹知道感谢谁了，听说大军南下，爹带上做豆腐的家什，支前去了。后来听说爹多次被评为支前模范呢。

后来的事情不说啦，爹口气寒冷，不知道又想起啥伤心事啦。

娘问，后来咋了？

爹说，斗私批修时，爹忘不了做豆腐，知道怎么回事了吧？爹受不了批斗，在一个大雪纷飞的深夜，学着爷爷，投河死了。

从此河湾这里多了传说，"大雪覆盖，韩家必败"。到了我这里，真的不想做豆腐啦。

娘听完爹说这些，一直没有抬头说话，等娘抬起头，爹说，韩地出生那天，寒霜满地，就差大雪了，三强腌臜韩家，是打败三强的时候啦。

娘不知道怎么劝爹，由着爹想心事。

过滤完豆浆，爹不再说话了，他把漏进大木盆里的豆浆倒进祖上传下来的大锅，娘那时候主动到灶膛里面烧火，煮好豆浆，倒回木盆冷却。爹的表情十分严肃，严肃到娘不敢出气的地步。见冷却的火候到了，爹拿起木棍开始挑腐竹。

挑腐竹是件细心活，得眼疾手快，还得从容。爹从小练就了挑腐竹的绝活，娘还没有来得及眨眼，爹就嗖嗖嗖挑起一条杆腐竹。

挑完腐竹，爹开始压豆皮、压豆腐，爹那时候脸上多了笑容。爹说，三强不耻笑也就罢了，他笑话韩家绝户，我就要压他一头。

娘不知道说什么好，只有点头。

5

爹富裕之后，仁善许多。谁家有了困难，都会主动帮助。这几年，大家困难少了，爹专心照顾起村里的五保户。爹说，缺儿少女的人，需要照顾。人们称道爹，爹说，我做这些不图称道，我俩闺女，也有老的时候。或许爹想到了今后，或许爹想起祖上，爹强调说，仁善是做人的基础。

是年春节前，又下大雪。爹见大雪纷飞，吓得在家哆嗦。韩家几代人的命运都与大雪有关，他怕大雪带来新的灾难。爹忐忑不安等到了冰雪融化，随之等来了春节。爹拍拍手，长出一口气，爹见大雪没有带来灾害，仅让外出打工的人耽误了归期，兀地笑了。打工的无法回家过年，留守在家的老人、五保户、孤儿寡母们就显得特别孤单。爹跟娘商议，决定把全村的老人、妻儿都接到家里过年。全村二十几个老人，有姓韩、姓田的，也有姓曹、姓沈的，妻儿有十多个。三四十人过大年，河湾人还没有经历过。爹说，人多热闹，就当回到了过去，大家聚在一起喝杯喜酒。

爹请来了大家，三四十人一起过大年，大家感到新鲜和快乐。

堂屋摆下两桌，厢房各一桌。有跟娘岁数上下的妇女，主动帮娘做饭。

年夜饭吃得热闹非凡。

吃完年夜饭，老人家激动了，夸爹会办事，想得周到，说这年过得暖和。夸得爹都不好意思时，其中一个田姓的也许心里惭愧，故意说三强比不上爹。

听田家人对比夸奖，爹嘴一咧，买来许多烟花，啪啪直放，把整个河湾都照亮了。

三强寻着热闹来的，寒脸进屋先给老人拜年，然后掏出三十多个红包，老人、孩子都有，独独没有妇女的。三强说，韩豆腐请大家集体过年，我给老人和孩子发红包，统统两百元。

爹如果默许了，也就没有三强后来的恼火。爹见三强跑到家里嘚瑟，撇撇嘴说，你孝心，我没得说。可你跑到我家里发红包，是不是有些不妥？

三强说，表达心意不分场合。

爹说，杵在脸上，意思我没有准备红包么？

三强说，你准备你的，我发我的。

爹喊娘，拿出准备好的红包。

娘拿出红包，老人、妇女、孩子，每人一个。孩子现场扯开了红包，五百元。

三强被爹压住气势，气哼哼掉头就走。

过完春节，三强一声不吭弄起了蔬菜大棚。春天来了，天渐渐热了,反季节蔬菜错了时令,三强却不合时宜弄蔬菜大棚,大家都纳闷。三强发狠说,我不信找不到致富之路。

发家致富不能靠冲动,三强的蔬菜大棚到了冬天才发挥作用,当年投资不仅没见效益,还亏得一塌糊涂。三强憋气,发誓说,弄不成蔬菜大棚,算我白活。

第二年春上,三强除了种反季节蔬菜,还挖了鱼塘养鱼,后来又在鱼塘周边养鸡、养鸭。鸡鸭鱼规模养殖也算技术活,三强心里吃紧,请了技术员做指导,担惊受怕,过了一年,才发现收益相当可观了。

三强做梦也没有想到,他也轻易找到了致富门路。

那年冬天,冷风捂不住三强的兴奋,一个冬天,他都吹着口哨哼着小调。直到逼近年关,三强才收敛起兴奋,盘算压过爹一头,接老人到家过大年。

做好盘算,三强天天盼望下大雪。那年怪了,入了腊月,下了几场雪,很快就融化了,连地都干爽爽的。到了除夕这天,天不但不冷,反而暖和了。天气好,外出打工的人拎着大包小包陆续赶回。三强这里什么都准备周全啦,只欠大雪。雪没下,三强又不想把备下的东西糟蹋掉,大清早硬着头皮挨家接老人到他家过年。返乡的那些人恼了,我们回家团圆的,到你家过年算什么?

三强解释,前年韩豆腐请了,去年我亏本了,今年轮到我啦。

听三强那么说,大家觉得三强不着调。前年下大雪,大家回不来,韩豆腐那么做,大家感激;今年大家伙都回来啦,为啥还要做这种安排?

三强受到埋汰,灰溜溜往家走,走到家门口想,比起韩豆腐，我真是少了心机，算了，准备的鸡鸭鱼，每家送点过去，也算意思到了。

三强挨家挨户送，每家都收下了。可大家收下三强的鸡鸭鱼，感觉欠下了三强的人情，得，找机会补。结果不出正月十五，收下三强鸡鸭鱼的人家，纷纷提上烟酒茶给三强拜年。

事后留守在家的老人们说到这事，感觉吃亏了，鸡鸭鱼多少钱，烟酒茶多少钱？算出其间的不平衡，口中多了抱怨，说三强虚，会算计。说完三强，想起爹的好来，又回忆前年一起过春节的热闹和开心，最后说，三强处处跟韩豆腐比，要我们看，三强输的不是钱，还有厚道和孝心。

三强听到老人家冤枉他，一口恼窝在心里。

说着话，便到了实施"村村通工程"的年景。县交通局预算，越过熬岗向村里修路的话，得多出一大笔钱。顺着河边修路，能节约不少投资。于是设计了路线，从河边修村村通公路。从河边修路，到每家每户远了不少，家家户户出门不太方便。三强抓住了机会，个人投资修了几条分支路，连接到几个主要村口。修好了分支路，三强又在分支路边栽上梧桐和白杨树。

三强的做法，赢得河湾人一片赞誉。大家纷纷说，三强富裕了，没有忘记大家，替大家办好事，值得称赞。二十几个老人专门跑到镇上给三强请功。

爹见三强占先一步，多了不服，盘算他能做些什么。

那天有风，爹翻过熬岗迎风向下看路，突然有了主意，他想，走村村通，每家都绕路，干脆修条上熬岗的水泥路，彻底解决大家出门难。

主意是好，投资数目可不小，爹找人预算，算算家里的钱，差不多够，于是爹找到村支书说了想法。村支书当然高兴，村里多出几个三强和韩豆腐这样的群众，太好不过啦。村支书乐呵呵地说，你们这么比拼，我高兴，大家想必也高兴。

爹说，村里支持就成，我这就行动。

爹很快请来工程队，一个月就修好了上熬岗的水泥路。路修好后，爹又在路两边栽上风景树，故意区别三强种下的梧桐和白杨树。

荣光是荣光，可修路、栽树，花光了爹所有积蓄，为此娘和爹吵了半宿。

爹对娘说，我盘算啦，就俩闺女，钱多也无用，三强不同啦。爹说完还呵呵笑了下。

娘说，比拼的是钱，谁嫌钱扎手？

爹说，钱做啥用的，提气，少了一口气，要钱做什么？

娘说，反正我想不通。

爹说，三强不是到处炫耀他有俩小子么？小子好，可小子花钱多了去，想呀，小子结婚得买房吧？得行彩礼、办喜事吧？三强那点钱根本不够。

娘知道爹心思，责怪说，比来比去，何时是头。

爹说，大家都在比，尤其跟三强，我要比到他服输为止。

路修通了，区里把爹评为劳模，三强的贡献在爹的做法中黯淡了下去。三强恼了，你韩豆腐处处抢我风头？行，这口气顶这啦。

比不过你韩豆腐的钱，那比孩子读书成绩。

大毛不是读书的料，三强就堵在教室门口看着大毛。

老师见三强天天蹲在教室门口，纳闷了，问三强，你天天看着孩子，不放心老师么？

三强说，一万个放心，可我不放心大毛，怕他不用功。

老师说，重视孩子学习成绩无可厚非，可你不能天天蹲在教室外面，影响其他孩子听课。

三强点头说，我懂。之后，三强远远躲在教室外面的树林里，课间休息时，三强拔腿就往教室冲。物极必反，大毛的心情让爹闹坏了，不仅感觉脸上无光，还觉得没有自由，结果学习成绩越来越差，初中毕业没有考上高中。三强苦恼，可分数摆在那，苦恼管啥用？听说分数低可以读职业高中，三强对大毛说，上职业高中也行，爹不差钱。大毛没有搭理爹，打起背包，跟着别人外出打工去了。三强为此长吁短叹小半年，接下只好眼巴巴盯着韩天的成绩。

好在韩天第二年也没考上高中，三强松了一口气，见到爹，喜滋滋说，大的打成平手，接下比二毛和韩地。

没想到二毛成绩出奇地好，初中毕业考上高中不说，三年后冷不丁考上全国重点大学，四年后，又考上了研究生。韩地小二毛几岁，二毛考上研究生那年，韩地才磕磕巴巴考上三本。

三强终于找到扬眉吐气的机会，当即摆下五十多桌酒席，吹喇叭、放电影、唱小戏，闹了几天后，还不过瘾，又到熬岗小庙那里烧高香，雇下唢呐吹响器。

爹被三强闹得满心不高兴，三强见爹耷拉着脸，故意拽住爹的胳膊问，服不服？

爹脸上无光，只好反攻为守说，孩子的出息也算你的？

三强说，你说算谁的？

爹说，算孩子的。

爹受到三强的奚落，回家把韩地叫到面前说，爹希望你上完大学也能报考研究生。

韩地没有韩天脾气好,知道爹跟三强比拼的事,撇嘴说,你跟三强叔到底累不累?

爹恼了,拍桌说,天地之间有口气,人得靠气撑着。

韩地说,我差的就是爹这口气,我和二毛说好了,不学你们。

爹失望至极。

晚上爹又去了熬岗,半夜时分才回家。回家爹对娘说,看来希望在韩天身上。

娘不知道爹想什么。

爹说,招上门女婿。

娘说,关键韩天怎么想?

管她怎么想。

还没有招成上门女婿,韩天也外出打工了,不到两年带回小胡子,爹的希望瞬间落空。

韩天离婚后,爹对娘说,看来得在城里买房啦,想呀,韩天离婚,机会反而来啦。想呀,韩天有房有车,以韩天长相,找个入赘的不难,生下孩子姓韩也不难。

娘劝爹,为啥还在琢磨这些事?

爹说,三强不是耻笑我绝后么,我能服输?

余下比拼的都是些细枝末节的小事,爹和三强年轻时比过读书成绩,下学后比过戗菜刀磨剪子,当然也比过补铝锅补碗啥的小手艺。承包到户比庄稼收成,富裕之后,双双过了五十,要比的事情依然不分输赢。两人心里都压口气,没得比了,就比吃饭,比睡觉,比走路快慢,甚至比说话声音大小。

比来比去,爹落了下风。

豆腐坊改成机器设备后,磨豆腐不用推磨,卖豆腐不用挑担子，没了力气活，爹的劲儿小了。三强种黄豆，养鸡鸭，操劳大棚蔬菜，身体越来越强壮。见爹身体弱了下去，三强故意显摆力气，连走路都咚咚的，仿佛一脚下去要把地砸个坑似的。

爹受不了三强挑衅。夜深人静时，突然对娘说，我想出去散步。

娘稀奇，乡下人散什么步？

爹说，谁说乡下人不能散步啦？

爹不是散步，是跑步，爹咚咚咚跑，跑得满头大汗，回家用凉水洗澡。

一次爹跑步让三强看到了，三强哈哈大笑说，让你跑八年，再比竖石磙、搬石磨可中？

爹不搭理三强。

三强跟在爹后面，啪啪乱跳说，劲头是口气，可惜你的气短喽。

爹说，跳吧，能跳到云彩上才算本事。

比完身体比言语。爹说东，三强必说西；爹打狗，三强肯定去撵鸡。爹在这等细枝末节小事上，不跟三强比高低，三强屡屡得胜，开心地对爹说，你说声服，我就不再比拼。

河湾人见三强和爹比来比去，玩笑说，一对活宝，好像斗红眼的一对鸡。

爹说，我不是鸡，我没正眼瞧过他。

话传到三强耳朵，三强说，老韩家什么时候聪明过？他爷爷耍骰子就不是我爷爷对手，他这辈子指定比不过我。

三强的话让爹伤心不已，田管家不仁义，三强还不知羞耻到处乱说。爹找到三强说，你爷爷耍手段，你还不知羞耻到处说。

三强哇哇喊，你爹害我爷爷吸大烟咋不提？愿赌服输，谁瞧见爷爷耍手段啦？

爹听到三强哇哇乱喊，不屑说，天地之间有盏灯，始终照着。

三强大声说，他们都睡在熬岗，敢与我烧香问问去？

爹说，问问就问问。

烧香磕头，彼此问爷爷，并以纸灰飘起为记。

那天无风，两座坟前的纸灰都没有飘起。三强说，爷爷沉默，怎么讲？

爹不知道那是不是田管家的沉默，他面前的纸灰也没有飘起，按说热流能扬起纸灰，难道爷爷原谅了田管家？

爹沉默。

三强说，这回看到天地之间的那盏灯了吧？老人家不像我们曲里拐弯的。

爹从那天之后，话突然少了。

人们问爹咋了，爹说，不咋，话多伤人。

接着到了上清明坟的日子，烧纸、放花、放鞭炮等，三强瞄着爹买，总想比爹多买一些。

爹有年清明节偷偷藏下冥币，等烧钱纸时，猛地拿出花花绿绿的冥币。

三强傻眼了。

第二年清明坟，三强买了很多冥币，爹却从三轮车上搬下纸马纸轿，还有一张独轮车和一桌麻将及骰子。

三强问，你到底什么意思？

爹说，给爷爷添桌麻将，省得受你爷爷气。

三强说，你为啥这么想？

爹笑了，指着三强说，就你这点能耐，还想跟我比？

三强说，我比，我烧十桌麻将，烧别墅，烧元宝，还烧一身老爷装，看你怎么比？

爹说，补烧的不算，只能等明年啦。

说话间就到了秋天，市里规划开发区，推土机开到了熬岗。之前，村支代表群众跟开发区签好了字，施工人员便大张旗鼓用推土机推山岗。谁也没有想到，爹知道后，发疯一般站在推土机前。

秋风、落叶，爹势单力薄，却站成不可一世的模样。

推土机司机恼了，震耳欲聋往前挪，爹镇定站着，宁死不退半步。

眼看推土机就要把爹推倒了，三强冲了出来，挥舞着木棍喊，敢向前一步，我就敲碎你的脑壳。

司机熄了火，施工方找来村支书，问到底怎么回事。

村支书说，没想到韩豆腐和三强这次联手啦，他们要保祖上。

爹打心里感激三强，爹没有想到三强会出面帮他，爹对村支书说，面对祖上，我们绝不退步。

施工方问，不推平熬岗，开发区怎么通到河湾村。

爹说，办法多呢，打山洞是办法，修条更宽的山道也是主意，为啥要推平熬岗？

熬岗不推去，影响规划。

爹说，规划也要尊重群众意见，何况熬岗之上有祖上。

施工方说，我们考虑周到，早规划了墓地。

爹说，不要拿规划吓唬人，河湾祖上不搬家。

说到祖上，河湾人呼啦来了一大堆，纷纷说，村里没有征询群众意见，协议作废。

得，群众工作没做好，无法推平山岗，开发区责怪村支书，之后把推土机开走了。

过了秋天，开发区反复征询河湾群众意见，爹和三强带头不签字，大家受到影响，都不签字。村支书没有办法，解释说，好事情让韩豆腐跟三强闹坏了。

爹和三强成功阻止了城市的步伐。爹感激三强，大雪封门时，请三强喝酒。那晚上，三强很激动，泪眼模糊地对爹说，说来还是你爷们。

爹说，我一直都爷们。

三强不愿意啦，或许三强喝多啦，或许爹喝多了，言语中又多了比拼，三强说，说你胖你就喘啦，那天靠你一个能行？

爹说，一样行。

三强呸呸呸吐了一地，之后说，比爷们是吧？那就重新开始。

6

出事那天，刮起了大风，大风越过山岗，带来的腥臭味更浓。很多人家都关上了窗户，依然堵不住腥臭味的侵袭。河湾人再也受不了腥臭味道，聚集起来找支书。村支书很无奈，过去按统筹规划，推了山岗，这里早成开发区了。现在市里更改了规划，又要堵上门说味道，确实不地道。

大家心里憋口气看三强，三强振臂喊，有没有敢跟我闹的？

有什么不敢的？

大家手拿扁担和木棍，跟着三强翻过山岗。

河湾人围住了认定污染的企业大门。

警察未到现场，三强带头把保安打了。保安急眼，回手用警棍打群众。一片混乱时，有人报了警。警察很快赶到了。三强对警察说，不把这家企业关了，我们会一直闹下去。

警察说，我们管不了污染，只管治安。

三强说，腥臭味不除，治安不会好。

开发区找区里，区里找镇里，镇里通知村支书前来领人。

村支书到现场拢着衣袖说，反映多次，开发区不重视，今天刮了南风，河湾那边无法住人啦。

僵持下去，区环保局来了人，局长对大家说，老乡们，你们反映的问题我们知道，可这家企业也有苦衷，上马没几年，现在还在亏本。如果马上关停，企业损失事小，影响全市工业发展形象，事情就大啦。

村支书问，污染和发展哪个更重要？看来村支书也站在河湾人立场说话了。

局长说，当然环保更重要。

三强问，既然政府知道环保重要，为啥不关停这家企业？

就在那时，爹得知情况，跌跌撞撞跑来了。爹上前揪住三强的胳膊，厉声问，为啥为难企业？当初不拦下推土机，不会这样。爹一个劲把责任往自己身上揽。

环保局局长没想到河湾村还有这样通情达理的人，忙拿爹做典型说，同是河湾人，看看人家境界有多高。

三强丢下干警和环保局的人，揪住爹的衣领骂，狗日的韩豆腐，你闻闻，你闻不到？

爹镇定说，为了祖上，我们拦下了城市，就得忍受这种味道。

环保局局长问大家,你们为啥不能像他一样思考问题?

村支书恼了,大声喊,如果环保局这么想的话,我今天就带人上访。

环保局局长丢下村支书问爹,你叫什么名字,告诉我,你为什么会这么想?

爹抖抖肩膀说,做人要厚道。

干警插话说,这才像河湾人,漂亮。

大家瞬间怨恨起爹,三强差点把爹打了。

闹哄哄时,企业老总出面了。老总看起来一身正气,听到大家喊叫,老总拍着胸脯说,说来惭愧,因为资金问题,少上一套环保设备,我今天当着大家的面承诺,马上停产,不彻底解决污染问题,绝不复工。

老总这么说,大家的气消了,反过来多出宽容说,能忍就忍啦,问题今天挂了南风,无法忍受啦。

环保局局长没想到如今群众和企业家都重视环保事业,于是他激动地说,谢谢大家支持我们的工作,我们负责监管,尽量找出合适的解决方案,绝不食言。

警察撤走了,环保人进了工厂处理余下事项。大门外只剩下河湾村人后,大项不知从哪儿晃了出来,拽住爹的胳膊说,这下完了,企业停产,食堂也要关啦,食堂关闭,从此无法买你豆腐啦。

大项这么说,河湾人恼啦,爹拦着大家,猫腻在这里,哦,整天说喜欢味道,原来喜欢钱,韩豆腐真会装。

这么说,确实委屈爹,没有这家企业买,还有其他市场。爹扯扯大项的衣袖说,你不买就无人买啦?

三强听到大项那么说，大笑起来，转脸对大家说，知道韩豆腐的动机了吧？我呸。

大家跟着三强走了，爹被大家孤零零丢在工厂门口。

大项见爹傻站着，才知道无意之间帮了倒忙。爹不知道说大项啥好，丢下大项，叹口气，咚咚咚一个人跑向了熬岗。

第二天，大风弱了性子，腥臭味淡了，可爹在人们心目中的地位一落千丈。

次年春天，农忙的时节，娘下地收拾田块。爹一个在家泡黄豆，泡完黄豆，爹便开电磨磨豆浆。机器生产，什么都方便，磨完黄豆，过滤、煮豆浆一条龙完成，轮到挑腐竹，机械手比爹的手法还快。挑完腐竹，剩下的就是压豆皮、压豆腐。爹要做的就是把生产好的豆腐、豆皮搬出，码到一个个木框即可。爹清闲，边做豆腐边哼小调，哼到半道，爹发现问题了，为啥满屋都是臭味，难道黄豆坏啦？爹关了设备，用嘴尝豆浆，坏了，豆浆有臭味，豆腐也变味啦，肯定黄豆出问题啦。尝尝黄豆，味道正常，难道井水出毛病啦？爹抽出井水，用嘴尝，品尝才知，井水中有了空气中的腥臭味道。几丈深的井水，为啥变成这种味道？爹一个人蹲在井口想了半天，觉得只有重新打井啦。

爹骑着三轮车上了城，请来打深井的人。

几个人开着车拉着打井家什随爹进了院子，三强见那些人进村，屁颠屁颠跟来了。三强问爹，为啥突然打井？

爹不说话。

三强说，肯定井水坏了吧？

爹还是不说话。

三强说，还得上访，过去光想到空气，谁知道水土也被污染啦。

爹依然不搭理三强。

打井人向深里钻探，很快钻到百米深了，打井人说，这下行了，通上地下水啦。打井人顺着钻孔投钢管，在钢管上接上塑料管，摁下电机，水突突往上喷。

爹喝了一口地下水，十分甘甜，爹这才笑着对三强说，我当没办法了呢。

三强说，你这里有办法，我的鱼塘完了，不行，还得上访。

爹讨厌三强，整天把上访挂在嘴上，开发区欠你八辈子咋的？爹不想跟三强说话。

三强见爹爱搭理不搭理的样子，生气说，这次你别阻拦啊，你阻拦我就把你撂在半道上。

爹推着三强说，去去去，庄稼不抢风，人不抢道，爱咋咋的。

三强走了。打井人往厨房和豆腐坊接管子，接好管子，安上几个水龙头，拧开水，不耽误做豆腐了。爹给了打井人的钱，心里舒服，又哼起了小调。

娘才从地里回家，见接上自来水，忙问，咋啦？

爹不解释，娘又问，好好的，打深井干啥？

爹半天才说，把磨出的豆浆和豆腐都倒啦。

倒豆浆和豆腐？娘纳闷，见爹情绪不好，娘到豆浆前先闻闻豆浆，又闻闻豆腐，腥臭味扑鼻，娘急忙问，是不是先前的井水坏啦？爹没有搭理娘，娘把豆浆舀进塑料桶慢慢往外提，提完豆浆又把成品豆腐埋到菜地里。

爹见娘把磨坊打扫好了，又磨余下泡好的黄豆，见成品豆腐跟过去一样，爹想，三强去上访，我去还是不去？还有，我家吃水问题解决啦，其他人家呢？能不能联系上开发区，把自来水引到村里？

爹做完豆腐就找村支书，村支书说，河湾这里离开发区有好几公里，没钱铺管线，怎么引？

爹脑子一热说，当初不阻拦推熬岗，河湾肯定不会这样，我做了错事，我弥补，省得大家上访。

村支书哭笑不得，这些事情不是小钱，千万别逞强。

爹说，不是逞强，做错了事，得认账。

村支书说，你没做错什么，千万不要这么想。

两个人正说话，文书跑来报告说，三强带人闹访去啦。

村支书叹口气说，这个三强，唉，知道了，闹吧，闹闹也好。

爹没想到村支书会这么想，爹马上说，按说我该跟三强联手闹，可闹来闹去，真的影响河湾人形象。

爹心情依然沉重，回头往家走，走到院子，一屁股坐在磨盘上。

爹那时开始翕动鼻子，翕动半天，爹说，空气中确实没有那种腥臭味了，为啥钻进土里去啦？爹问娘，空气中还有没有过去的味道？

娘说，好像没有了。

爹说，那水土咋就变味啦？

娘说，谁知道。

爹跑到河边，尝尝河水，河水腥臭。爹回家拿起锹，在地里挖，挖到水，捧起来闻，确实有些味道。爹特别沮丧，过去人说，土壤是张大滤网，看来老话也骗人。爹垂头丧气往家走，遇到上访的回头了，三强拦住爹喊，韩豆腐，没有你一样。

爹想，什么一样？

三强说，开发区答应给我们送自来水啦。

爹不信。

三强见爹失去了血性，嘚瑟说，有你没你都一样，大家都说河湾从此只有我三强。

爹感到愧疚，爹想，这下三强抢了风头，我的日子完了。

爹的担忧立马变成了现实，大家七嘴八舌说三强有担当，特别仗义和厚道。说爹自私、小气，钻钱眼了。最后一个姓韩的也帮三强说话，指着爹的鼻子说，就你还跟三强比？比比担当就知道大小。

爹那一刻，差点闭气，心呼啦碎了。

7

开发区把自来水接到村里，爹生病了。爹病得奇怪，香的、腥的、臭的，什么味道都闻不到。

有天娘端出臭豆腐，爹闻不到臭，还问娘，臭豆腐怎么没有一点味道？

娘闻闻，香臭在呢，鼻子失灵啦？

娘起先没放在心上，有次村里谁家浇菜地，泼了大粪，臭了满庄，很多人都捂住鼻子往家跑，爹不知道发生了什么，拦住三强问，大家咋啦？

三强以为爹故意说空气中的味道，借以埋汰他上访，发火说，你鼻子长裤裆啦。

爹想，到底咋啦？

回家问娘，娘说，闻不到臭呀？

爹说，闻不到。

娘感觉爹鼻子出了问题，拉爹去医院。爹说，我鼻子能出气，怎么会出问题？是你们鼻子坏啦。后来，爹正做豆腐，鼻子淌血、发痒，还打喷嚏。打完喷嚏后，耳鸣、头痛。爹纳闷，到底咋啦？纳闷间，眼一黑，晕厥在地。娘吓坏了，拉爹去市里医院，检查才知，爹得了鼻咽癌，已经中晚期啦。

到省城复查，结论一样。娘慌了，跟韩天一起带爹到上海瞧，医生说，别瞧了，已是晚期，开刀或者化疗效果都不会特别好。

娘不服，爹还不到六十，身强力壮。

爹知道病情后，自己流泪啦。

娘见爹流泪，忙说，我们不怕，我们到北京瞧。

爹说，回家吧，别把给韩天买房钱糟蹋啦。

回到村里，爹一直不说话，娘也不说话。等死的路上，心情特别糟糕。

没想到三强知道爹回家等死，不愿意啦，不知道他从哪儿弄来几副中药，晃晃悠悠走到院子，大声说，这个偏方灵，几个人都吃好了。

娘感激三强，憋住情绪进厨房熬药。三强走到爹的床前，拉个凳子坐下说，你千万不能就这么走了，你走了，我咋搞？三强站起来说，单就你的病，也是一个说道，我们找开发区，找上级，只要我们联手，天王老子别想挡道。

爹不想说话，眼睛露出微弱亮光。三强看到爹难受，抱拳说，只要你熬着不走，从此，我服啦。

落地窗通光不错，爹看了半天阳光才回头看三强，三强也苍老啦，没有半点虚假。爹嘿嘿笑，笑脸狰狞，笑到最后，爹哭了。

三强说,咋哭上啦,我服软,我输了,只要你能站起来,骂我什么都好。

爹擦干眼泪,挤出笑,指指窗外说,我不需要同情,更不需要体谅,你赢了就是赢了。

三强忙说,韩豆腐,我赢了啥?现在大家说我赢了上访,丢了厚道。

爹没有说话,泪光涔涔哼小调,爹哼唱:

> 景阳打虎道武松
> 乞丐成了大明祖
> 罗成折了阳间寿
> 黄忠气短英雄愁

爹的唱词三强没听过,三强说,别唱了可好?省点力气站起来,我们继续比拼。

爹站不起来,娘端来药汤。

娘用汤勺喂药汤,娘说,三强是你好兄弟,兄弟情谊多重要。

爹扬手打翻了药汤,爹说,医院判了死刑的人,偏方能治好?

三强流着泪走了。

第二天三强又来啦,这回带来了佛珠。

佛珠链子不知道用什么材料做的,黑黑的长串,后面缀个弥勒挂件。弥勒挂件是黑曜石雕刻的,带着金属的光芒。三强把佛珠递给爹说,庙上请的未来佛,交给未来可好?

爹看看弥勒,不想说话。

三强说,真和尚开过光的,错不了。

爹把挂件扔到床上喊,三强,不要埋汰我了可好?我病了,输了,从此服了可照?

三强说,你走了,输赢还有什么味道?你能明白我的意思就好啦。

爹说,想让我成全你,妄想。

三强心里不是滋味,扑扑腾腾喊,本以为你很坚强,没想到你是孬包,不服是吧?那么你看我蹦,看我跳,看我活着多好。

爹哇地吐出一摊血。

三强吓得跑到外面喊,韩豆腐,明天我就带人去上访。

爹听到三强说上访,猛地跳下床,追到门外喊,狗日三强,脑子坏啦,生病这事也要拿来胡讲?

三强边擦眼泪边说,等着,等着,我说到做到。

第二天,天还没亮,三强就纠结了几十个人,到家里找韩天和娘,三强说,这种病与污染有关,韩豆腐撕不开脸,我替他闹。

韩天想去,爹挣扎下床,跪到地上说,我求求大家不要给我添堵了,生老病死,阎王簿上记着。世上得癌症的多啦,都去上访?爹对三强说,三强,求你啦,真为我好,就每天陪我唠唠家常。

三强拉起爹,带头哭了。三强一哭,大家眼睛都湿了。三强看看大家,才对爹说,韩豆腐,看看大家谁忍心让你走?未来的日子还长。

三强那么说,娘率先哭了,大家跟着娘大声哭了起来。三强擦擦眼睛说，不要哭啦，跟我到开发区去闹访。

爹又开始淌血了，接着晕厥到地上。

谁也没有想到，娘挺身而出喊，谁要去上访，我跟他拼啦。

那些人见娘也不同意，呼啦散了。

谁能想到，三强召集大家上访不几天后，自己也病了。

三强病了，爹的精神反而好了。一天他让韩天把他扶进豆腐坊，爹说，韩天，爹得教你做豆腐啦。爹的神情特别庄重，就像师傅收徒弟一样。爹说，你爷爷走前告诉我，韩家不到紧急时刻不能做豆腐。爹说，我那时还没有你大，一直记着你爷爷的话。爹大喘气之后，忧伤地说，你妹妹出生那年，韩家到了紧急时刻，靠祖业，爹活出一些颜面。可很多想法还未实现，却病啦。爹说得累了，头靠在门框上像睡着了。平静气息后，爹缀上苍凉口气断断续续说，你爷爷曾说，人活一口气，死了也要像熬岗一样。爹说，你祖上，太爷、爷爷都是大雪天走的，虽说走得冤枉和悲壮，到底比爹干脆利落。你爹我不甘心呀，想呀，我走啦，就剩下你和韩地啦，韩家无后，爹白活一场。爹教你做豆腐，就是想让你记住，天地一口气，人得靠气撑着。

韩天哇地大哭起来，韩天说，爹，别说啦，我懂啦。

爹听韩天哭，呢喃说，医生说我熬不过三个月，没想到大半年都过去啦。

娘听到韩天哭，走进磨坊，爹对娘说，教会韩天做豆腐，就差给韩天、韩地买房啦。

娘说，给韩天在市区买房的钱够啦，在省城买房钱还差不少。

爹忽然想起什么似的问，拆迁办不是开始丈量房屋了么？

市里经过综合考虑，再次决定把开发区推到河湾村，爹躺在家里怎么知道这些事情的？

爹见娘没有回答他，嘀咕道，四百多个平方，能不能补偿两百万？能的话，等补偿款下来，想必够给韩地在省城买房啦。

娘心里不是滋味，阻拦说，韩地不用买房，再说，这些事情还早。

爹说，我的日子不多了，我不想带着遗憾匆匆走了。

娘听爹那么说，又抹起了眼泪。

爹说了他的盘算不久，拆迁办的人已经在村里兑现补偿款啦。爹对娘说，什么我都不关心，你们一定问问豆腐坊怎么搞？

娘说，人家说啦，新的规划区，已经留下豆腐坊的位置，还说，韩家做豆腐手艺不能因为拆迁弄丢啦。

爹听到娘这么说，开心多了，接着又多了担心问，开发区走到河湾，要不要推平山岗？

娘说，也许不用，也许还要，我真不知道。

爹说，拿城市跟祖上比，你说谁重要？

娘说，想呀，开发区上空凭啥供着河湾人的祖上？

爹说，你的意思还得推平喽？

娘说，我怎么知道？

娘实际知道，娘不能说。

下午时分，三强杵着一根棍挪来了。三强瘦成一摞骨架，坐在爹的床头啾啾咳嗽。三强说，没想到我跟着你的脚步走，你得了鼻喉癌，我却得了肺癌。

爹见三强比他硬朗点，点头说，或许老天可怜我，给我留点尊严。

三强苦笑说，我来告诉你，都病啦，看谁走在谁的前面。

爹老泪纵横说，别看我得病早，说起来，你还不沾边。

8

北风顺着河道溜上熬岗，很快就到了冬天。入冬之后，天地肃静，之后接连下了两场雪，等第三场雪到来时，大雪有点失态，多了蛮不讲理和豪迈。

爹见再次下起大雪，多了慌张。爹想，别出什么事吧。没想到，爹的忐忑还没落地，就听到熬岗那边一直呼隆隆响。

爹耳朵灵，问娘，熬岗咋啦？

娘不想告诉爹。

爹问韩天。韩天吞吞吐吐什么也不想说。

爹喊，难道开发区在推熬岗？他们把祖上弄哪儿啦？

韩天见爹绝望，急忙说，祖上还在山岗，大雪封路，想必开发区给熬岗开道。

从哪儿开道？不行，你们得抬我去熬岗。

娘说，大雪天，去什么熬岗。

爹嚷，魏家荣，你给我听好啦，别看我病啦，一样能把推土机拦了。

娘躲在屋里抹眼泪，祖上早移到公墓去啦，公墓也给爹留下了位置，可娘不敢告诉爹。她拜托大项操办的，还交代大项和韩天，什么都不能对爹说。

爹叫不动娘，躺在床上骂开了，爹骂，魏家荣，我还没走，你就敢隐瞒事情真相啦。告诉我，到底咋啦？

娘洗把脸，走到爹的床前说，空地在呢，祖上在呢，有你和三强，谁敢推熬岗？

爹问，不骗我？

娘说，我什么时候骗你啦？

爹盯住娘的眼神，见娘镇定，爹信了。

谁也没有想到，那晚上，大雪越下越大，大雪覆盖了田野，覆盖了道路，也让河湾坠入安详。可爹就在那晚，一个人爬出了院子，爬上了熬岗。不知道爹爬了多长时间，反正，第二天人们找到爹时，爹一路爬下的痕迹早让大雪覆盖了，爹也让大雪覆盖了。等人们掀开爹时，见爹冻死在祖坟旁，手里握住的一团泥，早冻成亮哇哇的冰疙瘩啦。

庆幸的是爹浑身上下没有一丝泥泞，洁净安详。

没有想到的是，爹身后几百米，两座小庙的旁边居然躺着三强。三强跟爹不同，浑身都是污泥，不知道是爬行中滚到田沟里去了，还是被雪压塌的一座小庙的泥土砸在了他的身上。

人们惊奇，为啥在大雪之夜，他们都爬上了熬岗？谁告诉了他们真相？他们为啥一前一后都爬上了熬岗？悲伤之后，河湾人猜想，几百米距离，他们死前是不是说上话啦？

有人说，就算没说上话，肯定彼此听到动静啦。

有人说，这些都不重要，重要的是，为啥会一起走了？

娘猜不透，三强家的更糊涂，声泪俱下说，要知道他晚上会爬出门，说啥我也不睡觉啦。

办丧事时，河湾人感叹说，黄泥岗前无老少，可惜他们看不到新河湾啦。

娘安葬爹时，把自己的脸抽肿了。娘说，我不该说瞎话骗你，这辈子甭想安生啦。

韩天没有哭，韩天在想，人们传说，"大雪覆盖，韩家必败",难道韩家真的走不出魔咒啦?

韩地愧疚,哭得最凶。韩地说,爹,之前忘了告诉你啦,我和二毛说好了,生下儿子姓韩,爹,你能听到我说话么?

常襲

用其光，复归其明，无遗身殃，是为袭常。

——题记

含你入口
还要秘密抚育
此处的哈欠无声无息

　　小青又想起小辫子写的诗。从梦里挣扎而出，小青便听到苦恶鸟的叫声。她见过苦恶鸟，白色颈腹，黑色羽毛，被人们称为水鸡的家伙，清晨或者傍晚都喜欢在溻河芦苇荡中拼命嘶吼。小青知道"溻"字生僻，读"沛"、读"界"都有。传得最开的笑话说，上任伊始的溻河化工厂厂长，面对"溻"字，脸呈难色，随后机智转头问身边的副厂长，叫"沛化"好呢，还是叫"溻化（屁话）"好呢？

　　身边的副厂长呵呵说，"沛"字多好呀，蕴含生机不说，也比"溻"字好听。

　　职工们听到厂长和副厂长的嘀咕声，哄堂大笑说，溻化（屁话）啦，"溻"字不识，当啥厂长么？

　　小青是溻河化工厂的播音员，自然认得"溻"字，播音时她不喜欢用简称，总是一本正经、完整地播出化工厂的全名。现在溻河化工厂的旧址改建成了公园和住宅小区，中间还穿插上横竖笔直的沥青路，沥青路两边植有高低不一的风景树，树的另一边就是楼房，鳞次栉比，望不到边儿似的。

　　小青几次寻找昔日化工厂的影子，看了几回，伤感几回，好像化工厂从来不曾存在过似的。一次感伤时，抹着眼泪，拽住身边的小姑娘怯问，知道化工厂么？

化工厂?

小青不管三七二十一拉起小姑娘的手说,就在这里,路和楼房的下面,过去生产盐酸和化肥,好热闹哦。

小姑娘被小青的样子吓到了,挣脱出小青的手,急慌慌跑了。小青想,都跑了,我还看什么?擦干眼泪之后,小青想去看看溮河,溮也好,沛也罢,没有它,就没有现在的折腾和苦恼。

苦恶鸟就在河边的芦苇荡中,那家伙见到她,仿佛无视她的存在一般,继续"苦啊""苦啊"地鸣叫。听了半天,小青才说话,她对着"苦啊""苦啊"的声音说,为了让你喊声苦,我们吃了多大的苦。

苦恶鸟听到她的说话声,突然停止了鸣叫。雾气跟着河水打旋旋,罩住芦苇,也罩住小青的心思,一样的缭绕和浓稠。

说不出来的苦不在化工厂那里,治理溮河,大势所趋,何况厂方买了养老保险和公积金,还给了一笔数额不菲的补贴呢。苦在下岗之后,播音腔失去了用武之地。没有化工厂,她到哪儿播音去?无数个早上,听到苦恶鸟的叫声,她都会走进芦苇荡里,情不自禁来回播报。今儿,她也如过去一般,先清了清嗓子,再字正腔圆道,工友们,欣赏了《让我们荡起双桨》之后,是不是勾起了我们对美好生活的憧憬呢?爱祖国,爱人民,爱生活,让我们荡起生命的双桨,再次扬帆启程。这是她常常播报的开篇词,播报中,她仿佛看到很多工人穿梭来往,有的还在哈哈大笑。今儿,她脑中没有浮现出工人们的欢笑身影,倒是苦恶鸟的样子越发生动,正在发愣时,突然看到,苦恶鸟从芦苇荡中飞出,尾巴扯带出水花,打着音乐节拍似的。回过神,小青发现自己居然赤脚站在水里,她想,肯定吓到苦恶鸟啦。真的吓到它了，我这就走，我们都回到各自那儿去。

洗脚，穿鞋，上了岸，她又想起下辫子的诗，"含你入口，还要秘密抚育"。想了一会，才弯腰对着河水中的苦恶鸟说，对不起，谅解才是。

起风了，芦苇跟着晨风点头。苦恶鸟踩着波光慢慢洄游，直到再次钻进芦苇荡里。

见苦恶鸟小心翼翼的样子，小青刻意慢慢后退，退到滩涂地，才默不作声想，你苦还落得一声喊，我苦都在心里头。

太阳慢慢升起来，有雾的河边，晨曦羞涩，好像抬不起头一般。小青迎着怯生生的晨光，顺着堤坝，向更远处走去。春风顺着河堤柔顺散开，潜入绿肥红满的花草中，好像沾染上魔力似的，红的一片，黄的一片，有的还用色彩围成了各种图案。海棠树是站着的，其他的树叶也是。倒是桃枝站着的、横着的都有，扯带出犬牙交错，最后都成了粉嘟嘟的模样。她站在桃花下面，又想起小辫子，她还想起了"此处的哈欠无声无息"那句话，她想，小辫子到底想说啥，秘密入口，无声无息，为啥还要哈欠连天呢？她想问问桃花。当她发现，桃花的花瓣中蓄满的露水，好像晨曦那么活力四射时，她终于打上一声哈欠。她弯下腰，想嗅闻下桃花的芬芳，那时，她才明白，桃花没有浓香，有的只是苦涩的气息。拿桃花对比海棠、杜鹃和迎春花啥的，面对春色，桃花一点也不示弱。来回嗅闻中，她有了异样的感觉，那种感觉就像晨曦和雾气，慢慢氤氲开来。她想，春天就该做春天的事情，含你入口，秘密抚育，小辫子诗中就是那么说的。

回到家里，想了许久，她决定开家花店，悄悄养活自己。开花店不久，小青便认识了小常。小常不会写诗，也不太说话，可他脸上的明净和忧伤，照例惹人注意。小常选的是玫瑰和康乃馨。小青问他表达什么心情，小常说，女友病啦。只说一句，便伤心地低下头，脸上的白净好像跟着他的沉默喘息似的。

小青不敢深问了，低头修剪花枝，快包扎好时，她又抬头看看小常。小青发现小常泪光涔涔一般想着心事。不知为啥，她生出了恻隐之心，她没有丝毫犹豫，顺手拿出一支百合说，免费送你一支百合吧，爱情需要"合"，身体需要"合"，百合才能完美。那天她的话特别多。

没等到小常说声感谢，她又用播音腔说了一句，也许我们都在寻找秘密抚育，也许我们走不出自己，都被困在忧伤里。说完这些话，小青便将包扎好的一束花轻轻递给小常，还特意眨巴几下眼睛。

小常接过花，弯腰致谢。而后，转身走出花店，瞬间消失在人群里。

随着小常的离开，小青又想起了小辫子。这个家伙，连个哈欠都没留下，倒是验证了无声无息。想起了小辫子，掐去了笑色，她想，也许，他就该停留在诗歌里。

说白了，是她主动接近小辫子的。小青喜欢小辫子蹙着眉头的样子，也喜欢他读书时的神情。她曾对小辫子说，喜欢你的诗，更喜欢你锁住眉头的样子。

那时候化工厂的年轻人都喜欢小青，哪怕能跟小青说上一句话，都会高兴的。可小青不喜欢其他年轻人，只喜欢小辫子。小辫子受宠若惊，还仰面朝天说，苍天眷顾么？回过神之后，小辫子开始疯狂写诗。一首首写下去，好像要把小青化作各种意象似的。

小青随着那些文字慢慢陶醉，她喜欢小辫子的每一首诗，更喜欢这么几句：

  含你入口
  还要秘密抚育
  此处的哈欠无声无息

  她喜欢"含你入口"这句话，爱就要含在嘴里。她更喜欢"还要秘密抚育"，秘密才有滋味，幸福本身都不值得分享。很多感受，她说不出，小辫子的诗歌能。

  随着化工厂关停，原本有序的生活突然间被打乱了，浪漫的感觉也如肥皂泡一般飘散得四处都是。那段时间，小辫子再也不去写诗，而是到处发牢骚，说话的口气都是火光冲天的。他骂厂长，骂渭河，还说渭河就是祸害精。最后，他把一腔怒火全部倾泻给小青，说小青播报那些狗屁话，同样罪不可赦。实际小青也不想播报那些内容，关闭化工厂，撕碎的不仅仅是大家的生活，还有一系列生活保障。

  厂房在推土机声中消灭，小辫子陷入平静。那天，他找到了小青，还扬了扬手说，人得顺应现实。他挥手的姿势并不美，也不浪漫，好像浑身上下充满了世俗之气，扬完手，他就捂住脸庞，抬头时，又说了句，现实逼迫我做出选择，秘密从来都不是无声无息的。

  小辫子咋啦？

  小辫子不想解释，站起来，没有扬手，而是连番向下摆手，好像要摆出很多"罢了"似的。

  小青明白小辫子意思后，上前抱住小辫子。

  小辫子推开小青，头也没回，大步走入人群。

小青最后见到他时，发现小辫子已把辫子剪了，小青追问原因，小辫子拒绝回答，跌跌撞撞走进人群。

小青奋力追赶过去，跑过一道又一道街巷，几次差点让车子撞倒，最后还是跟丢了小辫子。秘密抚育，无声无息，这样的结束，太让人痛心。

好在小青才二十出头，面对挫折和变故，尚有抵御的能力。她想，咬咬牙，再咬咬牙，多大的事呢。

夜深人静时，她才发现很多事情都没有过去，不知从什么时候开始，她心里早存下了深深的烙印。烙印像钢圈，一大一小，大的是失恋，小的是失业，两个钢圈交叉站着，根本无法安静。

小常再次走进她的花店，已是两个月之后的事情。春天的花朵开始凋谢，夏花登场时，她看见了另一个小常。明净变成了浑浊，忧伤变成了悲痛。小常好像无意走进花店，真的步入花的世界时，他突然愣怔住了。小青当时并没有认出小常，她如往常问小常，想买什么？

小常到底说话，话语中带上了哭腔。小常说，"合"字丢了，我想为自己买束花。

提起"合"字，小青想起免费送出的百合，她感到吃惊，迟疑问，分了，还是走啦？

癌症无法治愈的。小常说完这句话，眼里瞬间蓄满了泪水。由小常的泪水，她再次想起了小辫子，比起小常，她是幸运的，起码小辫子还在，念想不会跑远的。她不知道怎么安慰小常，见小常不停擦抹眼泪，她能做的就是不停递上抽纸，递到最后，她才说，好在无声无息。

小常说，怎么会无声无息呢？我记住她所有的样子。

我也记住小辫子的所有样子，有用么？她也想流泪，也想大哭一场，问题是，哭解决不了任何问题。

小常不知道小青为啥流泪，以为替他伤心，心里多了歉疚，反过来安慰小青说，其实，我只想给自己买束花，安慰下自己，谢谢你的同情。

同情？我能同情谁？小青擦干泪水说，是的，生活总会发生变故的。

小常说，送了她很多花，我得为自己送一回。

小青问，选吧，你看什么花合适呢？

小常说，百合和玫瑰吧，我喜欢这两样花呢。

她开始挑选百合和玫瑰，她想把最新鲜的那些挑给小常。等小青挑选好花枝，修剪、包扎，一气呵成，递给小常之后，才说，送给自己蛮好的。

小常交了钱接过那束花，准备转身的瞬间，突然改变了主意。他回头看看小青，见小青还在微微含笑看着他，于是他动作夸张地把花递到小青面前，嗫嚅说，我已经给自己送了一回，可以把花免费退还给你么？

送完自己，又退还给我？

小常问，为了你的忧伤，我觉得合适。

小青不知道说啥好，很久才想起解决的办法，于是大方地说，这是你的钱，这束花你拿着，算我安慰你的。

小常接过花和钱，不知道如何处理，愣怔很久，丢下钱和花，噌噌跑了。

后来免不了来来往往的，因为小辫子和走了的姑娘，俩人多了倾诉的理由。她喜欢说小辫子的无声无息。他常常说，走了的那位姑娘临终前的不舍和绝望。一来二往，伤感好像要把他俩粘连在一起似的，谁也离不开谁。

结婚后，小青依然开花店。

可花店的生意好像出了问题。调查发现，在她结婚办喜事的一个多月里，附近呼啦啦开了几家花店。

竞争需要降低成本，降低成本就需要一间保鲜室或者栽培用的阳光房。而她什么都没有，滞销的花草不是枯萎就是冻死，今年冬天真冷。亏本日甚一日，唯一选择只有关门。小青把笑隐藏在双唇之内，回家忐忑不安地对小常说，对不起，我把花店弄丢了。

小常说，丢了的，不定是最好的。

她想，什么才是最好的？

小常嘻嘻说，也许适合才是最为重要的。

这么说小青高兴。

关了花店后，很长时间小青都待在屋里，小常见小青把自己封闭起来，有些不高兴，说话口气也是忽高忽低的。小青觉察出小常的不高兴，弥补的方式，多做做家务活吧。小青把烧洗涮全包了，目的希望小常开心点。

盛夏来临后，小常终于憋不住坏情绪了，呛声说，你手上不是还剩几个转租钱么？不行开个理发店吧，反正我是理发师。

小青做梦都没有想过要做理发这种生意，可眼下做什么合适呢？为了小常，开理发店或许行。

理发店开在昔日化工厂的地盘上，小常从别家理发店辞了职，到了小青的店里。小青负责店面，小常负责业务。刚开始时，一切都有条不紊的。三个月之后，情况发生了变化，变化从小常插手营业收入开始的，接着小常事事都要当家，好像这个店不是她开的。面对小常的支派，小青噘嘴说，不是这样的。

小常说，一家人，本来就不该分出青红皂白的。

小青说，现在我好像跟在你后面吃闲饭的人。

小常说，感觉也可以改变的。

她投资的店，自己却成了附庸。她心有不服，一生气，把店给了小常。之后，四处借了钱，在不远处开了一家小商品批发店。她想，生活从吃喝拉撒睡开始，小商品是日常家居的必需品。不知为啥，自打开了小商店，便连续亏本，问题是算算营销额，依然不明白亏在哪儿。入不敷出时，唯有关门，补偿金和借来的钱很快在来来回回中消磨殆尽。

小常有了一点结余，拿出一些闲钱对她说，不行，你在理发店旁边开个足浴店吧，给人洗脚不会亏本。

小青压根儿没有想过给人洗脚，想起抱着别人的脚揉啊捏的，就要反胃。

小常说，把自己想成播音员，什么事情都做不成。

是的，要吃饭，要穿衣，未来还要养孩子，洗脚就洗脚吧，啥活都是人干的。

小青低调开了家足浴店。小门面，小包厢，小的只能容纳三两个人。小青很满足，反正这种小巧，让她觉得合适。

开足浴店，免不了招技师，固定的这块，招聘了三个，还有几个随叫随到的。随叫随到的多为进城陪读的中年人，中年人、年轻人，有了随叫随到的，生意还能经营下去。偶尔顾客多了，随叫随到的不能及时赶来，小青只能自己顶上去。那时候小青感觉委屈了顾客，临泡脚前，总会申明说，我才学的。

顾客好像不在乎技师的手法，而在乎技师的容貌，看看小青的样子，大多数的顾客都会笑笑，不再吭声。

很快，顾客发现小青说话好听。洗脚房里，没有几个能把普通话说得这么标准的,于是睁开眼睛问,外地的?

小青说,猜。漫无边际猜?顾客心里多了不愉快。

有天来了一个刺青胳膊,说话不中听,小青容忍不了这等轻薄的人,话语间多了不屑,惹得刺青胳膊一脚踢翻足浴盆,还大声骂,喊你们老板来,根本不会捏脚么。

小青说,我声明过的,你说随意的。

我说随意也不能这么随意吧?

小青不知道刺青胳膊说的随意是什么意思,她把眼泪摁回肚里,又打来一盆水,再次放上中药后,掏出手机,催促随叫随到的。

随叫随到的终于来了,顾不得满头大汗就蹲下身子,吭哧、吭哧接过她的活。

小青那时就蹲在一边抹眼泪,想,一个播音员,为啥落得这般田地?

派出所干警就在那时出现的,态度特别严肃,查看完每个房间后,厉声问小青,有没有不法行为?

小青说,这里都是正经人。

干警让刺青胳膊站起来,最后带走刺青胳膊说,还说没有不法之徒?

小青眼泪唰唰往下掉,然后说,小常就在隔壁,不信问他去。

小常是谁?

我老公。我哪里知道,他是你们追捕之人?

想想刺青胳膊,小青就害怕。小常听她描述后,阴沉沉笑着说,你是开店的,来的都是客。

这些还不算,关键得伺候三个固定的技师。别看她们是员工，可她们游走江湖多年，个个伶牙俐齿。饭菜差了，提成少了，少不了骂骂咧咧。一次她们俨合伙把小青骂哭了。

吞吐烟雾的技师说，谁不是一肚子委屈？哭给谁看呢？

小青说，我是老板，没有员工欺负老板的。

另外两个帮腔说，老板？这样的老板一抓一大把，我去。

里外受气，小青一生气又把足浴店关了。

小常的恼火特别明显了，咋啦？做啥啥不成？咋这么无用呢？

听到小常的抱怨，小青心里委屈，可委屈又说不出，便想，难道自己真的不适合做生意？

到了冬天，小青还是化解不开心中的苦闷，一直在芦苇荡里寻找苦恶鸟。冬天见不到苦恶鸟的身影，也听不到它们的叫声。它们去哪儿了？难道也要无声无息？

冬天里，风景树依然绿着，只是那层绿多了沉寂，好像闭气一般。高高低低的杂树只剩下枝丫，直戳戳好像要戳破人心似的。她想，冬天里，万物都在闭气，她也在闭气，生怕一张口，那点热气都跑了似的。她在一棵树的枝丫里发现了几朵干花，干花好像是白玉兰的遗骸，好像还有蔷薇的影子。干花不知道经历过多少场雨水，居然还没有霉烂。她捧起干花想，它们为啥没有腐烂呢？

来回嗅闻中，干花点燃了她内心的寂静，她想，干花干草能存放，为啥不开个干花店呢？她为自己的发现而高兴，她想，也许浉河怜悯她，给她一点特别的启示。丢下干花，她走得特别快，一溜小跑，她又想起了小辫子，她想在小辫子诗的后面再加上点什么，加什么好呢？她想说，干花才有骨气，可放在诗里怎么说，她真的不知道呢。

总算选对了生意路子，开业不久，就临近了春节，很多人家没有时间打理鲜花，便选用干花点缀房间。

生意好转，她有了明确的作息时间，天还没亮起床，洗脸、刷牙，然后做饭。小常问她为啥起得这么早，她不想跟小常解释。

实际只有她知道为啥起得这么早，她想感谢溮河，想跟溮河岸上的花草树木说说话。每天清晨，她都会细辨芦苇、树木和花草，而后才默念几声感谢。她不想对小常说这些，她想对小辫子说，可小辫子不在，她就把心思压在舌头下面。

九点之前，她会准时打开店面，之后，烧水、沏茶，神情自然。

多数的时候，没有顾客。那时，她就会搬出一张椅子，躺在阳光下面；没有阳光时，她会开空调，就着亮光，捧起一本书，读或者不读，看上去都有些做做样子。有一段时间她选择了微信读书，可眼睛老跟屏幕打架，最后索性从家里带来了字典，她想把字典里的字都认完。从"a"开始，到了"b"和"p"时，她看到了"畀"和"溮"字。字典里解析，畀也，相付之约在阁上也。转义为竹木制作的格栅。水透过格栅，多了清澈之意，才有了"溮"。由"溮"字，她想到古人造字，那会，她笑了，接着想起了厂长和小辫子。她想，估计他们都没有认真分析过"溮"字，如果做过分析的话，肯定不会问"沛化"呢，还是"溮化"呢？她想，按说写诗的小辫子知道怎么回事。

那时，她还想起每天清晨面对的溮河。她清楚记得，挨近河边有芦苇，有杞柳，还有喜湿的杂草，密密匝匝长到水里。再往上，便是滩涂之地，高的地方长有桑树、橡皮树、荆棘丛，也有极少的刺槐和苦楝树。凹下去的地方照例生出芦苇和杂草，水宕里还会飘起睡莲和菱角秧呢。水退了，睡莲和菱角秧儿静静枯萎。水涨了，它们又静静绽放，生死轮回，一个春夏就会上演好几回。再往上就是人工栽植的风景树了，一侧垂柳成行，冬青剪裁整齐；另一侧多为香樟、石楠、栾木、合欢、枫树、海棠以及一些叫不出名字的风景树，它们点缀出各种造型，接到湿地公园边上，然后才会挨上林林总总的楼宇。这些东西，是不是栅栏呢？想来并不像。

彻底清楚"浠"字的含义后，小青对浠河多了特别的感情，生意清闲时，小常不在家时，她不仅早上去，晚上也去。她特别想替小辫子说声抱歉，她想，小辫子不该那么辱骂浠河。

一次夜里，踽踽行走中，遇见几个烧纸的人，她不明白那些人为啥在河堤上烧纸，纸钱难道是勾连两个世界的最好方式？她想起得了癌症去世的小姑娘，她想劝劝小常也烧几张纸。小青放慢了脚步，生怕打扰到谁，更怕打扰到小常曾经的女朋友。虽说，她没有见过那个姑娘，可那个姑娘不该没人惦记。

河堤之上还有其他行人，老年的，中年的，当然更多的是年轻人，年轻人喜欢搂搂抱抱，更喜欢躲在暗黑里。

小青不想看年轻人，虽说眼下她也年轻，可她的年轻与其他人的年轻不同，她的年轻丢失在疼痛里。她闭上眼睛，想走过暗黑，可远处好像还有更多的暗黑，都在星空的沉默里。

她不想走下去了，她得回头。那个吞吐烟雾的技师转租了她的洗脚店，一直就在小常的隔壁。她早发现，小常对那个吞云吐雾的早已上心。小常为啥会看上她？她抽烟的姿势并不美，小常为啥变了呢？

她过去问过小常，小常无所谓地说，变或者不变，都是合适中，合适才行。

什么才叫合适呢？如果看不到那种真情，我会选择你么？这些话，小青不想对小常说，小常说什么，都是无所谓的。一次吵架之后，小常说话气人，他说，你是曾经的播音员，心里一直藏有小辫子。

藏个人咋啦？你不也藏着死去的姑娘么？

没想到，小常大声喊，我早忘记了真情。

如果小常说，没有忘记那个姑娘，她还能谅解小常。小常那么说了，她不打算原谅小常。苦在小常始终没有提出离婚，她还想做些挽回，可小常心情好的时候，一直在说房子。

房子咋啦？当初结婚，没提要房子，那是一份大度，弄得现在为了房子，爸妈还不原谅她。当时人们都反对她找小常，现在她把爸妈的心弄伤了，也把一帮姐妹的心弄伤了。她想对小常说，难道付出也是罪过？

还未等她的质疑说出口，小常倒说了原因，小常淡然说，她有房子，也有存款，我们才合适。

现在她不想找那个技师谈，知道谈不出什么结果。她想好好问问自己，到底能不能谅解小常？能不能再来一次？她想，芦苇和树木可以轮回，睡莲和菱角秧儿可以，她未必不能。可这么想时，心里全是委屈，委屈提醒她一定要告别过去，她又不忍心告别，她想，有缘肯定有分。

就在那时她开始百度苦恶鸟，传说，苦恶鸟是童养媳转化来的，童养媳忍受不了婆婆的折磨，喝药死去，最后被婆婆剁成肉丁，腌在缸里。等婆婆认为一切面目全非时，打开缸盖，谁知道却扑棱棱飞出一只鸟，"苦啊、苦啊"，叫着飞去。她当然不信这种传说，婆婆并不恶，她也没有受过婆婆的虐待，她的委屈在小常那里，小常为啥觉得他们不是一路人，吞云吐雾的跟他才合适？

也许都是小辫子闹的，直到现在，她还张口就能背下小辫子写下的诗。那些诗句小常不会写，小常还说，生活原本没有诗的。

她不想吵架，她想看小常能不能主动回头，她想，机会总要给的，不能学小辫子，就那么无声无息的。

夜深了，风凉了，小青感觉浑身发冷。风在河流上空撕开更大的口子，她不想站在风的伤痛里。她还得回家去，至于小常，回或者不回，不太重要了呢。

可不知道为啥，快到家门口的时候，她改变了主意，她想走进吞吐烟雾的足浴店，她也想去洗洗脚呢。

迎接她的正是那个吞吐烟雾的，看得出她很紧张，甚至做出抵抗的姿势。

小青低头说，我想洗洗脚，冬天洗脚蛮好的。

吞吐烟雾的说，好咧。于是喊技师。

小青说，不用喊了，我相信你的手法。

吞吐烟雾的犹豫了下说，好的。

她把脚泡进水里，然后也闭上了眼睛。

吞吐烟雾的手指一直在颤抖，几次都没有找准穴位。

小青问，咋啦？

吞吐烟雾的不说话，努力控制情绪。

小常就在那时进来的，小常问，你来闹什么？

我闹了么？我就想洗洗脚，散步之后有点累。

小常说，为啥让她洗？

不能么？我过去也给别人洗过的。

小常说，不行的话，我替你洗，我也会洗的。

小青说，如果回家你替我洗，我会感动的。在这里，她是技师，我是顾客，用不着你。

小常眼里再次蓄满泪水，迎着暗弱的灯光，看上去有些浑浊。小青不看小常，也不看那个吞吐烟雾的，再次咬牙闭上眼睛。

谁知道，吞吐烟雾的却一脚踢翻了脚盆，高声说，不要以为我亏欠你，当初我不接手，没人救你。

小青不想说话，当她听到吞吐烟雾的那般说话，慢慢笑了起来，然后，一脚把脚盆踢到小常的脚下说，它不仅能存放委屈，还能存放肮脏，肮脏不需要秘密抚育。小青穿上鞋，丢下小常和吞吐烟雾的，头也不回，再次走进冷风里。

第二天清晨开始下雪的，还有几天就要过春节了，这个春节怎么过？小青没有想好，是回娘家还是随着小常上演一幕虚情假意？她一时半刻想不清。

大雪纷纷扬扬，覆盖了道路，覆盖了楼宇，也覆盖了风景树。很快，道路上的积雪被行人和车辆碾压得面目全非，小青看到那些被污染后的积雪有些难受，那会，她不忍走向河堤，她怕糟蹋了河堤上的纯净。快到九点了，她顺着别人的脚印，走到干花店里，干花生意不错，她得认真面对。

打开店门后，却突然接到过去厂长的电话。就是那位问"沛化"还是"浠化"的厂长，他现在说话居然口舌不清，结结巴巴中，小青听到老厂长说，小辫子，写诗的小辫子，中午请大家吃饭，特意提到了你。

小青没有说话，一直没有吭声。等挂了电话，她才开始看雪，雪花变成了一粒粒粉末，细碎飘下，到了屋里的，到底留下了斑斑水渍。小青那会才清醒过来。她想，这么多年啦，小辫子到底去了哪里？

  含你入口
  还要秘密抚育
  此处的哈欠无声无息

  小青真的打了一个哈欠，小青还在纠结，到底去还是不去呢？

过 往

1

父亲刚从山里回来，豁鼻子便把父亲拦在了稻场，饶有兴致地问，开心不？腰扎草绳的二傻子嗷嗷喊，开心。看起来一本正经的几个轮番问，打家劫舍时，到底祸害过多少良家妇女？偷腥是不是很快活？

听到众人不停追问，父亲一脸窘困，求救般看着队长，队长表情严肃，偏偏不看父亲。

天晴了，人们用石磙轧稻场，男人们像牛一样拖着石磙，妇女们跟在石磙后面丢碎草，碎草压进土里，一群人反复碾压看起来早已平平整整的一片场。

娘就在那群妇女中间，听到人们起哄，娘似笑非笑地提着柳条筐。筐里的碎草随着风，纷纷扬扬而去，娘摁住碎草时，才露出受尽屈辱一般的尴尬。

收工时，娘走得飞快，娘的气息就像拉风箱。父亲卑微地跟在后面，走到半道，娘慢了脚步问，是不是很快活？

父亲也慢了脚步，讨好般走到近前。

娘瞪眼骂，要脸不？

父亲摸摸脸，之后便不停咂摸着嘴。父亲嘴角有片亮瓦瓦的东西，好像存下的油渍。娘上前捏住父亲的嘴角，是不是吃肉啦？红烧的还是清炖的？

父亲疼得龇牙咧嘴，挣脱开娘的手说，咋跟着生气呢？你是知道的。

我知道什么？你说我知道什么？

父亲便蹾在地上，捂住脸说，本来就是干净的。

娘丢下父亲，挎着柳条筐小跑起来。

父亲站起来追赶而去。

路上扬起两道灰尘，遮住娘的背影，也遮住了父亲的背影。

实际那天我一直跟在父亲和娘的身后，而他们居然忽视了我的存在，等我走到家时，便听到娘歇斯底里的哭喊声。

那天阳光很好，鸟的鸣叫声也很动听，我一直站在一棵枣树下，看看微风不停地搓揉着白云，当我看到那只鸟儿飞走时，我想，山里到底在哪里？

2

最近老是梦见脚步声，那种若隐若现的脚步声，始终带上噗哒、噗哒的节奏。外面漆黑，卧室内只剩下老婆轻微的酣睡声。我反复回想梦中的脚步，噗嗒嗒、噗嗒嗒，不紧不慢，松弛有度。我再也无法入睡，翻身起夜，顺便走到另外房间查看。其余房间都很安静，夜气似水，缓缓泄成一片清辉。我又走回房间，躺在老婆的一侧，把头蒙进被子。

老婆梦呓一般说，半夜三更的，折腾什么？

我不知道老婆到底醒来没有，我好像被困在被窝里。狭小的空间，让我找不到突围而出的可能。那一刻，我想到了，苍蝇被困在蜘蛛网上，蚂蚁落进水里。当然我也想到，脚步声困在路上，小鸟断了翅膀。很快我又听到老婆的鼾声，老婆的鼾声很细微，就像嘶嘶啦啦的夜岚之气。那种声音跟梦中的脚步声明显不同，一个纯净，一个浑浊；也可以说，一个利索，一个拖沓。我闭上眼睛，钻出被窝，窒息的感受少去许多，我再也没有睡意，摸到手机，求助度娘。周公解梦云：生意人梦见脚步声，预示得财顺利，但也得时时留心小人。可我不是生意人，身边也没有小人。看来周公也有糊涂的时候，想必他也不知脚步困在什么地方。

如果仅仅一次，也没有什么好奇的，后来几个晚上，那种脚步声不停出现在梦里，噗嗒嗒、噗嗒嗒，一声强过一声。

我自然会从梦中惊醒，每次见到的都是那种浅黑的、犹如染霜的余烬之色。除了夜岚之气，什么声响都没有。努力听去，远处似乎有砰砰之声，我知道，那是不远处工地上传来的声响，什么机器的撞击声，那种声响，跟我一样困在夜里。车辆声也是有的，只是不太闹腾，呼啦而过，好像给沉静撕开一道裂缝，让夜更加沉寂。我不知道想些什么，好像脚步声把我带进一种困惑，而这种困惑似乎一直长在骨头缝里。闭上眼睛，回想噗嗒嗒的脚步声，直到那种节奏把我带进更深的困惑中。

老婆做好了早饭喊我起床。抬头见到阳光落窗，我翻身起床，晕乎乎洗漱，最后晕乎乎走进餐厅。

老婆见我睡眼惺忪，低声问，最近咋啦？夜里老醒。

我以为老婆不知道我的辗转反侧，刚想解释点什么，突然听到了手机响声。那是我的手机，它放在我的上衣口袋里。响声就像从我的身体穿越而出，肆无忌惮似的。我掏出手机，摁开了通话键，那时，我并没有看来电是谁。等我听到说话声，才惊讶喊道，老二？二哥在我这里，称之为老二，兄弟多，顺序喊来，容易区分。

老二说，放假了吧？得尽快回来上清明坟。

哦哦，放假啦，我忘记了三天清明假期，原本以为假期与我无关的。可这个假期真的与我有关，清明节，我得回去祭奠父亲和娘。

补甑

242

老婆没有忘记假期,洗好碗筷才笑笑问我,你今天回去?

回去。我的声音拖泥带水,好像从遥远地方拽回一些清醒似的。

老婆吞吐半天才说,可我约好了几个姊妹,想进山踏青。

我说,去么,我一个人回家就是。

老婆不再说话,躲在一边打电话。清醒让我更加迷惑,噗嗒嗒、噗嗒嗒,看似无意的那种,却多了一种坚韧和惯性。为啥老是梦见脚步声呢?

一会儿老小又打来电话,老小说,上完坟,我们去看看宋居正。老小停顿半刻又说,宋家辉来了电话,说宋居正病了呢。

宋居正?一个陌生而又熟悉的名字,好像从记忆中打捞出一片鲜活,那种鲜活与山有关,与郁郁葱葱相关联。之后,我清醒过来,接连"哦"了几声。

老小口气平淡,平淡到有些冷漠。老小说,他老啦,估计想起了我们。

老小说着什么,我根本没往心里去,通话结束,我才说,知道了,上午回去便是。

3

故乡在寿州岗郢,一个十分偏僻的地方,不过现在交通状况大大改观,早没了"偏僻"之说。下了高速,十几分钟就到老家了。二嫂早早杀了一只公鸡,还蒸了春节没有吃完的腊肉、腊鹅和腊肠,当然二嫂还会烧下数量可观的乡间菜蔬。实际二嫂不用烧那么多菜,可二嫂就是二嫂,我每次回家,她一定会倾其所有。二嫂端完最后一道菜,站在桌边说,不知道病成啥样啦？我知道二嫂说的是宋居正，我看看二嫂，看看老二，最后才看老小，老小低头没有吭声。

二嫂有些尴尬，沉默半天，又没头没脑来了一句，不知娘咋想咧？

娘走了很多年，无法征询她的意见，就是烧香问，估计也没个准头。二嫂不该这个时候提起娘，说到了娘啦，去还是不去？

老二见我和老小都不吭声，趁机夸了二嫂几句，我知道老二替二嫂打圆场，我得说上几句。我说，爹和娘都走了，长嫂为母，二嫂就像长嫂一样。问题是二嫂虽说儿孙满堂，可大嫂还在。二嫂听到我说长嫂为母，连连摆手说，大嫂听到又该生气了。我能明显感到二嫂的羞涩，二嫂年轻时喜欢害羞，没想到这把年纪了，还会害羞。二嫂通红着脸，替我夹个鸡大腿，而后说，多吃点，家里养的。我的碗头上堆满了鸡鸭鱼肉，均系二嫂所为。吃不了，我只好转手夹给了老二。

老二有点不高兴，冷不丁来了一句，你二嫂夹的菜，不吃掉？我看看二嫂，二嫂也是这么个意思。之后，我像个听话的学生，又把夹给老二的菜夹回，而后，一点一点往下咽。

酒是老二和老小喝的，我准备下午开车进山，一直拒绝喝酒。二嫂见我滴酒未沾，有些不过意，随口道，看病人，得上午。看病人确实得赶在上午，这是习俗。二嫂这么说，老二说，对呀，喝吧，喝吧。

实际我比老二酒量大，不说年龄，单就酒量，老二根本不是我的个。谁知拼到最后，老二啥事没有，我却醉了。我醉酒之后喜欢吹牛，老二和老小都知道我的坏毛病。过去老二听到我酒后吹牛，小声对老小说，穷教师，让他吹吧。老小不想原谅我，老小是当地有名的唢呐手，从村里吹到乡里，最后吹到县上，现在成了非遗项目传承人，要说吹牛，他最有资格。可老小平时不太说话，即便说话，也是字字掂量，因此他特别讨厌吹牛的人。

　　实际我也不想吹牛，姊妹六个，唯独我有正式工作，不吹几句，不落忍。我醉眼蒙眬说，呃，那个县长，朋友。那个县长当然指老家的县长。老小见过县长，非遗项目展示会上，县长给老小颁过奖，老小专门提起我，县长问，他说认识我？老小当即不再解释了，心想，幸亏没有细说。这回我又说到县长，老小忍不住打岔。见老小打岔，猜想到了其他，我立即岔开话题说上学成绩，这下老二和老小无法相比了吧。我说，想当年，每次考试，我都是年级第一。我忘记了老二没有捞到上学，为此一直对父亲心存埋怨，我正兴致勃勃说到某次数理化考试，三门课全部满分时，老二打岔说，爹如果让我读书，指不定门门满分呢。老二不知道语文、英语、政治不可能考满分，老二那么说，明显对父亲心存不满。可我顾及不到老二的感受，继续吹牛说，问问现在的孩子，几回考过满分的？

　　说起读书，老小心里更不舒服。老小读小学的时候一直当班长。那时候老师喜欢出加试题，一般情况下老小都能做好。可老小五年级那年，娘走了。娘是服毒走的，对我们来说是意外打击。说起来就是"半分工"的事，"半分工"在当时不值一分钱，就算值一分钱，绝对不值一条命的钱，起码一个鸡蛋还值七分钱呢。这就牵涉到了包产到户。实际包产到户并不是一下子完成的，中间有个过程。现在很多人容易忽略那个过程，以为从大生产队直接进入"包产到户"层面的。我们生产队分成三个村民小组，我们家分在第三小组，这个小组都是没出五服的一门人。分组后，大家一致推举老二当组长。既然选老二当组长，就得彰显他的大公无私。老二为此专门做出规定，凡是到了一定岁数的人，都要扣去"半分工"。娘特别能干，虽说岁数在扣去半分工之列，可能力绝对在年轻媳妇们之上，不说一个人能干两个人的活，起码年轻媳妇就不是娘的个。就说二嫂吧，田里家里，根本没娘利索。这么说来，"半分工"不是根本问题了，它涉及能力的评价体系。娘本来就憋了一肚子气，当然这股气，不是老二给的，也不是家门老少给的，是那个如影相随的女人给的。娘感到委屈，由半分工开始，娘便把心里埋藏很久的怨气统统甩给老二。

如果换成别人当组长，估计娘不会那么骂，最多做些讨价还价。娘由老二往上骂，很快骂到了大家共同的祖上。祖上是大家的祖上，娘那么骂，大叔恼了，指着娘说，老三家的，骂儿子可以，骂我们祖上干吗？就算你不认祖上，我们得认吧。

娘不知道哪里来的邪乎气，跳起来骂，骂祖上咋啦？很快，娘跟大叔吵了起来。大叔脾气犟，噌噌舀来一舀子屎尿，嚷嚷要灌娘。当然大叔的阴谋不会得逞，大叔往娘身上泼屎尿过程中，被人拽住了胳膊。

娘那里吵架时，父亲正穿着短衫跟二傻子说话。二傻子那天心情好，说话也利索多了。二傻子问，山里女人啥滋味？很多年来，正因为父亲的烂脾气，好像谁都能奚落他几句。豁鼻子那天也经过稻场，他杵着锹说，常常进山，想过三婶的感受吗？三婶就是我娘。当然豁鼻子也是我们同宗兄弟，因为远了几层，没有分到一个组里。

父亲哑口之后，擤了一下鼻子。想必那会父亲想到了娘的委屈，父亲用擤鼻子来遮掩自己的尴尬。父亲擤完鼻子之后，

补
甑

246

便用手往上抽。父亲手掌很大，可以捂住半张脸，抽到半道时分，父亲停下手掌。那时，鼻涕都被父亲推到脸上和额头上，看起来特别恶心人。当然父亲不会让鼻涕停留在脸上或者额头上，他提起衣袖，胡乱揩了去，最后才用大手摁住裤子或者上衣，不停蹭上几回。娘特别讨厌父亲的邋遢，当然娘还是担心山里那人会不会讨厌，娘说了讨厌之后，小声问，她说过讨厌么？

"她"当然是指如影相随的山里女人。

父亲听到娘那么问，板脸说，这么问，有意思么？

娘知道没意思，可还得问。

今天，父亲抽鼻涕过程中，豁鼻子走了，可二傻子还在。二傻子总想问点什么，他对男女之事始终好奇。可父亲不会把事情说清。

春风打着皱褶，缓缓掠过稻场，吹向麦地之后，变成了起起伏伏的绿浪。父亲见二傻子愚钝未开样子，笑嘻嘻说，记得吃奶的滋味么？

二傻子努力回忆吃奶的滋味，最后站起来说，"呸"。而后，晃晃悠悠走啦。

娘就在那时跑到稻场上的，她拽住父亲的胳膊说，不管你当过兵还是当过土匪，这回得把老大打了。父亲了解事情原委后，抽鼻子说，家务事。

娘彻底失望起来，那一刻，她的委屈就像麦浪，一浪高过一浪。娘骂父亲是窝囊废，是骗子，是狗屎。骂到最后催促说，放屁都砸不到脚后跟的家伙，你说去不去？

父亲仍然笑嘻嘻说，有啥大不了的，忍忍也就过去啦。

娘跳起来骂，我忍一辈子啦，还要忍多久？

父亲说，才骂完老二和他大伯，又来骂我？

娘说，我还想骂山里的婊子。娘说完这句话，丢下父亲，一个人跑回了家。

娘到处寻找可以喝下的东西，一抬眼，发现墙角放了一瓶褐色的敌敌畏，娘知道那瓶敌敌畏的毒性，娘亲眼见到菜虫闻下敌敌畏后，很快就蜷缩起身子。娘买那瓶敌敌畏就为种菜用的，娘想当回菜虫。娘拧开了瓶盖，皱着眉头，咕咚咕咚喝了下去。

父亲从稻场上回家，发现娘早断了气。父亲想，咋弄成这样？父亲抱起娘说，为啥这样傻呀，早知这样，我去便是。

放下娘，父亲变成了另外一个人。那时，父亲不再是大家熟悉的父亲了，他两眼通红，提一把大铁锹到处找大伯。大伯吓得不知道藏到了哪里。父亲劈倒了几棵树，踩到了一个碾盘，父亲踢了碾盘一脚，随之往后退了几步。就那么几步，让父亲血性四起，他举起铁锹，朝着碾盘劈砍下去。仅仅一锹，真的就是一锹，父亲就把碾盘劈成了两瓣。老二那时候站出来说话的，老二跪在父亲面前说，爹，要劈就劈我吧。父亲真想一锹劈了老二，劈到半道，发现老二流泪，才丢下铁锹，抱着老二说，从此往后，你娘没了。

娘走了，父亲的魂魄好像跟着娘走了，不但整天默不作声，还喜欢深夜到田野间游荡。几次游荡到娘的坟头，父亲就坐在娘的坟上抽烟。一次我和老小跟踪父亲，听到父亲一个人喃喃自语，以为父亲真的魔怔啦。我大点，主动上前喊爹。父亲发现了我和老小，一手拉着我，一手拉着老小说，走，我们回家。

不知道从哪天开始，父亲开始了赌钱。那年正赶上老小读书的紧要期，可父亲好像忘记了我和老小的存在，见天晚上啥也不顾地走上牌桌。我已经上了初中,有老二、老三和大姐他们照顾,并不知道老小的艰辛。吃亏的还是老小,他晚上只能跟着父亲去赌场。困了,顺势躺在墙角;渴了,到水缸那里舀凉水。老小的衣服早没了应有的颜色,用衣衫褴褛来形容也不为过。更为悲催的是,老小到处睡屋角,睡出一头虱子和疥疮,而父亲浑然不知。父亲赌完钱之后,才想起跟在身后的老小,从墙角处找到老小时,老小早已冻得浑身冰凉。那个夏秋冬,老小就是这么过来的。到了第二年春天,万物复苏的季节,老小的耳朵突然聋了。

开始父亲并不知道老小耳朵出了问题,大着嗓门喊老小吃饭,老小还在吹柳笛。每年春天,老小都喜欢做柳哨。后来老小喜欢吹唢呐,估计与吹柳哨有点关系。父亲喊了半天,老小一直没有回应,父亲生气了,上前给了老小一巴掌。老小懵懂半天,不知道哪儿做错了。

父亲这才发现老小耳朵出了问题。

父亲把老小带到大队医疗室,赤脚医生说,中耳炎,不及时治疗,很快就会聋的。父亲慌了,带老小到乡里医院,最后去了县上医院。等治好弟弟的耳朵,却耽误了弟弟的读书。

父亲这才后悔,慌乱对老小说,我把赌戒了,你去读书可行?

老小说,我洗衣烧饭,我来照顾家。

父亲感到了愧疚,找出菜刀,啪地剁了半截指头说,这样可行?

老小捡起父亲的半截指头,紧紧攥在手里,浑身战栗说,不。

我拿读书之事来吹牛,老小怎么能舒服呢?意识到不妥,我急忙改口说其他。其实那时候什么都不说，才算妥当。可我喝醉了，还想继续吹牛。我说，那个书记，哥们。那个书记当然指家乡的县委书记。老小白了我一眼，见我无边无际吹牛皮，有些讨嫌，扭头对老二说，这个毛病真得替他改了。

就在那会，我哇的一声吐了。我有好多年没有回酒了，这回吐得翻江倒海。屋里瞬间充斥着酸臭味，老二和老小离开了桌子，二嫂不慌不忙铲来一锹土，盖上污秽说，吐了就好了。

我醉眼蒙眬说，书记咋的？县长咋的？屁。

二嫂一把拽住我的胳膊，老二这才上前架起我说，谁知道你酒量败成这个样子啦。

最后我被老二架进卧室，见我躺好后，二嫂端来一碗糖水让我喝下。我刚喝下一口，马上又开始吐了。这回酸臭味更加浓重了，老二跟着干呕起来。二嫂捏着鼻子，拿来一条凉毛巾敷在我的额头上。那会我有点手舞足蹈，哇哇喊，了不起呀。老二捂住了我的嘴。我扯开老二的手说，让我说下去。如果老二继续让我喊下去，估计我不会再次回酒。老二捂住了我的嘴，造成我呼吸困难，瞬间，胃开始了痉挛，接着又哇哇吐个不停。

迷迷糊糊中，我又梦见了脚步声，轻微的声响很快变成了清晰的脚步声，噗嗒嗒、噗嗒嗒，软绵而拖沓。这回我清晰地感觉到，原来困住我的脚步声是父亲的。我睁眼想看个究竟，可眼皮好像被人摁住一般。我想喊老二和老小，嗓子也好像被人堵住了。就在那时，我听到二嫂在堂屋说话，二嫂说，老大要在就好了，老三能回来更好啦。噗嗒嗒的脚步声更加急切啦，可眼皮重得像磨盘，心思却格外活跃。

4

醒来时，下午四点多了。四月天，黑得不早不晚，院子里还有阳光。我挣扎下床才发现，床单早都被我汗湿了。我瞬间想到了洗澡。等我走进老二家的浴房，才发现，老二家的卫浴比我家的气派多了，浴缸、淋浴都有，就连面盆也是大理石镶嵌的。放满一浴缸水，我把自己埋进水里。

洗好澡，轻松多了，刚出门便遇到豁鼻子啦。见我走到近前，豁鼻子一个愣怔后才问，回来上坟？

我点点头。

豁鼻子说，该走的都走啦。我不知道豁鼻子想说什么，指老人还是指村里的年轻人外出打工？豁鼻子见我半天没有吭声，小声说，三叔在那边想必安静啦。

三叔指的就是我父亲。父亲走啦，晚辈不能用这种口吻说话。我有点不高兴，见豁鼻子还有话，便唬脸走开。

豁鼻子跟上几步说，忘不了三婶的委屈。

我想申辩说，是老二的过错。豁鼻子没有给我机会，他指指心口说，一年几趟，谁受得了呢？这或许是老二的观点，不过老二从来没有在我们面前透露半点。

说来也是，过去父亲确实每年都会进山几次，父亲惦记谁？是干儿子，还是那个女人？都说父亲在山里留下了私生子，娘信，奶奶也信。

父亲跟奶奶解释过，父亲说，有没有，你不清楚？

我清楚啥？奶奶比父亲还冤枉。奶奶见娘流泪，拉住娘的手说，孩哟，不会的。"孩"是奶奶对娘的爱称，实际我娘有名有姓，可奶奶不喊娘的大名，一直喜欢叫娘为"孩"，好像娘也是她亲生的一般。为此，娘从来不喊我们"孩"，也不喊大嫂、二嫂"孩"，娘觉得喊"孩"未必真当亲的待。

娘瞪眼让父亲说出进山之后发生的事。爹蹴在门槛上，耷拉着头，不再解释。

娘做出妥协，喃喃说，要是真的，我这里认下，往后不进山可行？

父亲委屈就在这里，磕头认下的，咋就成了私生子？

记事的有年春上，父亲跟娘大吵一架，吵到最后，娘奔着门口的水塘而去。父亲拽着娘说，我把他叫来，叫来可行？

父亲消失了几天后，带回了一个瘦条条男人。我分不清瘦条条的家伙到底像不像我，但感觉他个子比我高多了。高到什么程度，估摸需要站在大桌上才能看清。

瘦条条男人一直低头站在娘的面前。娘看了几眼，表情多了慌乱。

父亲突然间得意起来，笑嘻嘻说，鼻子、嘴巴、耳朵，哪点像？

娘从头往下看，接着又从脚向上看。春天的阳光四处晃荡，娘再次凝视半天。大白天，还有阳光，按说应该一目了然，可娘还是撩起衣襟擦擦眼，又前后看了看，才收回目光问，你就是宋居正？

宋居正点头，娘松口气说，坐吧，坐呀。

宋居正显得特别紧张。

父亲一直观察娘的表情，听到娘让宋居正坐，这才落落大方说，她让你坐，坐呀。

宋居正一直毕恭毕敬站着，直到父亲出去忙活，才跟着父亲走到了外面。

我和老小一直跟在宋居正后面,想听他跟父亲说些什么。等我和老小拦住宋居正的去路时,父亲说,两个弟弟,想跟你亲热呢。宋居正低头抱起老小,而后拉起我的手。娘那时候走到门外,见宋居正抱着老小、拉着我,哇哇喊,下来。老小吓得挣扎下地,我吓得藏在父亲后面。只有老二不怕,拦住宋居正问,多大啦?住在山的哪块?

也许因为陌生,也许因为身份的尴尬,宋居正再次多了慌张。

那天宋居正并没有留下吃饭,等他神情淡定后,一直说,我得走了,真得走了。

父亲说啥都要留宋居正在家吃口饭,可宋居正看看娘、看看老二,口气坚决地说,我得走了。说完,噌噌跑向村头。

父亲跟在后面撵,撵了一程,大概没有撵上,很快又折返回家。父亲从菜篮子里摸出一块馍,装进口袋后,又没命一般疯跑起来。不知道父亲到底撵没撵上宋居正,反正父亲回到家时天已经黑透了。春夏之际黑得晚,可天还是黑了。父亲那晚没有吃饭,一直蹴在门前柳树下。月亮明晃晃的时候,娘上前说的话,娘说,我也没说啥呀?让他坐,他又不听话。

父亲这才长叹一口气说,这回信了吧。

娘说,有人像爹,有人随娘,光看长相,拿不准。

父亲不知道说啥好啦。

豁鼻子见我离他远了,站在一棵树下大声喊,三婶委屈死啦。

这个豁鼻子,过去多少年啦,咋还八卦?

过往

253

5

我想找老二回来上坟，估计他和二嫂去了菜园。才转过塘口，遇到二傻子啦。二傻子看起来像个正常人，不过也老啦。他拦住我说，你爹当过土匪，当过兵。

这个二傻子，胡扯啥？我有点生气，看看二傻子的样子，重重挥挥拳头。

二傻子退后几步说，一马吃两山。

父亲走了，二傻子不该这么说话，可他始终有些拎不清，何况村里人都不跟他计较。我想尽快离开二傻子，谁知二傻子却跟在后边说，是个寡妇。

我知道的历史，父亲被国民党抓了壮丁，当了十年兵，回来跟娘结的婚。可村里人不那么说，他们说，父亲当过土匪，流浪几年，最后回到家里。

很多说法，让父亲面目全非，娘对父亲也极为不满。一次父亲实在没辙啦，严肃对娘说，我是堂堂正正的军人，没有当过土匪。娘说，那你走几步我看看。

父亲走正步，样子像极了军人，娘那时才叹息说，可惜当的是国民党军呀。

父亲那时就耷拉起头，坐在床边一声不吭。

就算父亲当过土匪，也轮不到二傻子瞎说，何况我父亲死了这么多年呢？也许他见我回来上坟，又想起父亲的过往，才专门说下。

我一直想弄清父亲到底经历了什么，这个对我来说极为重要，对我们兄弟几个都重要。老婆说，弄清楚干啥？很多过往无法理清。不是老婆的父亲，她可以漠视，可在我的心里，父亲的过往就是一块石头，一直沉沉压在我的心底。尤其到了我这般岁数，更想弄清父亲到底经历了啥。

二傻子还想说什么，见我真的抡起了拳头，吓得躬起身子，一缩一缩走啦，走了很远才张开黑洞洞的嘴说，我们都没有忘记他卖猪的事情。

娘喂了一窝猪仔，父亲说，山里猪贵，卖了猪仔好买毛竹，倒腾几下，赚得更多。娘想起了山里女人，不想让父亲进山。父亲不会听娘的，一根筋似的赶着猪仔走了。一个星期后，父亲双手空空回了家。

娘问，钱呢？

父亲说，公家没收了。

没收？总得有个凭据呀。

父亲说，公家人说我投机倒把。

谁信？肯定把钱给了山里女人了。那些猪仔是娘一手操持大的，眨眼没了。娘气得躺在地上打滚，就差投水上吊啦。

奶奶跟着责怪父亲，奶奶说，恁多孩子的爹啦。

父亲还是那句话，公家要没收，我有甚办法？

到底贴了山里女人，还是被公家没收了，娘不清楚。父亲这里不承认，娘哭上天，结果猪仔还是没了。诸如此类的事情比比皆是，父亲进山卖过山芋和花生，还卖过大米和鸡蛋，总之，满挑子去，两手空空回。偶尔，这里说的偶尔，父亲也会带回一些山核桃和山里的大白桃。可那些东西让娘更怀疑父亲的诚实了。绝望就像庄稼，一年几个轮回，娘听说父亲进山，就会到处诉苦。父亲那点事，早成了公开的秘密。

二十世纪七十年代后半程，老大跑外流去了江南，老二娶了媳妇分家单过了。那年我十二岁，有了初始的羞耻感。有天父亲进山卖大米，还是两手空空归来。娘躺在床上流泪说，承认了，这里还好受点。娘戳戳心口。

听到娘嘀咕，我生气说，娘，你歇歇，我来骂。我学着娘，骂父亲是骗子、土匪和混蛋。我清楚记得父亲当时脸色铁青，好像随时都要将我撕碎一般。我是父亲的四儿子，按说父亲不会放过我的造次，可父亲并没有骂我，也没有给我一巴掌，却一直责怪娘把我教坏啦。

娘见我模仿得一板一眼，唬脸对父亲说，四儿也大啦。

父亲满脸通红，脱下脚上的鞋。可父亲还没有动手，我却顺手操起扫帚。那是高粱秸秆扎就的，扫帚把子跟树棍一般粗。父亲没舍得打我，我的扫帚把子倒落在他的头上。打完父亲，我撒腿就跑。当时父亲就蒙了，完全不知道发生了什么。娘也蒙了，她不敢相信我敢打父亲。娘气得跟在我身后撵，撵了一程没撵上，又回到家里。

我回家到底挨了娘的打，娘稔熟"三从四德"，娘说，老子有错，儿子不能说，更不能打。本想替娘出口气，没想到还落下一顿打，我心里委屈，连饭都没有吃就上床睡觉。后半夜，饿醒了，见父亲坐在床边抚摸着我的头。

箱子上面放碗饭，油灯还亮着。我吓得再次蒙起头。

父亲却扯开我的被子说，把饭吃了。

娘用开水泡的饭，接着又开始了啰唆，不进山，什么都好说。

我把开水泡饭吃完了，抹抹嘴，学着娘的口吻说，山里有啥好看的？

父亲不搭理我，大声问娘，信我为啥这么难？

娘说，你一直含含糊糊的，有什么不能对我说的？

父亲说，很多事情不能说，说了更对不起你。

娘糊涂了，不说才对不起呢！娘理解不了父亲的解释，一直认为父亲找借口。娘看过宋居正，既然不是私生子，更应该理直气壮解释清楚。可父亲说，你让我解释什么？我在山里十来年，认个干儿子再正常不过。

奶奶知道娘委屈，娘给奶奶生下了五个孙子一个孙女，早把娘当成了亲闺女。奶奶说，甭管欠下啥，差不多啦，起码眼面前的孩子都大啦。

父亲说，不是债，是责任。

奶奶说，如果山里真有人，当初跟"孩"结婚干啥？

父亲说，没影事，别乱说。

娘插话说，摸摸良心问问自己吧。

提到良心，父亲坦然了，挠挠头说，那我心定了。

心定？没良心的家伙。

娘又开始了吵闹。

我们头都大了。

6

上坟是下午五点多钟的事。父亲和娘的坟头长满了杂草，不知为啥，杂草中间生出一棵苦楝树，而那棵苦楝树已经碗口粗啦。过去我没有太在意这棵杂树，直到今天，我才发现它的挺拔。老二才指着苦楝树说，看看，看看，是不是六个枝丫？

确实六个枝丫，而我们恰好六个姊妹。实际我不信这种象征，更多地在想苦楝树为啥就长在父亲和娘的坟头？它寓意娘的委屈，还是父亲的挣扎？想起苦，我流泪啦，父亲和娘的一生就像一棵苦楝树，带着苦味出场，直至谢幕。

纸钱袅袅生烟，冥币燃烧得缓慢，老二燃放了鞭炮，老小点着了烟花。噼里啪啦、砰砰啪啪，鞭炮和烟花交相作响，空气中瞬间充斥着浓重的硝烟味。

我跪在父亲和娘的坟前，磕头中，默默问父亲，您到底经历了什么？

鸟儿早被吓得魂飞魄散，辣辣藤爬满了坟头，而坟头几乎被夷为平地。老小一声不吭挖了几锹黑土，撒到坟头。老二对我说，清明得给坟头添锹土，从小到大，依次进行。我磕头起来，也挖了几锹，并亲自捧到父亲和娘的坟头上。

父亲和娘的安息之处在田野的中间位置，这几年周边又多了一些坟头。我不知道下面躺下谁，可我能想象出，他们都是我的熟悉之人，来了，走了，跟父亲和娘一样，无声无息。那时，我注意到了黑土，按说，大别山脚下不该有这种黑土，或者黄，或者灰白，至少应该带上一些僵白，可我老家的土壤为啥这么黑呢？好像埋下许多往事似的。

我分明看见父亲蹴在门前，又分明看见父亲的讨好与讪笑，这期间，几次想起父亲擤鼻子，直到我不由自主摸起自己的衣裤。

老小不知道想什么，始终一脸沉重，也许他想到了中耳炎，也许他想到了躲在墙角的每个夜晚。

老二毕恭毕敬的，一直在念叨什么。嘀咕完，他开始撒硬币，那是一元的硬币，老二撒满整个坟头，老二说，半分工不值一分钱，我把缺下的都给您。估计娘的走，困住了老二的情感世界，随着生活好了，老二更走不出"半分工"的桎梏。

上坟回来的路上，不知为啥，又遇到了豁鼻子和二傻子，他俩好像一直在偷偷窥视我们的一举一动。他俩一起拦住我们的去路，豁鼻子嘻嘻问，老三怎么没回？老三在外地落户，离家远，回家上坟多有不便。我们不想解释这些。豁鼻子又说，老大也走啦。

豁鼻子到底想说什么？

二傻子流着鼻涕说，一马吃两山，不服。二傻子真傻还是假傻？如果不傻，估计早已娶到了媳妇。可听他说话，却又感觉真傻。有人说，傻子其实不傻，只是神经末梢的某个地方被困在幽暗处。二傻子见我们不搭理他，指指我说，老四长得最像他。"他"肯定指我父亲，大家都说我是父亲的再生，我相信一脉相传，更相信血缘这种东西。

二傻子还想说什么，见我攥起了拳头，向后退了几步说，当土匪，生孩子，不该呢。

这个二傻子，确实欠揍。

从梦见脚步声开始，我开始研读起弗洛伊德的《梦的解析》，此书不像《周公解梦》，重在研究精神和潜意识。找不到梦见脚步声的具体解释，我放下了《梦的解析》。可从那会开始，我想到了娘，娘肯定被困在某个地方啦，否则不会轻生。娘的一生，简单明了，那么父亲呢？他被困在哪儿了呢？

二傻子为啥说父亲当过土匪？父亲当过么？难说。

7

要去的山是大别山。据说汉武帝南巡时，见到绿植葳蕤、葱绿至顶的景象后，啧啧称赞说，此山，大别于他山也。

宋居正一家住在大别山深处——磨子潭水库附近。

开车下了高速，便走上了一条不宽不窄的省道。

省道年久失修，柏油多有剥离。我放慢了车速。那时我想，当年没有车，父亲一路走来，需要多长时间？就在那个瞬间，我又想起了梦中的脚步声，父亲到底让不让我们进山？娘会怎么想呢？

老二见我不说话，随着一个颠簸说，假如宋居正像我们，咋办？

我知道老二进山的目的，如果宋居正真是父亲的私生子，娘是委屈死的，那么，娘的死，与他无关。实际老二见过几次宋居正，像不像，他应该清楚。

我不再胡思乱想啦，索性关了空调，打开了车窗。山风顺着车窗灌进车里，挤在一处，又翻滚出去，弄得车厢内到处呼啦啦响。老二说，关上，关上。我并没有急于关上车窗。老二误以为我想节省汽油，大声说，油钱我出，可行？我知道老二有底气这么撑我，现在我的落魄和他的富裕成了鲜明对比。想当年，我作为全村第一个考上大学的大学生，谁不为之骄傲呢？记得上学那天，村里好多人为我送行，父亲被人簇拥着。二傻子仿佛最开心，跟在人群后面一直"哦哦"喊着，喊什么，没人关注。最后豁鼻子说，三婶在，就好了。

豁鼻子不该提娘，父亲听到别人念叨娘的好，当即低下头，伸出少了半截指头的小手指说，我亏了老小呢。老小注意到了父亲的半截指头，那半截指头，老小攥过，老小见父亲举着半截小指头那么说，脸上瞬间布满忧伤。

实际我考上的才是省城师范大学，现在看来太过平常。可那时候师范大学的本科生几乎都能分配到大学教书。问题是我毕业分配时，赶上省城一所中学要人，糊里糊涂被人扒拉去了中学。如果按照当时分配情况来说，最差也能分到一所中专学校教书。为此，我一直打不开心结。而问题恰恰就出在我的心结上。后来我有个师弟也分配到了这所中学，十几年后他当了我的校长，现在还当了区教育局长，而我还是原地不动。让人沮丧的是，后来村里陆续考上几个中专生，二十多年过去，有的当了县里局长，有的当了乡镇党委书记，还有一个，一不留神当上了副市长，比比他们，我的心结更大了。我的落魄，最终落在父亲的脸上。二傻子率先奚落父亲。父亲无法解释，擤了一把鼻涕往上抽。老二和老小开始同情起父亲，老小说，后人多呢，不在乎他一个。那时候，老三才外出打工，弟弟才结婚不久，全家还看不出任何未来和希望。现在老三落户到了苏州，老二几个孩子外出打工都成了老板，老小的儿子大学毕业后，通过公务员招考，已经成了正科级干部。可当年的父亲并不知道这种结果。

慢悠悠开上一条山村小道，老小开始跟宋居正的儿子宋家辉联系了，说到哪儿哪儿了。几经打岔，车被一辆货车堵在半道上。两车抵头，僵持下去，谁都无法通过。好在旁边有一条土路，我倒上土路，彼此就能通行了。我看着后视镜，慢慢往后倒，倒上土路，须得打九十度的方向，这些我处理得都很妥当。没有料到，土路比我想象的要窄。窄不怕，怕的是一车宽的土路两边居然傍着两条很深的灌溉渠。更为糟糕的是，连接山道的土路跟山道形成一段陡坡，得倒上陡坡才行。我拿驾照不几年，倒车技术实在不敢恭维。我试探性踩踏油门，车子爬到半道又滑回了原位。大货车司机按响喇叭，喇叭真响。我心里着急，加大了油门。随着嗡的一声，车子蹿上了陡坡，我手一哆嗦，车身歪了，斜斜滑向一边的水渠。

好在人和车均无事。

太阳升到半空，天有些热了，我们兄弟三个一直站在太阳底下，眼巴巴等着宋家辉带人前来施救。老小等得不耐烦了，一会一个电话。一个多小时后，宋家辉带着一张吊车赶到这边。宋家辉估计四十多岁，看上去还比较年轻。他跳下吊车，上前抓住老小的手说，老叔吧，你们总算来了。他一眼就能认出老小，奇了怪啦。我是第一次见到宋家辉，他矮墩墩的，一点都不像我们的身材。

老小回身介绍我们。宋家辉喊了二叔和四叔后，掏出一包软中华，一个劲地劝我们抽烟。

吊车司机业务很熟练，捆绑，起吊，一气呵成。车子吊上土路，我慌忙检查，发现除了车灯瞎火外，其他都正常。

车子很快开到了磨子潭，找到一家汽车修理厂后，宋家辉回头对我说，估计半天就能修好了，不急。

已经这样了，急也没用。

8

宋居正看上去矮瘦矮瘦的，小时候清楚记得需站在大桌上才能看清他的脸，现如今他为啥变得这般矮？父亲走的那天，他跟我们一起披麻戴孝，为啥没有瞅出他的矮来？

宋居正紧紧握住老二的手。看起来，他气色尚好。我想，许是受了风寒，人老药陪着。从打量宋居正第一眼开始，我就一直凝视他的眼睛、眉毛，包括鼻子。老二松开手，也是目不转睛地看。我们都希望能找出一些父亲的影子。可宋居正脸色黝黑，耳鬓处生了不少色斑，不说其他，单说眉毛耷拉到眼皮上，更别说酒糟鼻子了。

宋居正并不在意我们的审视，随手指着宋家辉说，爹可喜欢他了。爹当然指父亲。我们喊爹，他也喊爹，听上去有些别扭。宋居正说，小时候他天天缠着爷爷讲故事。爷爷指的也是父亲。我们孩子也称父亲为爷爷。问题是，谁都能奚落的父亲，何时讲过故事？

老二打断了宋居正的话，问道，宋哥贵庚？"宋哥"喊的贴切，彼此都不尴尬。宋居正哐哐止住咳，才掐着手指说，1938年生人，八十有二啦。说完岁数，宋居正又说，比老大长十岁，比你长十二，对吧？没想到他记得这么清楚。老二点头说，哦哦。

父亲活到七十八岁上走的，临终前，父亲指着南方说，通知他，一定通知到哦。我清楚记得那是1993年的春夏之际，天气湿热，万物葳蕤。当时我正在上课，我教的是高中语文，那节课正给同学们解析韩愈的《祭十二郎文》。传达室送来一份电报，我看到"父走，速归"四个字，当即便泣不成声。等我赶回老家，父亲已经咽气多时啦。没能替父亲送终，成了我一生的遗憾。问题是，父亲在临终前，居然忘记了让他引以为豪的儿子，单单提起宋居正。为此，过去上坟时，我一直默默问父亲，爹，请您告诉我，当年您到底有多失望呢？

说完年龄，老二估计在盘算父亲流浪的年头。如果宋居正是父亲的私生子，肯定是1938年之前的事了，年份能对上茬口，谜团还在。

猜想老二想什么时，我对老二笑笑。

宋居正看到我和老二对笑，想起什么似的说，我带你们看看老房子吧。

这种老房子现在极少见了，瓦是不太常见的阴阳小青瓦，小青瓦起起落落铺展到屋顶后便隆起一道屋脊。屋脊中间盘踞着两条石龙，看上去雕刻得还不错。山墙由山石砌成，或大或小，少了规则。不过山石之间的勾缝材料好像用的是黄土，眼下，黄土早已风化成了粉末，经过雨水，化作了泥浆，显出山墙的老迈和沧桑。

打开旧房子的门，宋居正指指堂屋中间的火塘说，忘不了这个火塘。所谓火塘就是山里人烤火的地方，从风水学上说，在堂屋中间砌个石坑，说啥也不太吉利。可那时候山里人家都喜欢在堂屋建火塘，冬天烤火，春夏之际烘焙茶，就算到了秋天，火塘也能派上用场，烘烤板栗、红薯、玉米和毛豆。宋居正说，大雪天，坐在火塘边聊天，特别暖和。宋居正指指上首说，爹就喜欢坐在那儿喝茶，蓝布棉袄，黑布棉鞋，一顶火车头帽子，别提多精神。

啥啥啥？父亲穿蓝布棉袄、黑布棉鞋，还戴火车头帽子？这是父亲么？我疑问丛生，忍不住打断宋居正的话。

宋居正并不解释，继续回忆说，爹喜欢唱《义勇军进行曲》。说话间，宋居正带上手势唱：起来，不愿做奴隶的人们。

父亲会唱《义勇军进行曲》？我问老二听过没，老二摇头。问老小，老小也摇头。我想，宋居正说的那个爹，不可能是父亲，父亲只会向上抽鼻涕，咋会唱歌？

宋居正说，一次打靶，真枪实弹哦。备战备荒，全民皆兵嘛。那天爹听到山坳里响起了枪声，就走向我们打靶的地方。爹见我怎么也打不准靶心，摇头说，三点一线，啪啪，就成了。可我依然打不准。爹恼了，接过我的枪，啪啪几下，全部打在靶心上。

父亲会打枪？我问老二，老二一脸懵懂，老小更糊涂。宋居正口中的爹和我们印象中的父亲相去甚远，宋居正到底在说谁？

宋居正见我们怀疑，摇头说，爹有一套黄军装，刚解放时穿的那种。那些衣服和鞋帽，娘平时存放着，谁都不许碰。

说到这，宋居正看看外面的太阳，连说，先吃饭，吃饭不耽误。

宋居正居然跟我们卖起了关子，这个宋居正，还会说什么？

9

宋家辉媳妇早早烧了一桌菜，说话中得知，宋居正的老婆大前年走的。无论如何，面儿上说，我们是冲着宋居正病来的，吃饭桌上，老二顺手掏出三个红包。

宋居正说啥也不接老二掏出的红包。僵持到最后，宋居正恼了，大声说，从这点来说，你们跟爹无法相比。宋居正陷入沉思一般，感伤地说，恩情这种东西不是用红包丈量的。

老二面目讪讪地收回红包，退还给我和老小后，端酒敬宋居正。

宋居正少许抿了一口，松口气说，爹走不出过去的阴影。

父亲有什么阴影，为啥还走不出呢？

宋居正不说爹了，说娘。说到我们的娘，宋居正口气凝重起来。当年听说阿姨走了，娘拍着大腿说，世上哪有恁傻的人？宋居正把我们的娘称为阿姨，把他的娘称为娘？如果不口口声声喊父亲为爹，也就算了。喊来喊去，我们娘算什么？老二搁下酒杯对宋居正说，不要喊阿姨啦，就叫你们娘。

宋居正不在乎老二的提醒，执拗说，我去见阿姨那年，真想把什么都说了，可爹不让呀。宋居正夹了点菜，四处漏风一般笑笑。

我们不想打断他了，反正娘走了，他想怎么喊就怎么喊吧。

宋家辉一直不插话，想必他已经知道事情的经过了。可我们还蒙在鼓里，我们不知道爹隐藏了多少故事。

宋居正接连喘了几口气才说，前番病了，我想这下完了。好在缓过了劲。那时，我想起爹了。宋居正唠唠叨叨的，急死人啦。

宋居正停顿很长时间，才长叹一口气说，想到爹之后，我在火塘那儿烧了纸，每年清明节我都会在那里烧纸。

宋居正确实老了，啰唆半天，依然没有说到重点。

宋居正见我们有些不耐烦，加快语速说，幸亏烧纸问爹了，看看，不几天，家辉就联系上老小啦。

宋家辉联系上老小的事，我们知道。那天，老小的唢呐班进山办丧事，响奏手喝高了，比较山里和寿州，响奏手说，寿州岂是这边能比的？响奏手很快就说到老小啦，咧咧道，我们的头是寿州非遗项目传承人，嚯。三说两说的，宋家辉才明白响奏手说的头是他寿州的老叔。世上还有这等巧合的事？

说到烧纸，宋居正眼睛好像蒙上了一层水雾。擦擦眼，宋居正才提高声音说，魂魄会散，恩情不会。

我们关心的是宋居正到底是不是父亲的私生子？

宋居正不知道又想到哪儿啦，惆怅地说，那时候难呀，我们这边不知道难成啥样？当然爹不止帮过我们一家。

我突然想起了那些猪仔、花生和山芋,明白了大半后,带头笑笑。

宋居正苦笑说,老四,爹最疼你啦,好啦,不说这些啦。

这个宋居正真是老了,简单几句话,绕了大半个圈子,他到底想说啥?

10

那是1937年12月13日之后的事。

宋老歪居然能记住南京大屠杀的日子。

南京沦陷后,山里就有日军了。

南京沦陷后,国民党政府迁到了武汉。我清楚这段历史。

2月的天,真冷。为了确保武汉的安全,国民党在大别山沿线布防了重兵。当时廖磊主政安徽,将军到了安徽后,主动与活动在大别山一带的新四军四支队取得联系,接着便动员大别山地区的人民,全面阻击从南京方向驰援武汉的侵华日军。

宋居正居然能把这段历史说得这么清晰?想到这里,我对宋居正说,知道廖磊埋在哪儿么?

宋居正思维出现了短暂混乱,冷眼看我说,听我说完可行?

行行行。这个宋居正,脾气不小呢。

大别山的3月,还是冷。宋居正从2月说到了3月。

我顺着宋居正的思路,不停百度,百度得知,从1938年3月开始,侵华日军就派遣了第十、十三、十四、十六兵团的十万兵力,从大别山沿线向武汉聚集。为了确保武汉保卫战的胜利，国民革命军第五、第九战区所属部队在安徽、河南、江西、湖北四省有关辖区，展开了顽强的抵御战。

宋居正见我玩手机，很不高兴，加重语气说，爹和我爹那个连已经在冰天雪地的山头上埋伏了一天一夜。宋居正说"爹"和"我爹"，听起来混乱至极。"我爹"是他亲爹么？他亲爹叫什么名字？

我的打岔，让宋居正有了反感，他提高声音说，我爹人称宋老歪。

我吓得不再说话，老二、老小也不敢吭声了。宋家辉媳妇正在收拾碗筷，宋居正慢慢恢复平静后，才缓慢说下去。大别山的冷你们没有领教过，冻破天的样子。

我想象着那种冷，风带着哨音，刀子一般翻滚，山涧小溪也冻得严丝合缝。整座大山，除了风的呼啸声，没有任何声响。我为这些形容而得意时，宋居正见我笑，敲敲桌子说，爹问我爹，鬼子发现了？我爹是土生土长的山里人，熟悉山的脾性，想了一会才说，狗日的路不熟。正如我爹所料，进军武汉的日军没料到大别山里会这么冷，更没有料到山路会如此险峻，何况还遇到了顽强的抵抗呢。走走停停，慢了脚步。拂晓时分，日军终于走进了国共两军组成的联合伏击圈。说到这里，宋居正揉起了耳朵说，爹当年就是这么揉的耳朵。接着宋居正又搓搓手，我爹当年就是这么搓手的。他俩揉耳朵搓手时，四面响起了枪炮声。

爹和我爹都在十一连，这个连，联合磨子潭游击分队，负责阻击侵华日军的一个小队。按说近两百人伏击四十多名日军，不说轻松，那也是手到擒来之事。可真打了起来，才发现日军轻重武器火力猛，一度打得这边措手不及。连长发现这么打下去，丝毫占不到便宜，于是让官兵想办法收缩包围圈。爹和我爹他们借助山势和树林，一点一点收缩包围圈。近距离围歼时，爹和我爹这边的兵力优势显现了出来。打得兴起，磨子潭游击分队突然吹响了冲锋号子，十一连全体官兵跟着冲锋号，压向山谷下面的日军。

宋居正一口气说完这些，然后才喘息说，你看那些资料不管用，我说的才是真实的，这些话都是爹亲口告诉我的。

父亲为啥把这些都告诉了宋居正，却从未向我们提起？就算是真实的，许是父亲流浪，道听途说的，借来骗宋老歪娘，好让她开心？

宋居正见我心不在焉样子，噘嘴说，爹和我爹早已感觉不到寒冷，爹喊，冒着敌人的炮火，冲呀。我爹喊，前进，前进。负隅顽抗的日军向冲锋的人群丢手雷，手雷厉害呀，炸得山岩都着了火。爹和我爹他们被日本鬼子压回山梁。就在那时，游击队那边又吹响了冲锋号，游击队员不怕死，站成一排向前扔手榴弹。前面的一排倒下，后面的一排又站了起来。爹和我爹他们受到了感染，跳出战壕喊，拼啦。

那股日军吓坏了，不再抵抗，转而开始撤退。

爹和我爹始终背靠背往前冲，他们相约这么冲锋，不怕背后鬼子打冷枪。

小股日军还是突围了出去，爹和我爹，随着十一连官兵打扫战场时，走到一道山崖下。爹见一个日本鬼子死的形状有点奇怪，还拖着他走了几步。我爹气不过，上前踢了那个狗日的一脚。没想到，那个狗日的装死，等我爹转身时，他站了起来，朝着我爹砍了一刀。爹发现了情况后，朝着狗日的开了一枪。狗日的倒下了，我爹血肉模糊的样子吓到爹了，爹抱起我爹喊，老歪，咋啦？我爹说，狗日的，诈尸。爹说，挺住，我这就背你下山。我爹攥住爹的手说，老弟，我不行了。爹看到了我爹肠子流到了棉衣外面，惊恐喊，不怕，我背你下山。我爹摇手，等举不动手才说，妻儿和老娘，拜托你啦。

这是爹亲口说的，过去村里老辈人提起那场战斗，都说是真的。爹安葬了我爹后，号啕大哭，后悔没有保护好我爹。

之前我爹常带爹到家看奶奶和娘。这天，我爹没有回来，娘只看到了爹。娘问爹，老歪呢？爹问，伯母呢？娘吞吞吐吐地说，冬天走了。爹不敢说我爹也走了，一直低头流泪。

娘又问，老歪咋没回来？

爹突然蹲在地上，号叫了起来，走了好，走了就不知道痛苦啦。

娘满脸疑问。

爹哽咽说，老歪走了。

娘不相信这是真的，看着爹问，有你在，他怎么走的？

爹说了大概，娘不信。爹急了，大声喊，人命关天的事，我敢胡扯么？

娘怀里正抱着我，听到我爹走了，突然撒了手。我扑通跌到地上。你们看看，我左脑边上是不是还有一道疤痕。

我们没有拨开宋居正的头发，从他的眼神，还有痛苦的表情中，能感受到他的忧伤。

宋居正说完这些真的累了，不停喘气，见我们终于不再打岔，接着说了下去。

说话间到了6月，大别山的热，不像平原那种热。这么说吧，到了夏天的中午，整个山林就像一个大蒸笼。爹和官兵们汗湿了裤子、褂子。山蚂蟥厉害哦，很多战士都被叮咬过。可官兵们管不了那么多啦,有的干脆脱了上衣,仅仅穿着裤头。爹打着赤脚,大家一直在拼命挖战壕。到处疯传,这次途经大别山的日军要扫平大别山。爹和磨子潭游击分队依然联手,负责围歼狗日的一个中队。中队多少人?小百十吧,爹就是那么说的。

这次连长运用起游击队的战法,诱敌深入。东一枪,西一枪,终于把日军引诱进了伏击圈。枪炮齐鸣,瞬间小百十个狗日的只剩下三十几个,零打碎敲,爹和游击队那边都打得仔细而耐心。打到第二天清早,天亮了,剩下十几个日本兵被爹他们围进一座山林。

爹和官兵们一起喊,缴枪不杀。喊声大得吓人。那时太阳刚出来,树叶上都是露水,爹说,战友们的喊声也像沾上了露水,湿漉漉的。

爹会这么形容么?我问老二,老二摇头,老小也不信,我半天才摇头说,不可能。

宋居正不管我们信不信,继续说下去,说到兴头上,他还站了起来,带上了手势说,游击队那边齐声唱起《义勇军进行曲》。开始歌声不大,很快声音洪亮起来,像要点燃整个山林似的。十一连官兵跟着游击队那边一起高唱,歌声响彻山谷。

这个宋居正,居然还会用"响彻山谷"来形容,他到底识不识字?这次我不敢打岔了,得听他说完。

宋居正放低了声音说,树林里特别安静。

这股日军逃走了?会土遁?连长安排,一个班分成三个小组,三到四人一组,背靠背,向小树林深处搜寻。树林里的雾气,悬浮在焦煳气味中。狗日的能去哪儿呢?等爹他们搜到树林中间,突然发现,一排排树上吊着一溜狗日的,就像年终杀鹅。杀鹅见过吧？吊着脖子，就是那么吊着的。吊在狗日脖子上的都是白绸布。爹说，当时他们还好奇，问连长，哪儿弄到的白绸布？连长骂，南京少吗？连长随后高声大骂，畜生。骂着骂着，连长不知为啥就动了恻隐之心，命令爹他们把那些狗日的就地埋了，具体埋在哪儿，爹记得特别清晰。

我还是忍不住百度了下宋居正说的这场抵御战，很快得知，那是一场少有的抵御战大捷，国共两军联手歼灭了两千多名侵华日军。这场大捷，一定程度上严重打乱了日军的兵力部署，有力地支援了武汉保卫战。

宋居正见我又在玩手机，站起来说，我说了半天，你们到底听清没？

我们一起张大了嘴巴。

宋居正这才松缓说，爹所在的十一连联合磨子潭游击分队全歼了日军一个中队，那是了不得的大事，为此连长提拔当了营长，十一连全体官兵受到二十一集团军的嘉奖。没有想到，爹所在连的官兵同时受到了磨子潭区工委的表彰，区工委还给每个参战国民党军战士发了一枚勋章。勋章是铁皮铸造的，上面有铁锤和镰刀。

有天下午，爹到山涧那儿洗完澡，清爽后，爹对新任连长说，我想去看看宋老歪妻儿。

新任连长也知道爹和我爹的关系，点头说，快去快回。

从驻地到我家也就二十多里的山路，爹一路小跑，到我家才傍晚时分。

爹见到了娘，改口称了嫂子。爹说，嫂子，宋老歪的仇报了。那时候娘已经走出了悲伤，正准备带我前往地主家洗衣服。几片茶园是租的，兵荒马乱的，茶不值钱。娘为了养活我，选择到地主家帮工。爹听到娘那么说,拦住娘说,嫂子,我们不去洗衣服,这个家,我养。说话间,爹摸出两块大洋。两块大洋是爹一个月的军饷。

娘想起了我爹,流泪说,天杀的,怎么就遇上你啦。

爹见娘收下两块银圆,松了一口气,便急步走到老房子外面,那时天已经黑了。

爹看看天,又看看我,最后靠在一棵树上说,我得归队了。

娘不想让爹走,可娘不好意思挽留,毕竟天黑了。就在那时,我哭了,哭得有点莫名其妙。也许娘掐了我的屁股,也许我舍不得爹。娘听到我哭,找到了借口,娘说,帮我抱会,我给你烧点吃的。爹接我的过程中,却把我弄到地上啦。

爹抱起我,慌张地说,说啥都得归队啦。说完爹一口气跑向山道。就在那时,爹摸到了口袋里的勋章,爹想,这枚勋章,宋老歪最该享有。想到这里,爹又跑回头,把勋章递给了娘,大声说,这是宋老歪得到的勋章,上次忘记给你啦。

娘接下那枚勋章后,失声痛哭起来。

父亲这么有情有义么?银圆、勋章?这些话为啥不对我们说?宋居正这么说,谁信?

宋居正见我们一脸懵懂,得意地笑了,呵呵说,不知道吧?正因为不知道,你们才那么对待爹。

我们咋对待爹啦?

宋居正喝口茶说,后来狗日的占领了武汉,战事少了,爹常到家里看娘,一来二去,闲话多了,我亲叔出来保媒。

爹没有想过这一层,看看是我亲叔保媒,才羞涩地说,朋友之妻不可欺,宋老歪是我亲兄弟,他的儿子我认了。

我亲叔以为爹看不上娘,摇头说,也难怪,差距太大啦。

爹连连摇手说，不是那个意思，这里过不去呀。爹指指心口。

爹认我做儿子场面感人，娘让我跪下喊爹，那时候我刚会说话。

1947年8月时分见到爹，我已经能背柴垛啦。那年秋天，刘邓大军挺进了大别山，爹那个团主动起义了。爹是1937年被抓的壮丁，想起了我爹的托付，爹主动回家了。爹对娘说，解放军讲理呀，一个戴眼镜的军官说，家里有老有小，割舍不下的，大军发路费、发军装。爹要了路费、领了军装，就到我家来了。

说到这儿，宋居正突然哽咽起来。

11

夕阳笼罩着山峦，磨子潭披上了橘红色的霞光。宋居正带我们看当年爹打靶的山坳。山坳是两座山挤出的一块平地，一边的溪水还叮咚作响。宋居正的脚步声拖沓而凌乱，就像他的思绪一般。我一直想弄清他说的那个爹到底是不是父亲，如果是的话，他跟宋居正娘到底什么关系？这关乎父亲的人品，也事关娘的委屈。

宋老歪见我和老二、老小一直不说话，急切地说，现在你们理解爹了吧？往远里想，爹能说吗？如果翻出爹的历史，全家能好？

真如宋居正所说，翻出那段历史又咋的？父亲打的是鬼子，刘邓大军挺进大别山时，父亲所在团就投诚起义了，没有什么好愧疚的。

宋居正指着我说，爹就被困在这儿啦，后悔没有参加刘邓大军，惭愧呀，索性什么都不想说啦。

人都有困在某个地方的时候，水困在山上，路困在脚上，鸟儿偶尔也会被困在地上，如果宋居正的话属实，父亲估计被困在照顾宋居正和他娘身上。

宋居正拖长声调说，在我们这儿，有了那枚勋章和军装，证明清楚了我爹的清白。

是呀，父亲完全可以用那枚勋章和军装来证明他的清白，起码不会撒谎说当土匪和流浪。

宋居正说，娘就那么劝爹的。爹说，勋章只有一枚，寿州认了，这里咋说？

父亲完全可以在他临终前，把这些事情说清呀，我怎么都感觉宋居正始终在撒谎。

宋居正摇头说，我也这么问过娘，娘说，他就那么个人。爹有次进山对娘说，千万不要告诉孩子们，就当什么都没有发生过。

娘说，是不是太委屈他阿姨啦？

爹很久都没有吭声，娘那时都走一年多啦。

娘确实不知道父亲这些事情，父亲不想说清过往，娘肯定被困在宋居正娘这边啦。听到这里，我一直想，爹为啥不跟娘说实情？比较起来，娘跟宋居正娘哪个重要？

这些想法，我不想对宋居正讲，宋居正走到平地的尽头停留下来，盯着远方说，一枪一个准，错不了。

是呀，假如父亲跟他口中的爹是一个人的话，枪法欺骗不了。可土匪也会打枪呀？我满心疑问，突然插话。宋居正有点讨厌我了。他远离我，一直跟老小说话。宋居正说，娘后来向大队、生产队里说了真实情况。那时候老辈人还在，大家特别钦佩爹，大队书记非但不举报，还对知情人说，这个秘密都给我守住了。

我急忙插话问，这里比我们那儿好？

宋居正说，人心有杆秤，知道轻重哦。

我点头沉思。宋居正又说道，一次爹进山生病了，好像肚子疼。生产队长安排几个壮劳力把爹抬到镇上。还有一次，爹进山祭奠牺牲的官兵，生产队长带领全队人都参加了。

为了那次祭奠，娘替爹做了几套新衣服。之后，每次爹进山，娘都让爹换上新衣服，娘说，这样才清爽。

说来说去，我感觉宋居正说的爹，依然不是父亲。父亲那么邋遢，给他什么新衣服估计也穿不出模样。父亲活着的时候，门槛上、柳树下，连擤鼻涕都那样，怎么就赢得了山里人的尊重啦？或许父亲在我们那儿赢不得尊重，通过说瞎话，好赢得别人理解。如果让我选择，我宁愿相信父亲撒谎，好为苟合找借口。

老二见我不说话，也疑惑地说，爹1993年才走的，九十年代，什么都能说了呀？

宋居正叹气说，我问过爹，爹说，一切都过去了，大家习惯了我现在这样。

我插话说，那也不能装疯卖傻、任人奚落吧？尤其娘那里，总该有个交代吧？

宋居正低头说，爹这点不好，他不该瞒阿姨、瞒你们，可他非要瞒下去，你让我们咋讲？这么说吧，这么说你们就懂了，爹有次进山看《江姐》，爹对娘说，华子良装疯卖傻挺好。那时候我不懂爹的意思，现在想想，明白爹的意思啦。

宋居正见我们依然不太相信他的话，咚咚咚带我们回家，接着，急马三枪翻箱倒柜，很快找出了那枚勋章和军装，捧在手里说，你们到底是不是爹的儿子？这些东西能假么？

东西不假，事假。但凡父亲有宋居正口中的一点影子，我们早信啦。

宋居正捧着勋章和军装再次哽咽起来，他把头埋在军装里，哭着说，爹，他们咋啦？

见宋居正哭得伤心，老二安慰说，或许我们都被爹骗啦。

宋居正指着老二骂，你混蛋，咋能这么想？你知道我娘多么喜欢爹么？为了爹，娘一辈子都没有改嫁。阿姨走了，娘求爹把她娶了，猜猜爹怎么说？

我们不敢吭声了。

爹说，答应了兄弟，一声嫂子就是短长。

见宋居正有些激动，我急忙打岔说，好了，好了，接受另一种结果可能需要一些时间，你说的爹，跟我们心目中的爹反差太大，得仔细想想。

宋居正不停摇头，悲凉无处发泄时，嗷嗷喊了两声。

宋家辉和他媳妇做好了晚饭，见我们回来，宋家辉拉住宋居正的手说，刚开始，我也不信，现在不是信了？

第二天宋家辉送我们去修理厂那儿提车。我对宋家辉说，告诉你爹，假如他说的是实话，我们还是不能原谅爹，不是有句古话嘛，和尚、帽子哪头亲？爹不会不知道。

这不像一个教师说的话，宋家辉突然间愣住了。

12

到岗郢都快中午了,我刚停下车,豁鼻子和二傻子一起围了上来,豁鼻子横担衣衫说,太不像话啦。

二傻子跟在豁鼻子后面,这两个家伙一直形影不离,他拦住我们干啥?

不知道二傻子是不是豁鼻子教的,破口大骂说,不肖子孙,我打。二傻子骂完,脱下鞋,单单砸向了我。

我们进山,咋就惹到他俩啦,这两个家伙。

等我们进屋,豁鼻子还在外面喊,笑话,就是一个笑话。二傻子不知在砸什么东西,接连骂,狗日的,我打,我打。

这叫什么事嘛。

气鼓鼓坐定,二嫂急忙问老二,究竟像不像?

老二不说话,我也不想说话。

二嫂问,到底咋啦?

一句话、两句话解释不清,老小说,不问行不行?

那天中午,老二主动要求喝酒的,我也喝了不少。不过这次醉了的是老二,老二吐得一塌糊涂。老小没吐,口齿不清拽住我的胳膊说,假如宋居正说得都是真的,怎么跟娘说?

老二醉酒后,上床就说起了梦话。老二说,娘,我看清了。梦话断断续续,直到鼾声震天时,又嘟嘟囔囔说起"半分工"啦。

二嫂喊我们去听,听到半道,我想,看来老二真的被困在"半分工"上啦。

那天中午,我也做梦了,我居然会梦见父亲,我问父亲是真是假?父亲笑笑说,你们几个想干啥?害得我在这边又解释不清啦。

一个激灵,醒了过来。

太阳明晃晃的,我又想起了弗洛伊德,我想,我的潜意识是不是信了呢?如果信了的话,今后说起父亲,我该咋讲?

那时,我眼前不停跃动着火塘边的形象,宋居正和他娘依偎在父亲的身边,温馨而和谐;火塘里的灰烬忽明忽暗,忽暗忽明,轻松极啦。我心里猛地生出沉重,我想,那会父亲到底有没有想起娘?想起的话,他心里咋想?

蜜蜂嗡嗡作响,钻进房间里,怕是也迷路了吧。